替天行盜

卷7

心機深沉

石章魚 著

看不清局勢的時候
最好的辦法就是冷靜下來等待
再長的雨總有停歇的時候
再大的霧也會有消散的時候

目錄

CONTENTS

第一章

雍正爺

順治皇帝當年傳言於五台山出家，
傳帝位給康熙，康熙在位時間為清朝列帝之最，
按照文中的說法，他的兒子雍正成佛。
爺孫兩代，一個出家一個成佛，
難道冥冥之中早已註定？

麻雀舉起蠟燭走了過去，來到近前發現攔住他們去路的是一道銅門，銅門的右側有一條鐵鍊，麻雀伸手拉了一下，紋絲不動。羅獵三人走了過來，他們都看出這鐵鍊應當是開啟銅門的關鍵，一起動手向下拉扯鐵鍊，在三人的共同努力下鐵鍊終於被拉動，隨著向下牽動鐵鍊，銅門緩緩開啟。

羅獵道：「麻雀，你先進去找東西撐住這道門。」

麻雀應了一聲，在銅門開啟可供她通行的高度後，從縫隙中鑽了進去，借著蠟燭的光芒，尋找可用的東西，她看到不遠處的一個石雕，衝上去想要移動，可畢竟氣力不夠，費勁努力只是挪動了一寸，麻雀叫道：「我推不動！」

羅獵讓瞎子鑽進去幫忙，現在銅門提升的距離已經足夠瞎子爬進去了，論到蠻力，瞎子是他們之中最大的一個。

瞎子鑽入裡面，來到石雕前，用力將之推倒，然後和麻雀一起合力將石雕滾到銅門前。

羅獵和阿諾也在苦苦支撐，瞎子去幫手麻雀之後，銅門就變成了他們兩人在牽拉，這會兒非但沒有提升，反倒又下降了一些。瞎子和麻雀終於將石雕推到了銅門下方。

羅獵和阿諾也近乎耗盡了氣力，一鬆手，銅門落在石雕之上，阿諾先從縫隙下方爬了過去，羅獵隨後爬入，身體方才爬過，就聽到那石雕發出劈哩啪啦的碎裂聲，卻是石雕承受不住銅門的重量，被壓得裂開。

麻雀一顆心提到了嗓子眼兒，瞎子和阿諾同時用力，分別拉住羅獵一條臂膀，將他從門縫裡強拖了出來，羅獵的雙腳剛剛通過銅門，那石雕就因為承受不住銅門的重量徹底裂開，銅門重重閉合，沉悶的落地聲震得他們雙耳嗡嗡作響。

羅獵也被嚇出了一身冷汗，如果他再晚一秒離開，恐怕不死也是個雙腿被壓斷的下場。

同伴也都是後怕不已，這塊石雕應當過去就有裂痕，不過並未完全開裂，在青銅門的壓力下徹底分裂開來。

麻雀舉著燭台的手微微有些顫抖，羅獵走過去從她手中接過燭台，微笑道：「看來我的命還是很大。」

阿諾借著燭光在青銅門周圍探查了一會兒，發現這一側並無開啟青銅門的裝置，也就是說，他們已經回不去了。既然回不去，麻雀所說的泄水閥也沒有了任何意義，就算找到也沒辦法離開。

羅獵道：「這扇門應當是起到封閉的作用，將水隔絕在外面。」他轉向麻雀道：「還記得那地圖嗎？」

麻雀道：「清清楚楚。」她舉步向前方走去，羅獵跟上去為她舉燭照明，前行五十米左右又遇到一道青銅門，開啟青銅門的方法和剛才相同，這次他們有了經驗，先找了兩尊石像抬到門前，合力拉開銅門之後，讓瞎子將石像塞進去，雖然撐得久了一些，可是最終石像仍然被青銅門壓成齏粉，這是因為青銅門過於沉重，而且用來雕刻石像的石頭質地過於鬆軟。

麻雀暗自奇怪，這一路走來卻並未看到地圖上所標記的排水閥門。

走過這道銅門，前方現出一條傾斜向下的台階，台階狹窄幽深，不知通往何處。羅獵吹滅蠟燭，以節省他們不多的光源，讓瞎子走在最前方引路。

他們沿著階梯走了約莫五分鐘左右，已經抵達了出口，瞎子停下腳步發出一聲驚呼。

羅獵來到瞎子身邊，重新點燃燭台，舉目望去，卻見前方出現了一條懸在空中的鐵索橋，橋對側聳立著一個高大建築，因為光線暗淡，他看不清建築全貌。

瞎子卻早已看出對面的建築是一座巨大的雕像，這雕像的高度至少要有三十米，從雕像的外表形態來看應當是一位滿清帝王。他身穿龍袍，一手拿著念珠，一手握著寶劍，在雕像對面的牆壁上刻著幾行大字，瞎子將那行字誦讀給同伴聽，上面寫的是——達三身四智合一之理，物我一如本空之道，慶快平生。

麻雀聽完就判斷出這雕像應當是雍正皇帝，在清朝歷代帝王之中，雍正帝自幼喜讀佛典，廣交僧衲，不僅宗教俱通，而且顯密兼融，還躬行禪修，被公認為是中國歷代帝王中唯一的真正親參實悟、直透三關的大禪師。

雍正帝曾經在章嘉國師指導下於康熙五十年實行禪坐，相繼破初關、重關，第二年透最後一關牢關，達三身四智合一之理，物我一如本空之道，慶快平生。自號圓明居士，是中國歷史上唯一集人王與法王之尊於一身的帝王。他登基以後，在最後幾年，御制一套一百二十萬字的佛教典籍，包括他親自編著的佛教禪宗語錄《御選語錄》。

麻雀將自己的推論告訴了幾人，瞎子現在對麻雀的學識已經是佩服得五體投地，更不用說阿諾這個老外，當然阿諾對政治的興趣不大，他只知道目前的英格蘭君主是喬治五世，至於其他國家的皇帝他沒興趣瞭解。

羅獵在歷史方面的知識也頗為豐富，但和家學淵源的麻雀仍不能相比，他知道雍正皇帝當年就是死在圓明園，不知眼前的雕像和雍正帝有無直接的關係。

雍正皇帝的死因也是滿清最大的謎題，有傳言說他遇刺身亡，還有人說他是國事操勞，心力憔悴而死，最可信的一個說法是丹藥說，雍正皇帝也迷信求仙問道，長生不老，為了尋求長生，他親近熱衷丹藥的道士張太虛、王定乾等人。有記載稱此二人曾進獻金丹大藥，企圖讓雍正延年益壽。正史中雖然沒有記載雍正命道士煉丹，但是史學家仍然從清宮檔案裡扒出了煉丹的蛛絲馬跡。

據宮廷檔案記載，從雍正九年到十三年，雍正下旨向圓明園運送煉丹所需物品共一百五十七次，平均每月兩三次。累計動用黑煤一百九十二噸，木炭四十二噸，此外還有大量礦銀、紅銅、黑鉛、硫磺等物品，這些都是煉丹必備用品。就在雍正死前十二天，還有一批二百斤的黑鉛運入圓明園。

種種證據表明，正是這些所謂能延年益壽、使人長生不老的丹藥把雍正早早送上西天。

此外還有一個史實作為佐證。雍正死後三天，剛剛即位的乾隆帝就將雍正寵愛的道士張太虛、王定乾等一百多人趕出了圓明園。並且下旨，不准在外提起雍正在宮中的一言一行，如有違反，決不寬貸。

羅獵舉起燭台率先走上鐵索橋，鐵索橋只有二十米的長度，雖然不長，可是凌空架設在石壁和雕像之間，距離最下方的平台約有三十米，行走其上晃晃悠悠，鐵鍊搖晃時發出吱吱嘎嘎的聲響，腳下鋪設的木板也有一百多年，不排除早已腐朽的可能，羅獵第一個走過鐵索橋，確信這鐵索橋承擔得起一個人身體的重量，這才讓眾人逐一走過。

瞎子過去恐高，可自從一趟蒼白山連雲寨之行，他的恐高症居然自癒，順利渡過了鐵索橋。

過了鐵索橋，發現雍正帝身後的髮辮隱藏著一條垂直向下的鐵梯，羅獵將燭台收起，仍然準備身先士卒第一個下去，鐵梯非常簡單，只是一個彎曲的鐵棍嵌入塑像之中，周圍沒有任何防護。

羅獵叮囑大家務必要小心，其實這種鐵梯雖然垂直上下，可只要抓穩踩牢，應該沒多大的風險。他準備爬下鐵梯的時候，阿諾卻建議道：「讓瞎子先來。」

瞎子一臉不解地望著阿諾，不知道他什麼意思。

阿諾道：「省得他失足掉下去砸到別人。」說完他自己忍不住笑了起來。

瞎子呸了一聲道：「你先下去，我在你上面，就算我掉下去摔死也得拉你墊背。」他當然知道阿諾是好意，故意這樣說減少自己內心的緊張，不過阿諾並不知道自己的恐高症居然不治而癒了。

瞎子果真第一個走向鐵梯，他又向麻雀道：「麻雀斷後。」

瞎子沿著鐵梯小心翼翼地下降，只要不往下看內心中也不算特別恐懼，他們有驚無險地沿著鐵梯來到了下面。

站在雍正像的底部平台之上，抬頭仰望，越發感覺到這雕像的莊嚴氣勢。羅獵不由得想起美國的拉什莫爾山，那裡美國四位總統的石雕都在十八米左右，而眼前的雍正像顯然要比總統山的石雕還要高大，如果不是他們湊巧進入了圓明園的地下排洪道，怎麼都不會想到，在圓明園地下居然還有這樣氣勢恢宏的雕像。

雕像並非整塊石頭，而是用石塊堆砌而成，應該是分批將石塊運到了這裡，然後由工匠完成雕琢和堆砌的全部工序，雖然如此這樣浩大的工程也已經讓人歎為觀止。麻雀仰望著這座雕像，精通清史的她從未聽說過圓明園下還有那麼一座雍正的雕像。自己在外面大球上看到的地下水道圖，並未標記這裡的建築，他們顯然闖入了一片未知的地下世界。

麻雀道：「咱們分頭找找看，有沒有入口。」

幾人都向瞎子望去，雖然他們有四個人，可是加起來也比不上瞎子的眼力。瞎子此時卻被對面牆上所吸引，牆上懸掛著一盞盞類似吊燈之類的物件，全都是鑄鐵鏤空，彼此之間有管道相連，起始的位置放著一只橡木桶，橡木桶上印著一個英文單詞Whisky，瞎子認得這個單詞是威士忌，還是從阿諾那裡學到的。

阿諾聽說那桶中裝著威士忌，掏出手槍瞄準那只橡木桶射去，他的想法很簡單，要將酒桶打出一個洞，裡面的威士忌就會流出來，他剛好可以痛飲一番。

麻雀想要阻止他已經晚了，呯的一槍，子彈準確命中了橡木桶。沒想到那橡木桶中裝著的竟然都是火藥，蓬的一聲爆炸開來，一時間硝煙瀰漫，幾人慌忙趴倒在了地上，還好那桶火藥距離他們較遠，爆炸雖然發出很大的聲響，可是並沒有對他們造成任何傷害。

瞎子氣得對阿諾一通臭罵，阿諾自知理虧，不敢反嘴，心中卻將想出在火藥桶上寫威士忌的人罵了個千百倍。

火藥爆炸之後，火光迅速沿著管道蔓延，一盞盞懸掛在牆壁上的鑄鐵鏤空雕花吊燈被點燃，將黑暗的地下世界照亮，他們這才意識到前人將那只火藥桶放在那裡是有原因的，火藥是用來點燃這地下照明系統的引子。

火光照耀下，牆壁多處現出金色的反光，那一行行字跡筆走龍蛇，鸞飄鳳泊，瞎子對於這種狂草所識不多，這會兒真成了睜眼瞎，阿諾甚至分不出眼前是哪國文字。四周牆壁之上，還有一個個黑乎乎的洞口，洞口普遍直徑在一米左右，洞口周圍有明顯煙薰火燎的痕跡，這些洞口很可能是過去煉丹的丹房。

羅獵讀了幾句，就發現這是一篇乾隆皇帝追思父親的文章，從內容來看，其中並沒有任何的悲傷，反倒是充滿了祝福和希望，內容也沒有涉及到雍正的死因，通篇甚至沒有提到一個死字，而是說雍正帝立地成佛，飛升仙去。

麻雀道：「清朝的皇帝看來跟佛還是有些緣分的。」順治皇帝當年傳言於五台山出家，傳帝位給康熙，康熙在位時間為清朝列帝之最，按照文中的說法，他的兒子雍正成佛。爺孫兩代，一個出家一個成佛，難道冥冥之中早已註定？

瞎子道：「雍正不是滿手血腥，最後被呂四娘刺殺了嗎？聽說腦袋都沒剩下，什麼飛升仙去，什麼立地成佛，恐怕是乾隆皇帝故意粉飾太平，用來遮蓋真相的理由罷了。」

麻雀微笑道：「你說的事情只是江湖傳聞，清宮檔案都查不到，雍正帝手腕強硬，做事雷厲風行，自然結下冤仇無數，他的對頭想他不得好死，有這樣的傳聞倒也不足為奇。」

羅獵道：「咱們來這裡可不是為了查明雍正帝的死因。」

阿諾連連點頭：「這裡大概就是葉青虹所說的秘藏吧？」

羅獵走向平台的邊緣，發現從邊緣到對側還有七米左右的距離，中間是一道壕溝，壕溝深約十米，過去這壕溝內應當有水，不過現在已經乾涸，底部完全暴露出來，河床內可見到累累白骨，應當是當年墜入壕溝內被淹死的人，這其中還有數具動物的骨骼，首尾長度都超過了六米，從外形來看屬於爬行類，羅獵判斷出應當是鱷魚，而且是體型較大的暹羅鱷。

瞎子卻堅持說是龍，這廝畢竟不如羅獵見識廣博，長這麼大還沒見過鱷魚。

阿諾找了個固定點，將繩索捆好，幾人沿著繩索滑倒河床底部，整個河床也都是用巨大花崗岩砌成，瞎子第一時間來到那動物的骨骼前，摸了摸牠的頭顱，看到牠長吻中鋒利的牙齒，嘖嘖稱奇道：「這條龍活著的時候一定相當凶猛。」

麻雀道：「看樣子應當是暹羅鱷。」眼前所看到的一切讓她在腦海中勾勒出當年的畫面，那時雍正帝的雕像已經聳立，在雕像周圍遍佈丹房，道士們通過特有的裝置和設備，向丹房內添加各種材料煉丹，外周的這些丹室或許只是粗加工的過程，經過第一步的篩選提純，然後才能將選中的材料送入下一步加工過程。

這條壕溝過去碧波蕩漾，壕溝內豢養著凶猛的暹羅鱷，這條環繞雕像的內河看似平靜，其實卻是凶險奪命之地，如果有人想要進入雕像周圍，首先要渡過這條河，河床內的累累白骨都是失足落下或冒險渡河的人，成為了暹羅鱷的甜點。

然而凶猛的暹羅鱷最終也無法逃過死亡的命運，時光流轉，斗轉星移，食物斷絕，河流乾涸，昔日生存在內河裡面的幾十條暹羅鱷也化成了一堆枯骨。

麻雀有些好奇道：「暹羅鱷怎麼會在這裡生存？」畢竟這裡是北平，這裡的天氣並不適合暹羅鱷生存。

羅獵道：「應當是有人將牠們運到了這裡，這裡很可能是過去雍正煉丹的密地，這麼多的爐鼎，如果同時煉製，裡面的氣溫肯定很高，我看這條河不僅僅起到隔離防護的作用，還可以通過水流降溫。」

麻雀點了點頭，熱氣排入水中，水溫會因此而升高，暹羅鱷在這樣的環境中得以生存，從下方的累累白骨來看，他們絕不是第一批進入者。

四人分成兩組，沿著乾涸河道分從左右繞行，羅獵和麻雀一組，瞎子和阿諾另一組，河床內除了那些死者骨骸，最多的就是兵器和工具，其中不乏用來攀爬的飛抓之類，因為時間太久，繩索已經腐朽成灰，不過鋼鐵的部分還依然如故。

羅獵從中選取了一些仍然可用的工具，推斷出這些墜入河道的人中有不少都是竊賊。

瞎子和阿諾那邊也有發現，瞎子撿到了一只風水羅盤，這只羅盤通體用黃金打造，裡面部件鑲嵌著數枚寶石，瞎子還從未見過如此奢侈工藝的羅盤，撿起來用袖子擦了擦灰，發現羅盤依然運轉正常，當真是愛不釋手。

阿諾從一具骸骨的脖子上解下一串金項鍊，又忙著去擼手上的金戒指。瞎子眨了眨小眼睛，將黃金羅盤揣在懷裡，趕緊去撿寶，河床內失落的寶貝不少，兩人爭先恐後，生怕晚一步都被對方撿取。

羅獵和麻雀兩人這一路自然也見到了不少的金銀首飾，不過他們兩人並沒有那倆活寶那般貪心，他們更關心秘藏的入口，並沒有在河道內作過多停留。兩人很快就繞行到基座平台的後方，看到了兩扇石門。

石門的周圍並沒有看到開門的裝置，麻雀尋找開門機關的時候，羅獵聽到遠處瞎子和阿諾的爭吵聲，卻是那倆貨正在爭搶財物，羅獵無奈走過去，看到兩人正抓著一根權杖爭得不可開交。

羅獵上前將那權杖要了過來，權杖通體為鉑金製成，杖體有兩條蛇盤旋環繞，頂部環繞鑲嵌著數十顆紫色寶石，兩條蛇的眼睛也是用紅寶石鑲嵌而成，只是權杖的最頂端是一個凹窩，羅獵憑經驗判斷，過去這裡應當鑲嵌著一顆碩大的寶石，只是現在已經不見，很可能被人盜走了。

瞎子和阿諾也和羅獵有著同樣的想法，權杖最珍貴的部分已經不在了，兩人低頭去白骨堆中搜索可能存在的寶石，羅獵道：「再好的寶貝也不如性命重要，咱們能否從這裡走出去還不知道，你們兩個居然在這裡你爭我奪，過去出生入死的情義都忘了？」

瞎子和阿諾被羅獵這麼一說，都臊得臉通紅，想起剛才的所為果真是鬼迷了心竅，羅獵說得沒錯，擺在他們面前最重要的事情是先從這裡走出去，不然就算有再珍貴的寶貝擺在他們面前，他們也沒命帶出去。

兩人跟著羅獵一起回到麻雀身邊，麻雀並沒有找到可以啟動石門的機關，向羅獵搖了搖頭。

羅獵道：「剛才那地圖上有沒有標記離開的途徑？」

麻雀搖了搖頭道：「地圖上根本沒有標記這座石像。」

幾人都是一怔，如果事情像麻雀所說的那樣就麻煩了，這就意味著依靠那地圖的指引根本無法從這裡走出去。

麻雀道：「地圖上倒是標記了我們經過的那兩道銅門，可是地圖上並未標記雕像，這裡的一切和地圖上完全不同，根本沒有什麼地宮。」

瞎子和阿諾對望了一眼，兩人都掩飾不住臉上的慌張，他們一路走到這裡，費盡辛苦，現在就算想要原路回去都已經希望渺茫，且不說他們無法開啟的兩道銅門，就算他們能夠開啟銅門，外面的水只怕已經淹沒了通道，一旦銅門打開，水就會淹沒這裡。

瞎子道：「麻雀，你再想想，興許那地圖上標記了離開的通道。」

麻雀道：「地圖上是標記了離開的通道，可是這裡和地圖上完全不同。」

羅獵仍然保持著一如既往的冷靜，他向瞎子道：「瞎子，你仔細看看周圍還有沒有通路？」

瞎子抬頭環視周圍，苦著臉道：「沒有了。」

羅獵轉向阿諾道：「你那裡還有多少手榴彈？」

阿諾道：「三顆！」羅獵是想要炸開面前的石門，最可能通往地宮的道路或許就藏在石門之後，可是三顆手榴彈未必能夠將石門完全炸開，對他們來說機會只有一次，如果錯失了機會，恐怕所有人都再也無法重見天日。

麻雀道：「這裡應當是過去煉丹的地方，應該會存有不少的火藥，不如咱們仔細找找。而且那些爐鼎內，或許藏有通道。」

羅獵點了點頭，利用撿到的鐵爪和他們的繩索，重新組合成飛抓，他們幾人中羅獵的身手最為靈活，所以搜索的任務當仁不讓地落在了他的肩頭。羅獵利用飛抓爬到對岸，又放下繩索將他們幾人拉了上去。

望著羅獵越爬越高，麻雀不禁有些擔心，又不敢打擾羅獵，生怕影響到他的注意力，瞎子看出她在擔心，安慰麻雀道：「你放心，這貨從小就是個活猴子，上房揭瓦堵人煙筒的事兒沒少幹，後來還混過馬戲團。」

麻雀道：「真的？」她還是頭一次聽說羅獵在馬戲團裡待過的事情。

「那還有假！」瞎子說得口沫橫飛，此時羅獵的聲音從上方傳來，卻是他找到了一個橡木桶，看樣子和剛才阿諾一槍擊爆的相同，羅獵用繩索捆好了橡木桶，然後小心吊了下去。

瞎子和阿諾兩人合力接住，這樣的橡木桶，羅獵一共找到了五個，阿諾估計用來爆破石門已經足夠了，如果再多，爆炸的威力就會變得不可控。

幾人將五個橡木桶全都堆在石門前，然後回到安全的地方躲避，羅獵將三顆手榴彈捆紮在一起，拉開導火線，向橡木桶上丟了過去，隨即向後匍匐在地上。

蓬的一聲巨響，整個地下空間劇烈震盪起來，火光和煙霧從地底直沖而上，河床底部的白骨被震得激揚而起，宛如天女散花般從高處又落下，氣浪掀動上方的吊燈，一隻巨大的鑄鐵吊燈搖晃了幾下從高空向下方墜落。

羅獵感到不妙，抬頭望去，慌忙原地打滾，方才躲過一劫，那鑄鐵吊燈重重砸在地面上，吊燈內的燈油飛濺出來，羅獵的後背被滾燙的燈油濺到，頓時將水靠燒穿，他躺倒在地上，用身體壓滅了火焰，雖然及時熄滅了火焰，可後背仍然被燙出了幾個大泡，鑽心般疼痛。

麻雀快步飛奔過來，伸手將羅獵從地上扶起，關切道：「你有沒有傷到？」

羅獵倒吸了一口冷氣，瞎子走過來，用小刀將羅獵身上的水靠從頸部割開，看到羅獵後背上被燙出了五六個黃豆大小的水泡，不過周圍的肌膚已經變成了青黑色，不知這燈油到底有沒有毒。

麻雀看到羅獵的傷勢如此怪異不禁有些害怕，顫聲道：「看來燙得不輕，要儘快把你送醫院去。」

阿諾一旁歎了口氣道：「得先離開這裡再說。」一句話讓所有人回到現實中來，他們現在還被困在圓明園的地下，就算羅獵傷情嚴重，也只能苦熬下去。

羅獵笑了笑道：「不妨事，只是皮外傷，走，看看那石門炸開了沒有？」

幾人依次滑到河床底部，撥開瀰漫的硝煙，來到石門前方，這次爆炸的威力巨大，石門被砸得支離破碎，露出後方的甬道。

瞎子道：「原來地宮在雕像的底部。」

麻雀的心思仍然在羅獵身上，小聲道：「你還痛不痛？」

羅獵搖了搖頭，其實他並未說實話，被灼傷的地方疼痛非但沒有減輕，反而越來越重，宛如有人用尖錐不停刺入自己的肌肉，痛得難以忍受了。

瞎子一旁打趣道：「麻雀，你真是越來越溫柔了。」

麻雀俏臉一熱，啐道：「哪有……」

阿諾點頭道：「對我們沒有，對某人卻一定有。」瞎子和他一起笑了起來。

麻雀挽住羅獵的手臂嬌嗔道：「羅獵，他們兩個取笑我。」

羅獵嗯了一聲，卻突然眼前一黑，一頭向地面上栽去，麻雀嬌呼一聲，展臂

將他抱住，瞎子和阿諾兩人原本走在前面，聽到身後麻雀的尖叫，方才意識到可能出事了，三人將羅獵架到平坦的地面上，讓他趴在地上，這會兒功夫羅獵脊背上的水泡已變成龍眼般大小，黑乎乎一片，看起來格外駭人。

他們三人都不通醫術，瞎子向阿諾道：「你帶藥了沒有？」

阿諾搖了搖頭道：「沒事帶那玩意兒幹嘛？」

瞎子歎了口氣，麻雀已徹底亂了方寸，美眸含淚道：「怎麼辦？怎麼辦？」

瞎子道：「我看那燈油有毒，不如咱們先將這幾個水泡挑破，把毒水多少放出來一些，省得繼續加重。」羅獵昏迷後，瞎子成了三人之中的主心骨。他從羅獵腰間抽出飛刀，打著火機烤了烤，算是消毒，然後用刀鋒將羅獵背後的水泡逐一挑破，因為擔心毒液會流到正常肌膚上加重傷情，提前準備好乾淨毛巾吸水。

麻雀已經不忍再看，將俏臉扭到一邊，藏在黑暗中默默流淚。

瞎子將羅獵背後的水泡全都刺破，看到背後變黑的肌膚已經有巴掌般大小，摸了摸羅獵的額頭，這會兒功夫已經變得滾燙，他沉聲道：「咱們必須儘快離開這裡，我估計羅獵撐不太久。」瞎子說完，將隨身的一包東西扔在了地上，那包東西卻是他剛才在河床內撿到的金銀珠寶。

阿諾充滿崇敬地望著瞎子，他從未感覺到瞎子的人格如此高尚，剛才為了那些珠寶跟自己大有拚個你死我活架勢的瞎子突然變了一個人，視金錢如糞土。

瞎子雖然貪財，可君子愛財取之以道，在金錢和友情之間，他會毫不猶豫地選擇前者，**時間就是生命，他必須帶著自己最好的朋友走出去**，瞎子一言不發地蹲了下去，向阿諾道：「搭把手，把羅獵扶到我背上。」

阿諾感到眼睛一熱，他也將自己撿到的那包珠寶扔在了地上，抱起羅獵放在了瞎子身上。瞎子背起羅獵大步流星地向前方走去，朗聲道：「麻雀，你仔細看看，這裡是不是地圖中描繪的地宮？」

麻雀擦乾眼淚，借著燭光環視周圍，目前她還無法判斷出究竟身處何處。沿著甬道繼續前行，瞎子和阿諾兩人輪流背負羅獵，麻雀負責探路，甬道的盡頭卻是向下的階梯，這地下建築錯綜複雜，宛如迷宮，而且越走感到越冷。

阿諾背著羅獵氣喘吁吁道：「這裡不像是出去的道路。」

為了節省有限的光源，現在改為瞎子在前方引路，瞎子看到前方變得空曠寬敞，在半圓形的石壁之上排列著九個幾乎一模一樣的拱洞，瞎子目瞪口呆道：「九個洞口，一模一樣，咱們應當走哪一個？」

麻雀打著火機，舉目望去，眼前果然看到依次排列的九個洞口，每個拱洞的上方都刻有一個龍頭，左右各探出兩隻龍爪，麻雀忽然想起雍正登基之前的九龍奪嫡，難道眼前的一切和此事有關？她逐一觀察九個拱洞，發現，其中一個拱洞上的龍雕和其他不同，龍爪為五爪，其他的卻只有四爪。

麻雀指了指那五爪龍雕下方的拱洞道：「應當是這一個。」五爪金龍才是真龍，只有皇帝才能夠享受的待遇。

瞎子首當其衝走了進去，方才走入拱洞就感覺到一股寒氣逼人，忍不住接連打了幾個噴嚏，感歎道：「好冷！」伸手摸了摸周圍的牆壁，觸手處冷如冰霜，瞎子仔細看了看，這拱洞全都是用大塊的冰岩砌成。

麻雀喜道：「冰室，地圖上標記了冰室，只要穿過這裡就能達福海下方。」

瞎子繼續向前方走去，沒走幾步，前方現出一條長橋，長橋為木質結構，舉步走上長橋，但見長橋兩側，密密麻麻懸掛著招魂幡，上面畫著詭異的符號，瞎子擔心麻雀幾人受到驚擾，讓他們跟隨自己前行，不必點燃燭火。

舉目望去長橋兩旁的招魂幡密密麻麻，瞎子看得膽戰心驚，他甚至以為自己到了十八層煉獄。

麻雀從瞎子沉重而急促的呼吸聲中意識到了什麼，小聲道：「安翟，你看到了什麼？」

「沒……什麼……」瞎子舉目向橋下望去，橋下也是冷氣森森的冰層，冰層內凝固著一個個慘白色的肉體，仔細一看，全都是一些赤身裸體的少女，她們死前顯然經歷了一番掙扎，臨死前惶恐的動作和表情被凝固的冰完整保留了下來。

麻雀終於按捺不住心中的好奇，她打著了火機，火苗綻放的剎那，她看到周圍懸掛的招魂幡，嚇得麻雀將手中的打火機也拋了出去，掉到了橋面之上，讓他們意想不到的是，橋面遇到了火焰竟燃燒了起來，火苗迅速躥升到橋面兩側插著的招魂幡之上，火勢以驚人的速度蔓延開來。

招魂幡被引燃之後，火勢擴展的速度驚人，身後的橋面已經變成了一條火龍，瘋狂追逐著他們的腳步。他們方才奔行到橋樑中段，卻見前方的橋面已經燃燒起來，瞎子看到河面還未被火焰波及，高呼道：「這邊走。」瞎子率先從橋樑上跳了下去，又伸手從阿諾那裡接過仍然處於昏迷的羅獵。

麻雀沒想到自己無心之失竟惹出大禍端，她跳到河面上，借著燃燒的火光向下方望去，正看到冰面下一張張驚恐絕望的面孔，那些被封凍在冰面下百餘年的亡魂似乎隨時要破冰而出，麻雀發出一聲尖叫，雙腿發軟，幾乎挪不動腳步。

瞎子大吼道：「快走！」他背起羅獵踩著冰面向前方跑去，最後跳下來的阿諾，抓住麻雀的手臂，拖著驚魂未定的麻雀跟上瞎子的腳步。長橋的火勢仍然在繼續擴展著，火光照亮了這條冰封之河的兩岸，兩岸之上插滿了招魂幡，火勢循著招魂幡迅速蔓延，這條河的兩岸全都是火。

他們被火勢封住上岸的去路，只能在河面上繼續前行，火勢沿著招魂幡已經擴展到了頂部，麻雀抬頭望去，卻見在他們前方二十多米的地方懸掛著十多口棺材，火勢經由招魂幡已經蔓延到了那裡，點燃了捆綁懸棺的繩索，繩索斷裂之後，懸棺一個接著一個地從空中墜落下去，將冰面撞裂。

阿諾暗叫不好，不知這條河冰面的底部是否已經凍實，如果冰面下有水，恐怕懸棺的撞擊會導致大面積的冰裂，他們有落水之憂。

瞎子放緩了腳步，卻見一口懸棺在不遠處撞得四分五裂，從中滾出一具膨脹變形的屍體，那屍體身形要比常人大上一倍。瞎子向來認為自己的臉夠大，可是跟眼前的這具屍體相比，明顯是小巫見大巫。

本來死人沒什麼好怕，可是那屍體的肚子卻突然鼓漲起來，瞎子以為自己看錯，眨了眨眼睛，確信一切都是真實發生，意識到有些不妙。

阿諾也發現了屍體的變化，驚聲道：「我靠，他肚子大了……」話還沒說完，只聽到蓬的一聲，那屍體竟然炸裂開來。

從屍體破裂的腹部湧出一團黑乎乎的東西，乍看上去還以為是腐爛變質的臟器，可仔細一看，卻是一隻隻拳頭大小的黑色屍蟲，潮水般湧出，然後沿著冰面向他們迅速靠近。

阿諾嚇得魂飛魄散：「快跑……」

瞎子原本奔跑速度就不行，現在背著羅獵更是大受影響，阿諾甩開兩條大長腿本來跑得飛快，可是卻又想起了後面的同伴，他咬了咬牙，放慢腳步，從身後拔出霰彈槍，瞄準屍蟲群最前方就是一槍，霰彈槍威力頗大，一槍擊中屍蟲群，火力波及範圍內全都化成齏粉，後方屍蟲馬上湧上，啃噬著同類的屍體。

不過阿諾的這一槍起的作用不大，屍蟲前仆後繼，行進的速度絲毫不減。他們現在苦於沒有手雷，單憑手上的武器很難對付這麼多的屍蟲。

麻雀跟在瞎子身後掩護，阿諾眼看著屍蟲越來越近，本想再來一槍，目光落在冰面上，突然改變了主意，這一槍瞄準了冰面下的屍體，一槍將冰面打出一個大洞，冰面下的屍體暴露出來。

那些屍蟲一個接著一個地從槍洞中鑽了進去，爭先恐後地啃噬冰面下的屍體，那具因阿諾槍擊而暴露的屍體成為了暫時吸引屍蟲群的誘餌。

阿諾此時已經驚出了一身的冷汗，如果不是他急中生智，轉移了屍蟲群的注意力，恐怕現在已經被屍蟲包圍。

他們重新回到長橋旁邊，那條長橋如今已經完全燃燒起來。

第二章

雍正的陵寢

麻雀忽然想起民間的傳聞，
說雍正帝被呂四娘刺殺後割掉了首級，
難不成這水晶棺中裝著的真是雍正帝？
選擇這裡安放他的遺體，是為了有朝一日羽化成龍？
想不到真被瞎子說中，這裡存在著一座大墓，
而且是雍正的陵寢！

瞎子將羅獵平放在冰面，然後將他用力推了出去，羅獵的身體沿著冰面滑行，通過燃燒的橋洞到了長橋另一側，瞎子和麻雀也先後從橋洞下鑽了過去。阿諾一邊逃一邊回頭看，屍蟲群重新組織隊形向他追來，阿諾大叫一聲，一個魚躍前衝，從燃燒的橋洞下方通過。

瞎子大叫道：「金毛，瞄準中間橋墩射擊。」

長橋雖然全都燃燒，可是仍然沒有坍塌，唯有橋樑坍塌方能阻止那些屍蟲通過。三人全都取出了武器，瞄準中間的橋墩射擊，一時間木屑亂飛，可是那橋墩卻異常堅實仍然沒有斷裂。

屍蟲群宛如黑色流水一般湧到了長橋的對側，變換隊形試圖從橋洞下通過。

瞎子和麻雀每人托起羅獵的一隻臂膀，拉著他在冰面上滑行。阿諾不甘心地朝著橋墩又開了一槍，這一槍仍沒有奏效，屍蟲的先頭部隊已成功通過橋洞。

瞎子大叫道：「金毛，快逃！」

阿諾應了一聲，大步追了上去，身後突然傳來坍塌之聲，卻是長橋在烈火的焚燒之下終於崩塌，橋樑如同一隻火龍般倒伏在冰面上，火焰將冰面封鎖，剛進入橋面下方的屍蟲群頓時葬身火海，尚未通過長橋的屍蟲群被阻攔在另外一側。

那百餘隻成功通過長橋的屍蟲，卻放棄了追擊，因為長橋因為失火將冰面融化，不少被封在冰下的屍體暴露出來，吸引了屍蟲的注意力。

瞎子和麻雀回頭望去，確信屍蟲群已不再繼續追趕他們，方才長舒一口氣。

阿諾氣喘吁吁地從後面趕了上來，上氣不接下氣道：「快……快走……牠們吃完還會過來……」

麻雀指了指右側岸邊的缺口：「那裡沒有被火波及。」

瞎子點了點頭，深深吸了口氣，奮力將羅獵抱起，他們迅速走上河岸，麻雀提醒自己一定要冷靜下來，努力回憶著地圖中的標記，這條河在地圖中有過標記，如果她沒記錯，這裡距離福海下方的洩洪道已經不遠。只是她已經迷失了方向，一時間無從辨別方位，麻雀道：「何處是西北？」

瞎子將羅獵交給了阿諾，從懷中掏出了黃金羅盤，一不小心帶出了一條寶石項鍊。阿諾差點沒把眼珠子給瞪出來，剛才瞎子丟掉那包珠寶的時候，自己居然被他高尚的人格，真摯的同志友情所感動，在他的感召下，自己將撿來的寶貝全都給扔了，沒想到啊沒想到，這貨狗改不了吃屎，居然偷藏了那麼多的私貨。

瞎子絲毫沒有覺得愧疚，從地上撿起那串項鍊直接掛在了脖子上，然後端起羅盤看了看，辨別方向之後指了指。

麻雀道：「應該是朝這邊走，根據地圖的標記，這裡應該有一條水道的。」

瞎子道：「是不是這條河？已經凍上了。」

麻雀搖了搖頭，方向顯然不對。

瞎子道：「我帶路！」

阿諾充滿怨氣道：「到處都是火光，我們看得清楚。」

瞎子向他看了一眼，卻見阿諾背著羅獵，一雙眼睛瞪得跟銅鈴似的。瞎子知道他因何生氣，嘿嘿笑道：「你先背一會兒，我歇口氣就換你。」

阿諾怒道：「做人怎麼可以這樣無恥？」

瞎子只當沒有聽到，裝模作樣地提醒同伴道：「快走，那屍蟲萬一追趕過來就麻煩了。」

阿諾雖然滿腹怨氣，也知道現在不是跟瞎子算帳的時候，更何況瞎子也沒逼他將那些寶貝扔了，想來想去只怪自己太單純，這世界上吃虧的都是他這種人。

羅獵這會兒居然有了反應，恍惚中覺得自己彷彿躺在一艘晃晃悠悠的小船上，睜開雙目，看到周圍到處都是火光，還以為自己處在夢中，他咳嗽了一聲，驚動了一旁的麻雀，麻雀喜極而泣：「羅獵，羅獵你醒了？」

羅獵點了點頭，不知身處何處，也不知道自己昏迷的這段時間到底發生了什麼，不過有一點他清楚，他們仍然沒能從地下走出去。拍了拍阿諾的肩頭示意他將自己放下，瞎子湊過來看了看羅獵的後背，看到皮膚變黑的範圍更大了，關切道：「怎樣？還痛嗎？」

羅獵搖了搖頭，活動了一下手臂，感覺後背被燙傷的地方已經麻木。只是身體感到前所未有的虛弱，他基本上能夠斷定，飛濺到身上的燈油有毒，羅獵猜到同伴們將自己帶到這裡一定費盡了辛苦。

瞎子道：「此地不宜久留，到處都充滿了古怪，咱們還是儘快離開為妙。」他走過來要背起羅獵，羅獵搖了搖頭，堅持自己前進，可走了幾步，就感到雙腿痠軟，每一步都如同踩在棉花上，只好接受瞎子的幫助。

前方現出一個黑魆魆的洞口，洞口的邊緣雕刻著一隻怪獸的頭部，洞口的位置剛好成為怪獸的大嘴，那黑洞洞的大嘴彷彿能夠吞噬一切。

阿諾望著洞口不由得心底打怵，向麻雀道：「你確定咱們沒有走錯？」

麻雀點點頭道：「方向應該沒錯，這裡應該是雍正帝生前在圓明園內煉丹的密地，和圓明園的地下水道是兩個不同的部分，所以地圖才會缺失了這部分。」

瞎子道：「水火交融，羽化為龍，難道這裡也是一座墓葬？」

麻雀秀眉微顰，她並不贊同瞎子的看法，任何的史料上都沒有記載過圓明園下有墓葬的說法。

瞎子道：「興許雍正皇帝就埋在這下面。」

麻雀道：「雍正皇帝的墓位於東陵，名為泰陵，清宮史料記載豈會有錯？」

瞎子嘿嘿笑道：「史料也都是人寫的，你如此相信史料，為何史料上沒有記載雍正帝的真正死因？」

麻雀居然被他給問住。

瞎子道：「書寫歷史的史官食朝廷俸祿，必然為朝廷服務，他們敢亂寫就算不死也得被整成殘廢，司馬遷你聽說過沒？」

麻雀啐了一聲道：「不跟你理論，你就會歪攪胡纏。」

瞎子道：「我可不是歪攪胡纏。」他舉起自己的羅盤道：「先有水系，再有爐鼎，此前水系為洩洪排水之所，剛才的爐鼎為煉金凝丹之地，咱們剛才雖然向西北走，可這條通道卻變成了正南正北。根據洛書的說法，戴九履一，左三右七，二四為肩，六八為足，五居中央。橫豎斜皆合於十五。從方位來看，三為東方，九居於南，七者為西，一局於北，五居中央。二、四、六、八分別位於西南，東南，西北，東北。」

瞎子說起自己的專業格外來勁，說得口沫橫飛，舌燦蓮花，別說是麻雀，連羅獵都聽得入神。

阿諾望著瞎子的眼神也從鄙夷又變成有那麼點欣賞了，只覺得他說得高深莫測，高深在那裡自己也不清楚，反正一個字沒聽懂。

瞎子清了清嗓子又道：「咱們從四位走向六位，到這裡卻變為五位，恰恰合於十五，我看這裡的風水佈局，必有大墓。」

麻雀關於風水的知識有限，可任憑瞎子舌燦蓮花也很難讓她信服。

一頭霧水的阿諾道：「我才不管什麼大墓，我只關心咱們怎樣出去。」他說到了最關鍵的問題。羅獵雖然甦醒了過來，可是顯然已經中毒，如果無法及時清除毒素，只怕會有危險。

麻雀道：「是不是墓，走進去才知道。」她率先走入那宛如怪獸大嘴的洞口。洞內氣溫很低，瞎子低頭望去，卻見足底都是白色的岩層，兩側牆壁都是用巨大的冰塊砌成，這地下建築應當是一個巨大的冰窖。

幾人都被凍得瑟瑟發抖，反倒是羅獵沒什麼感覺，他中毒之後，體內燥熱難耐，到了這冰窟之中覺得通體舒泰，彷彿症狀也減輕了許多。

裡面紅光閃爍，幾人帶著好奇靠近，舉目望去，卻見那紅光卻是點燃的火焰，原來他們走入的洞口卻並非是唯一的通道，招魂幡集中在一起從這地下洞府的上部洞口進入，火焰沿著招魂幡已經率先蔓延到了洞內，在招魂幡層層纏繞的

中心豎立著一口巨大的水晶棺槨，火光映照下，棺槨內的一切顯露得清清楚楚。

那水晶棺內倒立著一個身穿皇袍的男子。

瞎子曾在幾人面前說過水火陰陽穴的事，往往這樣埋葬，地點均為龍脈經行之處，死者頭朝下吸收靈氣死後肉體生鱗，羽化為龍，造福後代。他們繞到水晶棺的另一邊，卻發現那水晶棺中的屍體雖然背影完整，可頭部卻是用黃金鑄成。

麻雀忽然想起民間的傳聞，說雍正帝被呂四娘刺殺後割掉了首級，難不成這水晶棺中裝著的真是雍正帝？選擇在這裡安放他的遺體，是為了有朝一日羽化成龍？想不到真被瞎子說中，在這裡果然存在著一座大墓，而且是雍正的陵寢，可雍正明明葬在泰陵中，這水晶棺中的人究竟是真是假？

可是根據她此前看到地圖的標記，這裡應當有水道通往福海下方，可是道路已到盡頭，並沒有任何的水道出現。

火勢沿著招魂幡迅速蔓延，短時間內纏繞水晶棺槨的魂幡和繩索全都燃起，那巨大的水晶棺從上方掉落。

蓬的一聲，似乎擊穿了下方的岩壁，從岩壁的孔洞之中，水柱沖天而起，原來他們所在的地面下全都是水。噴出的水柱將燃燒的魂幡熄滅，整個洞穴瞬間陷入黑暗之中。

麻雀道：「水道！」

她的話音剛落，那具巨大的水晶棺又被從水底拋了出來，朝他們飛了過來，羅獵雖然看不清具體的情況，可是憑著超人一等的感應已經知道危險到來，大吼道：「全都趴下！」

瞎子第一個看到，驚呼道：「趴下！」帶著羅獵趴倒。麻雀和阿諾也慌忙趴倒，剛趴在地上就感到頭頂風聲呼嘯，卻是那口水晶棺從他們身上飛掠而過。

水晶棺撞擊在一旁岩壁之上，棺蓋從棺體上分離開來，裡面的屍體從中滾出，就落在瞎子身前不遠的地方，發出噹啷聲響。瞎子定睛望去，卻見那屍體身首分離，業已腐朽的乾屍從龍袍下露出兩條褐色的大腿，那顆純金腦袋卻嘰哩咕嚕地滾到了阿諾身邊。

羅獵從地上爬起，一旁麻雀呼喊著他的名字，來到他身邊攙住他的手臂，她最關心的那個人始終還是羅獵。羅獵道：「先退出去再說。」

地面劇烈震動了一下，隨之響起岩層崩裂的聲音，後方螢光閃爍，瞎子回身望去，卻見那噴流的水柱已經不再像剛才那般強烈，光芒從水晶棺砸出的大洞之中發出，一隻粗大的利爪猛地從洞內探伸出來，啪的一聲拍擊在岩石之上，強大的力量讓整個地面為之震動。

瞎子驚聲道：「龍……龍……」

其餘人的目力雖然比不上瞎子，多半也不相信這地底世界藏著一頭龍，可那閃爍著磷光的大爪子他們都看到了。自從蒼白山歷險之後，幾人對形形色色的未知怪獸已經有所認識，知道在人類少有涉足的地方還生存著許許多多不為人知的奇怪生物。即便是真有一頭龍出現在這裡，他們也不會感到奇怪。

另一隻巨爪探伸出來，隨著雙爪用力，一個有舢板大小的腦袋探出水面，兩隻小眼睛閃爍著金黃色的光芒。

瞎子一邊跑一邊回頭看，目光和那怪物的小眼睛相對，驚呼道：「龍！真的是龍！」

羅獵在麻雀的攙扶下向前奔跑，死亡的威脅下，他體內的潛能被重新激起，身體突然又有了力量，轉身回望，卻見那怪物大半個身軀已從洞穴中爬了出來，長嘴短腿，周身閃爍著淡藍色的磷光，分明是一頭巨大的鱷魚，這頭鱷魚要比尋常的鱷魚大上許多，頭尾的長度超過了十米。顯然是剛才水晶棺砸開地面岩層將牠釋放了出來，巨鱷性情暴躁，以牠強勁有力的長尾將水晶棺從洞內橫掃而出。

張開巨吻，露出一顆顆讓人觸目驚心白森森的利齒，似乎是打了個哈欠，然後迅速咬合，蓬的一聲猶如洞中響起了一個炸雷，閉嘴的聲音都讓人心驚肉跳，狡黠的目光迅速鎖定了前方逃走的敵人，牠不緊不慢地挪動腳步，等到身體完全爬了上來，四條粗壯的短腿突然就加快了節奏。

羅獵幾人就快逃到了洞口，身後傳來沉重的腳步聲，單從腳步的節奏已經能夠推斷出那巨鱷奔跑的速度極其驚人。

這次阿諾仍然落在了最後，瞎子心中暗自感動，沒想到生死關頭金毛如此義氣，總是在最後為夥伴掩護，他大聲道：「金毛，快點！」

阿諾嗯了一聲，甩開兩條大長腿，瞬間即趕了上來，瞎子也趕緊跟上，眼看獵物就要逃出洞口，巨鱷明顯有些急了，後腿一蹬，竟凌空躍起，大嘴向位於最後的瞎子咬去，瞎子回頭一看，嚇得差點沒尿出來，一個魚躍騰空向洞外撲去。

巨鱷的腦袋實在太大，在只差一點點就能咬到瞎子的狀況下，頭顱撞擊在洞口岩壁之上，嘴巴雖然出去了，可腦袋沒出去，大嘴在瞎子身後一米處合攏，蓬的一聲，仿若瞎子放了個驚天響屁。

瞎子重重摔倒在地上，忙不迭地從地上爬起，卻見那巨鱷只有嘴巴的前部露出來，腦袋被卡在了洞口，嘴巴一張一合，試圖咬住自己。看到如此情景，瞎子反倒不害怕了，嘿嘿笑道：「娘的，還以為你多厲害，有種你出來，有種你咬我啊！」揚起手槍瞄準巨鱷張開的嘴巴就是一槍。

這一槍正中目標，巨鱷痛得發出一聲悶雷般的低吼，牠閉上了嘴巴，應當是被瞎子的這一槍嚇怕，將伸出洞口的嘴縮了回去。

瞎子又瞄準洞內開了兩槍，料定那巨鱷因為體型過大而無法出來，瞎子樂道：「跟我鬥，有種你咬我啊……」他的話還沒說完，就聽到洞內傳來一聲低吼，緊接著那巨鱷就用頭顱撞擊在洞口之上，一時間沙石亂飛，洞口被巨鱷堅逾金鐵的頭顱撞開，牠的頭顱連帶著兩條前肢已經衝出了洞口。

瞎子嚇得尖叫一聲，轉身就逃。

羅獵提醒眾人道：「去冰面上！」他可以斷定這是一條鱷魚，這條巨鱷不知在地下生存了多少年，鱷魚本身的生命就較普通的生物長久，百年以上比比皆是，羅獵也是頭一次見到這麼大的鱷魚，根據這鱷魚的體型估算，搞不好壽命要在二百年以上，他對鱷魚的習性和特徵有所瞭解，知道這看似蠢笨懶惰的動物，一旦進入捕獵狀態移動的速度也是極其驚人。

羅獵提議眾人走上冰封的河面，是因為他瞭解在陸地上他們無法逃脫巨鱷的獵殺，可是在光滑的冰面上卻不同，鱷魚龐大的身體在冰面上移動受到的影響會比他們更大。

幾人迅速逃向冰封的河面，長橋仍然在熊熊燃燒，正是因為長橋燃燒形成的烈火帶才能將屍蟲阻擋在橋的另外一邊。

巨鱷衝出洞穴，依然沒有放棄對羅獵幾人的追逐，瞎子的那一槍雖然射在牠的嘴巴裡，可是並沒有對牠造成致命傷，憤怒的巨鱷衝上冰封的河面，河面冰層已經凍實，巨鱷雖然沉重，卻不可能將冰層壓塌。

牠急於抓住前方的獵物，四肢自然加快了頻率，可是牠並沒有考慮到冰面如此光滑，四條短腿接連打滑。

羅獵幾人沿著冰面向下游狂奔，看到巨鱷在冰面不停打滑，都鬆了口氣。眼看著獵物越跑越遠，巨鱷急切之中後腿用力一蹬，竟然騰躍而起，身體落在冰面上，又因四肢打滑趴到，可是身體由於慣性在冰面上居然高速滑行起來，這對巨鱷來說竟然成為了一個意外收穫。

羅獵幾人好不容易才拉開了和這頭巨鱷的距離，卻想不到那條巨鱷居然以這種方式高速向他們滑行而來，眼看著就滑行到他們的身邊。幾人根據巨鱷的滑行方向趕緊向右側逃去。

巨鱷雖然接近了獵物，可是仍然無法自如控制自己的身體，眼看著獵物就在近前，慌忙張大了嘴巴，試圖咬住距離自己最近的阿諾。

阿諾嚇得沒命狂奔，驚慌中腳下一滑摔倒在冰面上，鱷魚的大嘴就在他頭頂合攏，發出一聲悶響，鱷魚的身體甚至撞擊到了阿諾的雙腳，可是牠接著就因為慣性向前方繼續滑行，反倒拉遠了和獵物之間的距離。

瞎子伸手將阿諾從冰面上拽起，阿諾隆起的懷中卻掉下一個圓球，叮叮噹噹在冰面上彈跳著向遠方滾去。瞎子看得真切，那金色圓球卻是水晶棺中屍體的黃金腦袋，阿諾在逃亡時順手牽羊將這顆黃金腦袋據為己有，剛才阿諾始終都落在後面，真正原因不是他要主動斷後，而是這黃金腦袋太沉，拖慢了他的速度。

阿諾看到那顆黃金腦袋越滾越遠，頓時急了眼，不顧一切地想追上去，瞎子一把將他的衣領子給拉住，怒道：「你不要命了？」

那顆黃金腦袋已經滾到了巨鱷身邊。

此時長橋有部分已經燃燒殆盡，橫亙河面的火帶出現了一個大大的缺口，原本被阻擋在橋樑另外一側的屍蟲宛如潮水般湧了過來，這些屍蟲比起巨鱷更加可怕，如果讓他們選擇，他們寧願被鱷魚咬死也不願被那些屍蟲群噬。

羅獵環視四周，他迅速做出了一個果斷的決定，大聲道：「回到那洞裡！」

瞎子以為自己聽錯，看到羅獵和麻雀已奔向河岸，兩人朝著剛才巨鱷衝出的洞口逃去，瞎子喃喃道：「有沒有搞錯，好不容易逃出來，又要回去。」不過抱怨歸抱怨，瞎子卻聽從了羅獵的建議，拖著心有不甘的阿諾一起向岸上奔去。

兩人剛剛上岸，那條巨鱷就揚起尾巴，狠狠抽打在那顆黃金腦袋上，黃金腦袋猶如出膛的炮彈一般向兩人飛去，瞎子和阿諾慌忙分開，剛一分開，那顆黃金腦袋從兩人之間的空隙中就射了過去，重擊在前方岩壁之上，原本圓圓的黃金腦袋被撞癟了一塊，阿諾雙目一亮，一個箭步衝上去又將黃金腦袋撿起。

瞎子暗罵這廝比自己還要貪財，簡直是要錢不要命。

羅獵選擇折返逃回剛才的地方並不是沒有原因的，巨鱷在衝出洞口之時將洞口撞塌了半邊，如今的洞口比起剛才還要小，也就是說，那條巨鱷雖然成功衝出，可是想要回去洞穴卻很難。

巨鱷顯然識破了他們的意圖，也拚命向岸上爬去，巨鱷剛剛爬到岸上，那些屍蟲已經如同潮水般湧到牠的尾部，巨鱷堅韌的外皮在屍蟲的面前竟起不到任何防禦作用，轉瞬之間，半截尾巴已被那些屍蟲啃得只剩下一截白骨，巨鱷負痛亡命，朝剛才出來的洞口逃去。

此時羅獵幾人先後已經從坍塌的洞口逃了進去，瞎子一邊跑，一邊氣喘吁吁提醒羅獵道：「裡面搞不好還有一條。」

羅獵道：「就算有，也好過讓那些屍蟲咬死。」

身後傳來劇烈的震動，卻是那條巨鱷逃到了洞口，強悍凶猛如牠在成千上萬的屍蟲面前也毫無辦法，如果無法擺脫，只能任人宰割。巨鱷回到洞前方才意識到洞口坍塌了半邊，自己雖然能從裡面出來，可是再想進去已經沒有可能，現在洞口比起牠強行衝出來的時候又小了不少。

巨鱷急於鑽入洞中逃避那些屍蟲，可越急越是鑽不進去，無數屍蟲已經爬到了牠的身體上，吞噬著牠的血肉，巨鱷負痛，只能用堅硬的頭顱不停撞擊洞口，這樣一來洞口原本鬆動的石塊紛紛落下，將此前坍塌半邊的洞口完全堵住。巨鱷已經沒有了其他的選擇，用盡全身的力量去撞擊前方。

強大的撞擊引得地動山搖，羅獵幾人剛剛逃回洞內，頭頂就落下了沙石雨，阿諾倉皇逃跑的時候又摔了一跤，好不容易才撿回的黃金腦袋脫手不知飛去了什麼地方，原來失而復得，得而復失竟然如此容易。

幾人逃到安全的地方，回頭望去，出去的洞口已經徹底坍塌堵住，那頭巨鱷顯然還在垂死掙扎，一下又一下地在外面撞擊，試圖逃回自己的藏身之所，只是撞擊的力量一次比一次減弱。那巨鱷的身上已經爬滿了屍蟲，原本想獵殺羅獵幾人的超級凶獸現在卻成為了屍蟲的美餐。

洞內灰塵四起，幾人被嗆得不停咳嗽，雖然他們暫時躲過了危險，卻不敢掉以輕心，巨鱷雖然無法衝進來，可是無孔不入的屍蟲說不定很快就會鑽入這裡。

他們幾個跌跌撞撞地向裡面逃去，沒多久就來到了剛才巨鱷爬出的那個水洞。那水洞中邊緣磷光閃爍，卻是不少閃爍著藍色磷光的小魚散落在岸邊，羅獵在此前曾經見到過這樣的小魚。

瞎子回頭望去，果然有屍蟲從坍塌洞口的縫隙中鑽了進來，瞎子叫道：「鑽進來了，都鑽進來了……」因為恐懼連聲音都變了。

羅獵雖然看不到身後的情景，可是從瞎子的叫聲中也能猜到形勢的緊迫，他迅速下定決心道：「跳下去！」

阿諾驚呼道：「有沒有搞錯？下面可能是鱷魚窩？」

麻雀黑暗中咬了咬櫻唇道：「我寧願讓鱷魚咬死！」說完她第一個躍入水洞之中。

羅獵擔心她有所閃失，緊跟著麻雀跳了下去，阿諾還有些猶豫，畢竟他看不到身後的狀況。

瞎子看到屍蟲群的最前端已經距離他們不過五米的地方，知道已經沒了選擇，抬腳就踹在阿諾的屁股上，阿諾沒有防備慘叫一聲跌落下去，瞎子把雙眼一閉，大吼一聲，最後一個跳入水洞，他剛剛跳下去，那群屍蟲就宛如水銀瀉地般將他們剛才所站立的地方覆蓋。

阿諾被踢下去之後方才發現水洞其實不深，距離上方也就是三米左右，水洞內彌散著奇異的藍光，卻是因為這水中生活著一種能夠發光的藻類，借著藍色的反光，他們相互找到了同伴的位置，確信所有人都沒事，羅獵方才鬆了口氣。

因為擔心上方的屍蟲會湧入水中，他們儘快向前方游去，還好最壞的狀況並沒有發生，那些屍蟲圍攏在洞口沒有跳下水洞，應當是對水有所畏懼。

麻雀指了指西北方向，如果這條就是地圖上所標記的水道，那麼就應該可以直達福海下方，水面和上方岩層有不少間隙，水洞內空氣雖不是特別清新，可絕對不影響呼吸。水溫也沒有想像中的冰冷，身處這樣的環境本該是非常愜意的事。可是他們每個人都心驚膽戰，誰都沒忘記剛才那頭鱷魚是從這裡爬上去的。

這個水洞和外界應當是彼此隔絕的環境，正是這樣的環境讓那條鱷魚得以生存，成長得如此巨大，不排除裡面還有其他鱷魚的可能。

麻雀轉過俏臉，望著身邊的羅獵，藍色光芒的映射下，羅獵堅毅的面龐鎮定如昔，任何時候，任何環境下，羅獵都表現出強大的自信，他的這種特質可以感染身邊的每一個人，只要羅獵這個主心骨在，其他人就如同吃下了定心丸。

瞎子出現在麻雀的右側，小聲問道：「你確定？」

麻雀正想回答，卻聽到遠處傳來咕咕聲，她噓了一聲，示意瞎子別說話。

羅獵側耳聽去，這聲音應當不是鱷魚發出，在他的內心也沒有產生那種極度的壓迫感，自從遇到吳傑傳藝，羅獵的直覺變得越來越敏銳。他讓幾人放慢速度，自己先行游向前方，但見不遠處的岩石上蹲著一隻蛤蟆，那蛤蟆通體碧綠，體型碩大，宛如一隻成年貓兒般大小。

羅獵雖然知道大千世界無奇不有，可是在此之前還從未見過這麼大的蛤蟆，根據他所瞭解過的常識，生物的外表越是鮮豔，毒性往往越大。羅獵不敢靠得太近，向身後的夥伴揮了揮手，示意大家向左側移動，儘量遠離那隻蛤蟆。

水面上泛起紅色的反光，瞎子眨了眨眼睛確信紅光不是來自水下，他緩緩抬起頭來，只見頭頂一條長達一米手腕粗細的蟲子沿著上方潮濕的岩壁迅速遊走，那蟲子生有千足，體內宛如燃燒著火焰一般，通體紅亮，瞎子吃驚地張大了嘴巴，看外部的形狀這蟲子分明是一條蜈蚣，可蜈蚣哪有那麼大個的？

阿諾跟著抬起頭來，他的反應比瞎子更加強烈，張嘴差點叫出聲來，卻被麻雀及時捂住了嘴巴。

還好他們幾人並未引起蜈蚣的注意，大蜈蚣沿著牆壁無聲無息遊到那蛤蟆的背後，顯然是要偷襲這隻肥碩的獵物，牠下半邊身體仍然吸附在岩壁上，上身脫離了岩壁，猛然向蛤蟆背後咬去。

看似笨拙的蛤蟆動如脫兔，以驚人的速度向水中躍去，蜈蚣的偷襲頓時落空，與此同時從水下，另外一隻蛤蟆破水而出，長舌探身出去，猶如一道閃電般黏住了蜈蚣，用力一扯，將蜈蚣的半邊身體吞入大嘴之中，剛才誘敵的那隻蛤蟆重新躍上岩石，一口咬住蜈蚣的另半邊身體。

羅獵幾人看得目瞪口呆，想不到這些生物竟擁有這樣的智慧，配合如此默契。蜈蚣被兩隻蛤蟆分而食之，身體的紅光也漸漸黯淡下去，然而後方卻有一片紅雲向這裡席捲而來。幾人向亮起紅光的地方望去，發現那紅光波動的地方竟是一大群蜈蚣，沿著石壁迅速遊走而來，十有八九是聽到了同伴的召喚。

兩隻蛤蟆吞掉了獵物心滿意足，噗通！噗通！先後躍入水中，看來這兩隻狡猾的生物已經不止一次利用這種方法捕獵。

羅獵幾人不敢停留，加速向前方游去，還好游出一段距離水就開始變淺，那兩隻泛著藍光的蛤蟆一前一後跳到了岸上，後方那群蜈蚣遊走的速度很快，距離他們也不到十米。

羅獵不敢冒險上岸，全都將身體潛入水下，眼睜睜看著那群蜈蚣從他們的頭頂遊走而過，突然水波蕩動，幾人內心都緊張到了極點，卻見水中一個牛犢大小的黑影倏然就游到了近前。

那牛犢大小的黑影竟是一隻巨大的蟾蜍，牠幾乎和麻雀擦身而過，碗口大小的眼睛轉動了一下，並未發起攻擊，雙腿在水底一蹬，身軀破水而出。

除了羅獵之外，其他人並沒有他這麼強大的閉氣能力，忍不住一個個從水底露出頭來換氣，看到那隻蟾蜍通體如墨，雙目金黃，騰空一躍，驚人的彈跳力可達十米，身在空中，口中的長舌如同長鞭般射了出去。

岩壁上的數十條蜈蚣本已擺出圍攻兩隻蛤蟆的架勢，沒想到螳螂捕蟬黃雀在後，那兩隻蛤蟆就是要引誘蜈蚣群出動，真正的危險來自於這頭巨大的蟾蜍。

如果不是親眼所見，他們誰都不會相信這世上居然有這麼大的蟾蜍，那群蜈蚣在蟾蜍面前根本沒有了反抗的能力，一個個慌忙四處逃竄，怎奈這蟾蜍捕獵的效率實在太高，長舌如箭，例無虛發。一會兒功夫那些蜈蚣已經被牠吞了大半，兩隻負責誘敵深入的蛤蟆此時也過來接應。

隨著蟾蜍吞食蜈蚣，牠黝黑的身體也開始泛起紅光，遠遠望去，周身如同亮起了無數個紅色的燈泡。

羅獵幾人看到眼前的情景真的是歎為觀止，同時又有些害怕，如果這些古怪的生物轉而攻擊他們，恐怕他們很難保證全體無恙。

麻雀附在羅獵耳邊小聲道：「前面應該就是通道。」

羅獵其實也已經看到，在岸上不遠的地方就有一個洞口，那洞口可以容納一個人直立出入，不過洞口如今被蟾蜍擋住。羅獵低聲提醒同伴道：「不要輕舉妄動，這些蟾蜍興許對咱們沒什麼興趣。」他是依靠直覺判斷。

三隻蟾蜍飽餐一頓，個個肚皮滾圓，牠們的行動速度明顯失去了剛才的快捷，慢吞吞爬回水中，看都不看一旁的四名潛入者，揮動四肢游向來時的地方。

羅獵幾人等到三隻蟾蜍遠去，方才迅速爬到了岸上，瞎子抹去臉上的冷水，心有餘悸道：「媽呀，那蛤蟆比一頭豬還大。」他推了呆若木雞的阿諾一把：「金毛，你有沒有看到？」

阿諾點了點頭，這會兒才算靈魂歸位，喃喃道：「若是能抓住一隻準保能賣大錢。」

麻雀一臉嫌棄地望著這個財迷，也是這次方才發現，阿諾比瞎子更加財迷：「只怕有命賺沒命花。」

阿諾被麻雀的這句話點醒了，吸了口氣道：「是！是！咱們還是快走，儘快離開這個地方。」

幾人正準備上岸，突然聽到羅獵發出一聲驚呼，卻是他在水中的右腳被牢牢纏住，強大的力量將羅獵的身軀拖拽到了水中。

羅獵雖然沒能看清究竟是什麼攻擊自己，可是他心中已經推測到十有八九就是那隻牛犢般大小的蟾蜍。那蟾蜍實在狡詐，剛剛慢吞吞地經過他們的身邊，表現得對他們毫無興趣，真正的本意卻是要攻其不備。

這些蟾蜍在捕獵時表現出的狡詐絲毫不次於人類。

幾名同伴意識到羅獵出事的時候，他已經被拖了出去。遇到這種狀況，他們幾乎同時反應了過來，爭先恐後地向水中撲去，然而他們的速度實在太慢。

羅獵像坐了火箭一般，在蟾蜍長舌的拖拽下，身體在水面上急速滑行，拉出一道雪白的水線。

瞎子大叫道：「砍斷它！」他的話還未說完，羅獵的身體已被拖入水下。

突如其來的偷襲讓羅獵陷入慌亂之中，不過他在最短的時間內鎮定了下來，右手從腰間抽出短刀，雙目透過水中看到在他前方三米處，那隻壯如牛犢的蟾蜍通體閃爍著紅色光華，一條長舌有若蟒蛇一般纏住了自己的右足，用力向牠的闊口中拖行，在牠的眼中，這幾個潛入者也不過是牠的美餐罷了。

在那頭蟾蜍的兩側，兩隻綠色的蛤蟆一左一右向羅獵包繞而來。羅獵情急之下，揮動手中的短刀向蟾蜍的那條長舌斬去。

換成旁人，在這種狀況下早已魂飛魄散，呼吸心跳早已亂了節奏，羅獵的臨危不亂在此時起到了關鍵作用，短刀斬中長舌，長舌從中斷裂，藍色的血霧宛如煙塵般彌散在水中。

兩隻綠色的蛤蟆一左一右向羅獵飛速靠近，射出的長舌黏住羅獵的雙臂。巨型蟾蜍長舌被斬斷，痛得牠瞪圓了金黃色的雙目，周身膨脹開來，短時間內身軀竟然漲大了一倍有餘。

瞎子看到前方水面下紅光閃爍，料定那閃爍紅光的地方就是蟾蜍的軀體，他槍法不行，擔心開槍誤傷了羅獵，向阿諾道：「瞄準紅光射擊！」

阿諾舉起手槍，扣動扳機卻沒有反應，這是因為槍支進水的緣故，連續扣動幾下都沒能成功發射。一旁傳來呯的一聲，卻是麻雀射擊成功。

麻雀的這一槍雖然射中了紅光的部分，可是子彈入水之後殺傷力大減，擊中蟾蜍的後背，未能造成太大的傷害。

暴怒的蟾蜍撲向羅獵，以頭顱撞擊在羅獵的腹部，羅獵被撞得向上飛起，帶著兩隻綠色的蛤蟆一起破水而出飛向半空。

羅獵飛出水面的剎那，阿諾和麻雀兩人同時開槍，瞄準那兩隻死纏羅獵不放的綠色蛤蟆，那兩隻綠蛤蟆被子彈射中，從牠們的身體上迸射出數道毒液。

羅獵慌忙閉眼以免毒液射入他雙目之中，可仍有不少毒液射在他身上。

或許是因為那隻巨型蟾蜍長舌被羅獵斬斷，牠喪失了繼續進攻的勇氣，向遠方急速游去，眼看那河面上的紅光漸漸遠離。瞎子幾人慌忙過去接應。

羅獵從半空中跌落水中，重新浮出水面後，他提醒幾人不要過來，畢竟水中佈滿了蛤蟆的毒液，還不知毒液有沒有腐蝕性，羅獵用短刀割斷兩條蛤蟆的長舌，此時不停有小魚的屍體浮上來，這些小魚全都是被蛤蟆的毒液害死。

羅獵重新游回岸邊，瞎子和阿諾慌忙伸手去幫他，羅獵拒絕了兩人的好意，筋疲力盡地爬回岸上，低頭看了看身體周圍，前面倒是沒事，毒液射在了他的後背上，恰恰是剛才被燈油灼傷的地方，剛才因燈油燙傷發黑的肌膚，此刻隱隱泛出青色，可能是毒性侵入肌膚的緣故，反倒不覺得疼痛了。

麻雀看到羅獵的樣子急得就快哭出來了，顫聲道：「怎會這樣？」

羅獵笑道：「應該沒什麼事，至少現在我已經不痛了。」

瞎子眨了眨小眼道：「以毒攻毒，相生相剋，說不定稀裡糊塗地就好了。」

阿諾看了看羅獵的後背，倒吸了一口冷氣道：「咱們還是儘快離開這個地方，麻雀你不會搞錯方向吧？」

麻雀整理了一下思緒道：「應該不會有錯，前面那個洞口應當就是連通福海的洩洪管道。」

幾人走向那個洞口，沿著曲曲折折的管道一路上行，約莫行進了二百米左右，前方現出一道鐵柵欄，鐵柵欄早已殘破銹蝕，從缺口的斷裂處來看，有人為鋸斷的痕跡，過去應當有人從這裡進入過。

穿過缺口，看到一個類似於正覺寺下方的排洪中樞，四周遍佈排水口。

麻雀驚喜道：「就是這裡了！」

瞎子望著上方數十個一模一樣的排水口，其中有不少仍然有水流出，不過比起最初進入的排洪中樞水流顯然小了不少。

麻雀指了指其中的一個排水口道：「應當是這裡了。」

瞎子將信將疑道：「你怎麼知道？」

麻雀道：「地圖上用甲骨文給出了明確的標記。」

瞎子咋舌道：「甲骨文你也懂？」

麻雀道：「略懂，咱們還是先離開這裡再說。」

阿諾有些不甘心地回頭看了一眼道：「這樣就走了？還沒有找到秘藏呢。」在他看來即便是找不到秘藏，單單是雍正像周圍河床內的寶貝就夠他撿拾不盡，想起失而復得得而復失的那顆黃金腦袋，不禁一陣肉痛。

瞎子道：「留得青山在不怕沒柴燒，咱們先回去，做足準備再回來挖寶，羅獵，對不對啊？」

羅獵點點頭，發現幾人都盯著自己，不由得笑道：「你們都看我做什麼？」

阿諾道：「你好像比剛才精神了許多，該不是迴光返……」話沒說完就被瞎子捂住了嘴巴，罵道：「撕爛你這張烏鴉嘴，你才迴光返照呢。」

羅獵道：「你們不用擔心我，我這會兒反倒不那麼難受了。」

瞎子道：「就說了，你吉人自有天相，咱們儘快離開這裡，留得青山在不怕沒柴燒。」

幾人沿著一個個排水管攀爬上去，瞎子率先進入麻雀所指的那根管道，剛一進去，就遇到一群受驚的老鼠，比起那群老鼠瞎子更加害怕，慘叫了一聲媽呀，轉身就想逃，卻忘記了自己身在排水管中，腦袋結結實實撞在管壁上，撞得金星亂冒，還好那群老鼠膽子小得很，一會兒功夫就逃得乾乾淨淨。

瞎子摸了摸腦袋，已撞出一個大包，也顧不上抱怨，等頭腦稍稍清醒後，繼續向前方爬去。先是沿著一個傾斜向上的坡度爬了一百餘米，然後轉折向下，爬行五十餘米，就進入了水中，走出沒多遠就出了排洪管，進入清冽的湖水之中。

瞎子浮出水面，外面下著雨，發現自己身處在一片廣闊的水域之中，此時已經是黑夜，又因為下雨的緣故，讓周圍的景物顯得影影綽綽，瞎子還是很快就辨認出他們就在圓明園內，福海的水域之中。

羅獵幾人先後從排洪管內爬出，依次浮上水面，羅獵抬起手腕看了看手錶，發現已是凌晨三點鐘了，他們在地下已經待了接近二十個小時。

四人濕淋淋爬了上去，摸黑回到正覺寺。

這段時間最為擔心的就是張長弓，他一直守在那口鎖龍井前，期待同伴能夠回來，可等了這麼久仍然沒有他們的消息。

羅獵幾人回到正覺寺的時候，張長弓和陸威霖兩人已經準備完畢，準備循著羅獵幾人失蹤的路線進入井內。剛好此時羅獵他們回來了，張長弓和陸威霖看到四人齊整整的回來，都是又驚又喜，慌忙迎上前來問候。

羅獵幾人上來之前，就已經事先約定，暫時對這次經歷守口如瓶，這主要是因為防範陸威霖的緣故，雖然陸威霖有過和他們同生共死的經歷，但是這次畢竟處在不同的立場。

出於對羅獵傷情的關心，他們即刻就將羅獵送往了醫院。羅獵在前往醫院的途中又昏沉沉暈了過去。

清醒過來的時候，發現自己躺在醫院裡，窗紗阻隔了外面耀眼的陽光，不過仍然能夠朦朧地看到外面的景色，應該是正午吧，天色晴好。通過窗外搖曳的樹梢，羅獵判斷出自己應當在三樓，抬起左手，看到連結手背的輸液器，一旁鐵架上，一瓶五百毫升的液體還剩下一小半。

這是個單人房間，從室內的佈置來看應當是醫院的特護病房，收費不菲，床頭櫃擺著一隻透明玻璃花瓶，花瓶內插著一束鮮花，羅獵找到了呼叫器，正準備摁下的時候，房門從外面推開了。

麻雀走了進來，她剛洗過澡，換了衣服，頭髮仍濕漉漉的，眼睛紅腫卻依然眉目如畫，手中拎著一個食盒，看到羅獵已經醒來，驚喜道：「你醒了？瞎子呢？」整夜她都守在羅獵身邊，直到天亮後，瞎子提出替換她，麻雀這才去洗澡換衣，順便買了雞粥過來，來到就發現瞎子擅離職守。

羅獵笑了笑，卻感覺臉上肌肉麻木且僵硬，他意識到自己的狀況並沒有改善太多，反而變得越發嚴重了，想要說話，也因為喉頭水腫，聲音變得非常奇怪。

麻雀阻止他說話，柔聲道：「醒了就好，我剛買了雞粥，我餵你好不好？」

羅獵搖了搖頭，表示自己並不想吃，事實上他現在的狀況根本吃不下。

瞎子蹣跚著腳步從外面走了進來。

麻雀看到他馬上興師問罪，指責瞎子不該擅離職守。

瞎子叫苦不迭道：「我就出去了一會兒，鬧肚子，我腸子都快拉出來了。」

他看到羅獵醒了，欣喜道：「真醒了，看來這日本人的醫院就是靈光。」

羅獵聽說這裡是日資醫院，心中不由得一怔，努力回憶他昏迷之後的事情，卻想不起任何的細節。

麻雀柔聲道：「這裡是山田醫院，院長是福伯的老朋友，你不用擔心，過去他曾經為我父親治過病。」

羅獵點了點頭，他指了指麻雀指了指門外，然後指了指床下的便壺。

麻雀頓時懂了他的意思，俏臉微微一紅，瞎子苦笑道：「談情說愛沒我份，擦屎刮尿第一個想到我，認識你我倒了八輩子楣。」

麻雀離開之後，瞎子關上房門，然後從地上拿起了便壺。卻看到羅獵朝他使了個眼色，瞎子心中一怔，將右手伸了出去，羅獵在他掌心寫了幾個字，他們幼年時就常玩在掌心描畫猜字的遊戲，現在居然派上了用場。

羅獵喉頭不便發聲，而且他擔心隔牆有耳，以這種方式向瞎子傳遞資訊最隱蔽也最安全，他寫道：我信不過福伯，這個人和日本人之間的關係非常密切。

瞎子在羅獵掌心寫了個：「你想走？」

羅獵正準備回應時，卻聽外面麻雀道：「羅獵，平度先生來看你了。」

瞎子道：「就好了！」他把便壺塞給羅獵讓羅獵多少意思一下，也好蒙混過關，免得他人懷疑。羅獵勉為其難地尿了一壺，瞎子一邊搖頭一邊拎著走了出去，打開房門，故意在麻雀眼前晃了晃，笑道：「真不少，還熱乎著呢。」

麻雀啐道：「討厭！」

和她同來的是一位矮小的日本男子，此人的公開身分是山田醫院的院長平度哲也。在外人的眼中平度哲也是一位溫文爾雅的中年人，他跟隨麻雀來到病床前，微笑道：「羅先生醒了！」

羅獵頷首示意。

麻雀道：「平度先生，病人還不能開口說話。」

平度哲也道：「麻小姐不必擔心，病人是因為中毒之後發生的自然反應，喉頭水腫，等到症狀消失，言語功能就會恢復，進食也會正常。」

瞎子倒完尿壺回來，剛好聽到這番話，他笑道：「他不能吃那雞粥就別浪費，我連早飯還沒吃呢。」

麻雀瞪了他一眼道：「我特地給羅獵買的，跟你有什麼關係？」

瞎子倒不是想搶雞粥吃，而是羅獵剛剛給他傳遞消息之後，他連帶著麻雀一起都懷疑起來。雖然他看得出麻雀對羅獵真情流露，可人心隔肚皮，誰知道麻雀的真心究竟是如何作想。

第三章

天皇的老師

這位普通書店的老闆實際上和日本皇室有著極密切的關係，
他曾擔任過天皇老師，至今仍然是智囊團首席謀士之一，
藤野俊生非但老謀深算，智慧過人，
而且他和日方最有實力的玄洋會社、
暴龍會等社團組織的頭領擁有著良好的關係。

瞎子故意向平度哲也問道：「醫生，我朋友需要幾天才能恢復正常？」

平度哲也道：「目前病人的血液還在化驗中，我們目前也只是針對病人的症狀進行常規治療，只有確定了毒素的種類，我們方才能夠進行下一步的治療，徹底清除病人體內的遺毒。」他的中文很好，如果不是事先知道他日本人的身分，甚至會將他當成一個土生土長的中國人。

外面傳來一陣咳嗽聲，沒多久就看到張長弓和阿諾兩人陪同一個身穿長衫，頭頂瓜皮帽，臉上戴著墨鏡的盲人走了進來。

除了平度哲也外，其他人都認識這位盲人，此人正是回春堂的吳傑。麻雀腳崴後由羅獵帶著去找他，結果吳傑手到病除，對吳傑的神奇醫術有過切身瞭解。

羅獵看到吳傑現身，心中大喜過望，吳傑此前結束回春堂，還將鷯哥委託給他照顧，當時吳傑是要前往津門追殺方克文，這麼快就返回，應當是撲了個空。因為在吳傑離去後，方克文又出現在麻雀的居處，意圖擊殺麻雀，還殺死了吳傑的愛鳥。

在羅獵的內心深處並不想方克文死，他同情方克文此前的經歷，方克文變成現在這般模樣也非本意，此前的遭遇戰證明方克文良心未泯。

最讓羅獵欣喜的是，吳傑的現身意味著自己或許能夠迅速恢復健康，並非是他對日本醫生平度哲也的醫術不信任，而是身處在這間日資醫院內，他心中生出一種莫名的不安。

張長弓道：「羅獵，這位吳先生堅持要過來看你。」

羅獵點了點頭，現在他也只能用這樣的方式來打招呼。

吳傑手拄竹竿來到羅獵身邊，竹竿在地上頓了頓道：「不相干的人全都出去。」他性情冷漠，說話不近人情。

麻雀心中不禁有些生氣，本想反唇相譏，卻又想到這位盲人大夫此次前來很可能是要幫助羅獵，於是強忍住心中的怒火。

平度哲也倒是沒有生氣，表現得依然禮貌，微笑望著吳傑，不知這盲人究竟是何方神聖？

瞎子此前也聽說過吳傑的神奇，看到他的古怪行徑反倒覺得非常有意思，再加上此前羅獵的暗示，讓他對這間日本醫院充滿了警惕，趁機道：「吳先生是羅獵的老朋友，他們肯定有重要事情談，不如咱們先出去。」他走上前去，熱情洋溢地摟住平度哲也的肩膀道：「平度先生，咱們出去談談病人的情況。」

張長弓和阿諾兩人也退了出去，只有麻雀仍然不放心吳傑，留在房內盯著他的舉動。

吳傑伸出手去摸了摸羅獵的脈門，他雖然雙目失明，可是一舉一動有若親見，而且認脈之準遠超正常人。

麻雀一旁看著，甚至懷疑吳傑根本就是個假冒的瞎子。

吳傑感覺到羅獵的脈相忽急忽滿，乍強乍弱，眉頭不禁皺了起來，沉聲道：「怎麼回事？」

麻雀雖然對吳傑不爽，可是出於對羅獵健康的擔心仍然實話實說，當然她並沒有說他們在圓明園地下的經歷，只挑揀著羅獵被黑色燈油灼傷，又被蟾蜍毒液射中的事情說了。

吳傑也沒有詳細詢問，向麻雀道：「你出去！」

麻雀愕然道：「什麼？」這盲人郎中實在是不近人情，說話語氣都沒有半點客氣，麻雀忍不住就要發作了。

吳傑道：「如果你不介意看一個男人赤身裸體的樣子，你可以留下。」

麻雀俏臉一熱，方才意識到吳傑很可能要為羅獵療傷，只是他的治療方法如此奇怪，難道非得要赤身裸體才能治療？

吳傑道：「如果我不出手，羅獵活不過今天，去將大個子和金毛叫進來。」

麻雀雖然不喜吳傑的為人，可是對他的醫術卻非常信服，她知道此事關乎羅玀的性命，不敢有絲毫怠慢。慌忙出門將張長弓和阿諾叫了進去。

吳傑沉聲道：「此事關乎羅玀的性命，容不得半點差錯，你幫我守住房門，沒有我的命令任何人不得入內。」

張長弓點了點頭，讓阿諾去門外守著，自己將房門反鎖，垂手立於門後，兩人一裡一外將房門嚴守。

麻雀被拒之門外，內心極其不安，又想進去一探究竟，又擔心影響到吳傑為羅玀療傷。看到阿諾門神一樣立在門前，不由得心煩意亂，斥道：「你站在這裡做什麼？不知道自己礙眼？」

阿諾道：「吳先生讓我守住這道門的。」

麻雀無名火起：「他讓你去死你去不去？」

阿諾知道麻雀對羅玀的情意，明白她是關心則亂，不以為意地笑了笑，仍然站在那裡。

麻雀跺了跺腳，此時看到瞎子回來了，她迎上去道：「安翟，那個江湖郎中把門從裡面反鎖了，說是要給羅玀療傷，我擔心他會對羅玀不利。」

瞎子笑道：「不用擔心，他和羅玀是老朋友了，肯定不會害他，而且羅玀也說過，這位吳先生醫術卓絕，由他出手或許能夠妙手回春。」

麻雀聽他也這樣說，只好點了點頭，吳傑的醫術自己是見識過的，憑他和羅獵的關係應當不會加害。只是平度哲也說過羅獵已度過危險期，而吳傑卻說如果他不出手，羅獵活不過今天，不知兩人誰說的才是真的，麻雀越想越是心亂。

一名護士來到麻雀身邊，卻是院長大人有請，讓麻雀過去看看化驗結果，順便跟她商量確定一下最終的治療方案，那護士用日語提醒麻雀，院長只請了她一個人過去，在事情沒有確定之前，不希望羅獵的那幫朋友參與意見。

麻雀離去之後，瞎子向阿諾瞭解了一下裡面的情況，反正也不方便打擾，兩人一左一右守住大門。他們本以為在醫院內不會發生什麼特別狀況，可是麻雀離去後不久，就看到一名醫生帶著一個護士走了過來。

瞎子認出那醫生是羅獵的床位醫生松本正雄，迎上去攔住兩人的去路，笑瞇瞇道：「松本醫生，病人剛剛睡著，不如你們待會兒再來。」

松本正雄一改此前的和藹面孔，義正言辭道：「我聽說有人在裡面為病人私自治療，這在我們醫院是絕不允許的。」

瞎子哈哈笑道：「哪有的事情？松本醫生不要聽人亂說，還是先回去吧。」他伸手拍了拍松本正雄的肩頭，就勢落在對方的肩上，如果這日本醫生還不識趣，瞎子已經做好了將他推出去的準備。意想不到的事情突然發生了，松本正雄卻一把抓住了瞎子的手腕，旋即手臂一翻，以手肘擊中瞎子的胸膛，將瞎子推得踉蹌退到一旁，後背重重撞在牆上。

阿諾看到對方突然出手將瞎子推開，慌忙上前擋住那名護士的道路，護士抬腳作勢要踢他下陰，阿諾雙手擋住，那護士只是虛招，揚起右手，食指和中指戳在阿諾的雙目之上，雖然下手留了分寸，也痛得阿諾慘叫一聲。

瞎子和阿諾兩人吃虧在過於大意，他們壓根也沒想到平日裡笑容寬厚的醫生，走起路來風擺楊柳的小護士居然出手如此果斷，而且武功還都不錯。

瞎子沒忘自己的職責，雖然裡面還有張長弓那道關卡，可也不能讓這倆小日本輕易通過，瞎子怒吼一聲撲了上去，這是他的殺招絕技，關鍵時刻利用自己肥胖厚重的身體當武器，瞎子大叫道：「女的我來對付！」這廝渾身上下都透著狡黠，關鍵時刻仍然不忘挑肥揀瘦。

那護士不閃不避，迎著瞎子衝了上去，瞎子心中暗樂，就憑老子肉山一樣的體魄還不把你給壓出水來。眼看就要將嬌小玲瓏的日本護士撲倒在地，小眼睛卻看到對方手中寒光一閃，瞎子大白天的雖視力不佳，可也猜到那玩意兒是什麼。

瞎子平生最怕打針，今天卻偏偏遇上了職業選手，那日本護士手中亮出了針管，側身避開瞎子猛撲的同時，輸液針毫不留情地扎在瞎子的大屁股上，瞎子雖然肉厚，可是仍然抵不過這尖針入肉的犀利痛感，發出一聲痛徹心扉的哀嚎。

阿諾雙目淚流不止，卻依然用高大的身軀護住房門，口中咒罵道：「fuck，fuck……」

松本正雄不緊不慢地來到阿諾身邊，平靜道：「你們違反了我們的院規，現在請你們離開！」

阿諾循聲辨別出松本正雄的方向，一連串強勁有力的組合拳攻了過去，松本正雄以右腳為軸閃到一邊，然後一個標準的側踢踢在阿諾的身上，阿諾魁梧的身軀被他一腳踢飛，沙袋一樣撞在一旁的牆壁上然後又反彈摔倒在了地上。

松本正雄不屑地彈了彈褲腳的灰塵，此時一旁的瞎子又發出一聲慘叫，卻是那日本小護士騎在他的身上，照著他屁股又來了一針。

松本正雄伸手去推房門，他的手尚未觸及門把，房門已經緩緩開啟，張長弓魁偉的身軀出現在門前。

松本正雄望著這比自己高出半頭的漢子，輕視之心盡去，冷冷道：「在我們的醫院容不得你們胡作非為。」說話的同時一腳踢向張長弓的小腹，戰術上攻其不備，意圖出其不意地擊倒對手。

張長弓根本沒有閃避，揚起巴掌，一巴掌拍在松本正雄的腦門上，他的招式簡單粗暴，松本正雄這一腳雖踢中了張長弓，卻並沒有給張長弓造成任何傷害，張長弓這一巴掌卻打得他暈頭轉向，不等松本正雄反應過來，張長弓已如同暴怒的雄獅一般衝了上去，雙手抓住松本正雄的腦袋，用前額撞擊在對方的面門上。

松本正雄頭部接連遭到兩次重擊，眼前一黑，直挺挺倒了下去。

那日本護士察覺身後突生變故，稍一走神，被瞎子攔腰抱起，向上用力一舉，護士腦袋在天花板上重重撞了一下，然後瞎子將被他撞暈的護士扔在了地上，咬牙切齒地從屁股後拔出針筒，照著那護士挺翹的臀部用力扎了下去，被對方連扎兩針之後，這貨心中僅存的那點憐香惜玉已經煙消雲散。

門口打得如火如荼，病房內吳傑卻不為所動，他盤膝坐在床上，羅獵上身赤裸，吳傑的雙掌抵在他的身後，以自身強大的內力幫助羅獵將體內的毒素源源不斷地逼迫出來，一邊幫助羅獵逼毒，一邊提醒羅獵按照他此前教授的辦法調整內息，最大程度地放鬆，也只有這樣才能更好的配合自己導氣入流，接納吳傑的內息，並跟他合力將體內的毒素逼迫出去。

即便是普通人面對外來侵入也會表現出本能的防禦，更不用說擁有一定修為的武者，這種本能的反應甚至連自身的意識都無法控制。所以吳傑一開始並不敢將太多的內力導入羅獵體內，因為他擔心會引起羅獵本能的防禦和排斥，如果發

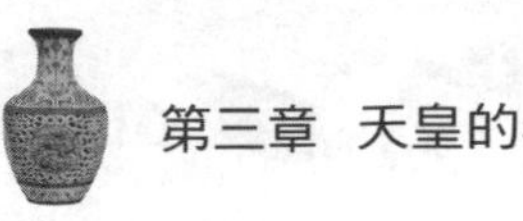

生那種狀況，反而會對羅獵的身體造成更大的創傷。

以內息逼毒如同用藥之道，開始不可過猛，細水長流，等到羅獵完全接納了幫助，放鬆了本能的防禦，此時方可放手而為。

吳傑叮囑張長弓守住房門就是擔心有人打擾，行功至關鍵之處也是最為凶險的時候，他和羅獵的內息會融為一體，兩人的性命息息相關，此時容不得半點差池，否則不但羅獵性命不保，連吳傑也會遭遇滅頂之災。

門外打鬥聲不可避免地傳入羅獵耳中，他的內息也因此產生了一絲波動，耳邊傳來吳傑沉穩的聲音：「外面的任何事都和你無關，凝神靜氣，抱守元一！」

羅獵經他提醒慌忙摒除腦中一切雜念，轉瞬之間外面的打鬥聲離他遠去，他彷彿突然進入一個寧靜空曠的世界，腦海中出現兩個發光的人影，兩人的經脈宛如一條條發光的小河，分佈在小河之上，宛如星辰般閃爍的是他們的穴道。

羅獵意識到腦海中出現的兩個發光的人影就是他和吳傑在意識中形成的影響，能量隨著氣息的運行一閃一閃的流動著，雖然是剎那，可這幅畫面恒久地鐫刻在羅獵的內心深處，吳傑在這一瞬間就彷彿已經成為他相識多年的朋友，有一種瞭解，你並不需要瞭解他的過去，他的性格，他的感情，甚至不需要知道他的模樣，卻仍然可以直達內心，相交莫逆。

瞎子站起身來，看到那日本護士咬牙切齒地想從地上爬起來，瞎子飛撲上去，用肉山一樣的身軀狠狠壓在對方的身上，不得不承認碾壓這樣一具青春美好且充滿彈性的身軀是一件非常愉悅的事情，然而被壓者的感受卻截然相反。

張長弓屹立房門前方，冷冷望著走廊的盡頭，四名警衛聞訊匆匆趕來。

阿諾的眼睛稍稍恢復，他打開消防櫃，從中抄起消防斧，紅腫的雙目盯住飛奔而來的警衛，他要將剛才的那筆帳連本帶利找回來。

「全都住手！」聞訊趕來的麻雀厲聲喝道，她沒想到自己才離開不久，這裡就發生了一場暴力衝突。望著倒在地上的松本正雄和那名護士，麻雀馬上就意識到這場衝突絕非表面看上去那麼簡單，平度哲也邀請自己去辦公室瞭解病情真正的用意或許就是為了支開自己。

在道理上吳傑幾個人是站不住腳的，雖然他們是羅獵的朋友，在山田醫院私自行醫，而且痛毆醫院的醫護人員，他們的舉動分明在挑戰醫院的底線。從院方的觀點出發，是絕不可聽之任之的。

然而吳傑幾人的出發點顯然是為了羅獵的安危，作為朋友他們的做法並無錯處。聞訊趕來的警衛已達十人之多，其中一人怒喝道：「我們已經報警了！」

瞎子冷笑道：「看不看病是我們的自由，還準備強買強賣不成？」

張長弓守住房門，他並不清楚吳傑的治療已經到了何種程度，現在所能做的就是堅決貫徹執行吳傑的命令，不讓任何人打擾正在進行中的療傷。

麻雀的阻止並沒有起到相應的作用，院方警衛的人數在迅速增加，人數的優勢讓他們忘記了剛才的挫敗，重新組織陣型向病房門前逼迫而去。

瞎子一手擰住那日本護士的手臂，一手抓住她散亂的髮髻，將她從地上老鷹捉小雞一樣抓起，多次的實戰經驗讓瞎子明白了一個道理，越是漂亮的女人往往心腸越是歹毒，對待敵人決不能心慈手軟。

麻雀站在雙方之間，試圖阻止這場衝突進入白熱化，作為雙方共同的朋友，麻雀自然不希望那種場面的出現。

一場衝突眼看就要發生的時候，病房的房門從裡面緩緩開啟，吳傑手持竹杖慢慢走了出來，拍了拍張長弓的肩頭，示意他讓過一邊，閒庭信步般走了過去，瞎子和阿諾都一臉迷惘地望著吳傑。

吳傑從兩人之間走過，和麻雀擦身而過，在他前方醫院的十多名警衛已經將通路層層阻截。

吳傑輕聲道：「讓開！」

警衛相互對望著，其中一人道：「抓住他！」一名江湖郎中跑到他們醫院內違規行醫，這顯然是不被允許的，吳傑就是引起今天這場衝突的罪魁禍首。

一名警衛伸手試圖抓住吳傑的手臂，他的手剛剛抬起，就看到杖影一閃，吳傑手中的竹杖已經敲擊在他的手背之上，痛得那名警衛慘叫一聲縮回手去。

這群警衛看到吳傑居然如此囂張，非但在他們醫院非法行醫而且還主動出手傷人，本來還對這位盲人有所顧忌，現在憤怒已經被完全激起，最前方的幾名警衛率先衝了上去，準備將這個囂張冷漠的盲人制服。

張長弓幾人已經做好了衝上去幫忙的準備，可是還沒等到他們出手，就看到吳傑隻身衝入了那群警衛之中，手中竹杖左擋右打，上下翻飛，身法猶如鬼魅一般穿行在那群警衛的空隙之處，但凡出手，無一落空。

吳傑雖然雙目失明，可是手中竹杖如同生了眼睛的毒蛇，每次攻擊都在對方的脆弱之處，專挑穴道、關節下手，那群警衛很快就意識到這位盲人的厲害，慘呼聲接二連三地響起，不一會兒功夫十二名警衛被吳傑盡數擊倒在地。

吳傑手中的竹杖配合著他不緊不慢的步伐輕輕點地，從橫七豎八躺倒在地的警衛之間走過。

一名警衛喘著粗氣，等到吳傑經過之後，揚起鐵棍向吳傑的足踝砸去。張長弓第一時間看到，驚呼道：「小心……」因為對方動作隱蔽，張長弓提醒的時候已經晚了。

鐵棍尚未擊中吳傑，吳傑手中的竹杖已經率先抽打在對方的手腕上，鐵棍噹啷一聲落地，然後吳傑反手又是一杖，這一杖斜行抽打在對方的面門上，對方的面孔上頓時浮現出一條觸目驚心的紫色傷痕。

那名警衛悶哼了一聲，當場昏了過去。

目睹吳傑如此神威，在場警衛再無一人膽敢發動偷襲，只能眼睜睜看著吳傑離去。

張長弓等人更為關心的是羅獵，他們第一時間回到病房內，看到剛才還臥病在床的羅獵已經起來了，輕聲道：「我已經好了，現在就能出院。」

醫院這場衝突的整個過程中，院長平度哲也都未出現，他在辦公室內正陪同一位日本老人，那位老人湊近玻璃窗站著，望著緩緩離去的吳傑，表情波譎雲詭，異樣複雜。直到吳傑遠去許久，他方才緩緩轉過身來，卻是津門上野書店的老闆藤野俊生。

「我認識他！」素來風波不驚的藤野俊生此刻臉上籠罩了一層寒霜，表現出前所未有的凝重，深邃的雙目已經無法掩飾噴薄欲出的仇恨。

平度哲也詫異地望著眼前的這位書店老闆，他是少數幾個知道藤野俊生真正身分的人。這位外人眼中普通書店的老闆實際上和日本皇室有著極其密切的關係，他曾經擔任過天皇的老師，至今仍然是其智囊團的首席謀士之一，藤野俊生非但老謀深算，智慧過人，而且他和日方最有實力的玄洋會社、暴龍會等社團組織的頭領擁有著良好的關係，時常在日方地下社會、軍方、皇室之間斡旋協調。這樣的厲害人物是平度哲也得罪不起的，雖然藤野俊生平日裡表現得謙和寬厚，平易近人，可是平度哲也對他始終都充滿敬畏，和他相處之時小心翼翼，如履薄冰。在平度哲也的印象中，藤野俊生是個喜怒不形於色的人物，今次還是第一次見到他顯露出如此的仇恨和殺氣。

平度哲也小心問道：「先生過去認識他？」

藤野俊生點了點頭道：「他的眼睛就是拜我所賜！」他的聲音充滿了刻骨銘心的仇恨，有件事他始終埋藏在心裡，這二十年從未忘記，他雖然奪去了對方的雙目，卻仍然無法換回兒子的生命，殺子之仇，不共戴天，他之所以在古稀之年仍然遠渡重洋來到中華，不僅是受了天皇的委託，還有一個更重要的原因，那就是找到這個不共戴天的仇人，有生之年，報此血仇。

仇恨會讓一個人失去理智，即便是藤野俊生這般老成持重的陰謀家也不會例外，尋找了二十年的仇人終於現身，他看到了復仇的希望，內心被仇恨的烈焰焚燒著，這種感覺讓他坐臥不寧。

平度哲也從藤野俊生的反常意識到這其中必有奧妙，可是他卻不敢追問。

藤野俊生深深吸了口氣，強迫自己從仇恨的情緒中慢慢冷靜下來，瘦骨嶙峋的雙手握緊又張開，交叉抱於胸前道：「查清他的下落，讓孤狼出動！」

平度哲也面露難色。

微妙的表情並沒瞞過藤野俊生的眼睛：「有問題？」

平度哲也點點頭道：「福山先生說，孤狼的任何行動都要事先向他通報。」

藤野俊生不屑冷笑了起來。

平度哲也等他笑完之後又道：「他還說他可以幫助佐田右兵衛獲得再生能力，一樣可以奪去他的性命。」

藤野俊生道：「很是狂妄啊，看來上次孤狼受傷就是他親手所為。」

平度哲也道：「怎麼會？這項目是他當初一手發起……」

藤野俊生犀利如刀的目光盯住平度哲也道：「你為誰效命？」

平度哲也挺直了胸膛，雙目凝視藤野俊生道：「自然是藤野君！」

藤野俊生緩緩搖了搖頭道：「錯！你和我一樣都是為天皇效命，為大日本帝國利益而戰，為了天皇，為了國家，可以犧牲任何的個人利益。」

「明白！」

羅獵出院的時候，麻雀並未隨行，她意識到自己和其他人之間似乎多了一層隔閡，表面上他們對待自己還像過去一樣，可是麻雀總覺得有些不對，她相信絕不是自己過於敏感，興許是今天發生的事讓她和這些夥伴之間產生了疏離感。

麻雀決定獨自一人好好冷靜一下，她要搞清楚今天這件事背後的真正原因，這場發生在病房外的爭鬥到底有沒有陰謀。站在病房樓的門廊下，望著轎車載著羅獵一行人遠去，她就這樣久久地站著，一直到雲層遮住了午後的日頭，又等到天空中淅淅瀝瀝下起了春雨。風夾雜著雨絲，如煙似霧地飄到她的身上，麻雀感到有些冷，下意識地抱住雙臂。

此時有人將一件風衣為她披在了肩頭，麻雀轉過身去，看到面帶微笑的福伯，不知為何，她突然感覺到鼻子一酸，眼淚幾乎就要奪眶而出。慌忙把臉兒轉向一側，用力深呼吸，借著這個動作控制住了差一點就流出來的眼淚，可眼眶仍然不爭氣地紅了起來。

福伯輕聲道：「小姐，回去休息吧，這兩天你也累了。」

麻雀點了點頭，她心中有太多事情想說，卻又不知從何說起，也許她是該好好休息一下，睡上一覺，或許就會雨過天晴，或許心情也會好起來。

回到正覺寺，這邊的工程已經暫停，整間寺廟之中只剩下陸威霖獨自一人駐守，這也是他並沒有前往醫院的原因。陸威霖知道羅獵四人被沖下洩洪通道，因而進入了錯綜複雜的地下排水系統，這其中必然發生了不為人知的事情，然而所有事情的親歷者都諱莫如深，對他們的經歷隻字不提。

陸威霖明白雖然他們已經不是第一次合作，可其他人對自己仍然抱有深深的戒心，自己在這個團隊中缺乏威信。他並不想羅獵發生意外，雖然沒去醫院，卻始終都在擔心羅獵的安危，看到羅獵平安歸來，陸威霖由衷感到高興，羅獵如果遭遇不測，那麼眼前錯綜複雜的局面恐怕更加難以破局，陸威霖發現自己不但將羅獵當成了一位推心置腹的朋友，而且在事情上對他有所倚重。

這是陸威霖過去從未有過的感覺，他向來喜歡獨來獨往，可是在他結識羅獵之後，對方表現出的堅忍不拔的意志和任何環境下都臨危不懼的超人膽色和智慧讓他自愧弗如。他甚至認為，只有羅獵才能撥開眼前的迷霧，找到葉青虹。

羅獵從車內走了出來，瞎子早已先行走出汽車，為他拉開車門，體貼地撐起雨傘，粗心如他在好友的面前居然表現出小女生一樣的體貼。

目睹眼前情景，陸威霖由衷感歎羅獵的人緣實在是太好了，可以感召身邊的每一個人，讓朋友甘願為他赴湯蹈火，生死與共。

羅獵病後初癒，臉色有些蒼白，甚至連腳步都有些虛浮，可是他的雙目已經恢復了清朗，眼神也變得清晰而銳利，來到陸威霖面前友善地笑了笑。

陸威霖道：「趕緊回去休息吧。」雖然他很想知道羅獵在進入鎖龍井之後發生了什麼，可現在並不是尋求答案的時候。

羅獵道：「我想跟你單獨談談。」

陸威霖有些詫異，他並沒有想到羅獵會主動跟自己談，瞎子幾人也有些不解，因為他們每個人都對陸威霖抱有戒心，認為陸威霖肯定有事情瞞著他們，羅獵並無向此人坦誠的必要。

來到羅獵的房間，羅獵在跨過門檻的剎那，身體失去平衡，腳步踉蹌了一下。陸威霖慌忙伸手扶住他，這證明羅獵的身體狀態還未恢復。

羅獵自我調侃道：「在床上躺得久了，連走路都忘記了。」

陸威霖扶著他在椅子上坐下：「我去給你倒杯茶。」

羅獵搖了搖頭道：「有煙嗎？」

陸威霖表情古怪地望著他。

羅獵笑道：「好幾天沒抽煙了，渾身上下都不自在。」

陸威霖搖了搖頭：「煙鬼啊！」還是從口袋裡摸出了一盒煙，抽出一支幫助羅獵點上。

羅獵湊在燃燒的火柴上將香煙點燃，用力抽吸了一口，然後慢慢躺向後面，將頭枕在椅子的靠背上，閉上雙目，體會著煙草香氣在後頭縈繞瀰漫的滋味，感覺自己如同缺水多日的葉子，這口煙讓他迅速潤澤起來，內心中忽然想到了一個問題，自己究竟是何時開始抽煙的？腦海中浮現出一個朦朧模糊的白色影像。一雙劍眉極其用力地擰結在一起，然後羅獵用力抽了第二口煙，試圖用這口濃鬱的煙霧遮住自己腦海中的影像，驅散這突然湧上心頭的痛苦回憶。

陸威霖一旁觀察著羅獵，默默抽出了一支煙，他抽煙的姿勢比起羅獵要從容許多，也寡淡了許多，陸威霖對於煙草並無深沉的嗜好，如果不是羅獵提起，他甚至會忘記自己的身上還帶著一盒煙。

當羅獵手中的那支煙只剩下煙蒂，陸威霖手上的那支才剛剛燃過三分之一，他輕聲道：「餓不餓，我讓人去準備午飯。」

羅獵緊閉的雙目掀開了一條縫，有些聊賴的眼光打量著身邊的陸威霖，這遠遠談不上犀利的目光卻讓對方感到不自在了。

「為什麼這樣看著我？」

羅獵馬上又閉上了眼睛：「我們被沖入洩洪道之後發生了一些奇怪的事。」

陸威霖不由自主向前靠近了些，低聲道：「還好你們有驚無險地回來了。」

羅獵道：「有沒有葉青虹的消息？」

陸威霖搖了搖頭：「沒有，一點消息都沒有。」

羅獵再度睜開雙目：「你和穆三爺究竟是什麼關係？」

陸威霖愣了一下，還是回答道：「我欠他一個很大的人情。」

羅獵道：「你為他做了那麼多的事，什麼人情都該還完了。」說到這裡，羅獵站起身來，慢慢走了幾步，來到南牆的窗前，推開雕花格窗，雨仍然在淅淅瀝瀝的下著，順著屋簷瓦當滴落的雨水織成一片晶瑩透明的珠簾。

羅獵道：「你這次來是為了葉青虹。」

陸威霖沉默了下去。

沒多久羅獵聞到身後煙草的氣息，陸威霖重新點燃了一支煙。羅獵並沒有說錯，陸威霖早已還完了穆三壽的人情，他今次前來北平，並非受了穆三壽的驅使，而是主動前來，葉青虹的失蹤牽動了他的內心。

羅獵透過雨簾望著外面的景物，斷斷續續朦朦朧朧，現在就算他怎樣努力也看不清景物清晰的輪廓，唯有等到風停雨歇。葉青虹失蹤的事猶如眼前的天氣一樣撲朔迷離，這其中存在著太多疑問。羅獵並不否認，自己也曾為葉青虹的失蹤擔心過，可是他的內心深處又有另一個聲音，告訴自己葉青虹不會出事。

這源自於他的第六感，穆三爺不遠千里而來，除了表露出他對葉青虹的關心之外，總覺得還有另一層用意。細細回想他們之間的那次會面，穆三爺的話中似乎存在著一些讓人無法信服的地方。

任何讓人信服的假設都要建立在縝密推理和證據的基礎上，以穆三壽的沉穩老練應當不會做出毫無根據的推斷，他直指葉青虹的失蹤和弘親王載祥有關，做出如此判斷的根據就是，弘親王載祥害死了葉青虹的父親瑞親王奕勳，所以葉青虹才會利用圓明園藏寶來吸引載祥現身。

羅獵當時就感覺到有些不妥，可是穆三壽拿出的那張藏寶圖卻又干擾了他的視線，現在回憶起來，這其中的疑點越來越多。藏寶圖應當不假，可即便是利用藏寶圖將載祥引出，難道就能保證葉青虹平安無事？這些事情之間似乎並無必然的聯繫。

這件事從頭到尾都建立在穆三壽假設的基礎上，按照穆三壽的話，這張藏寶圖應是吸引載祥現身的誘餌，而現在細細一想，藏寶圖對他們何嘗不是誘餌？

陸威霖道：「三爺對葉青虹視如己出，絕不會拿她的性命冒險。」

羅獵道：「既然如此，三爺想必會對她的安全做出妥善安排，不會任由她去冒險。」

陸威霖聽出了他的弦外之音，彈去煙灰道：「你懷疑葉青虹沒事？沒被人劫持？沒出意外？」

羅獵依然望著窗外，輕聲道：「我只知道這世上的任何事都會有因果，如果是一次劫持，那麼劫匪必然會提出條件。」

陸威霖用力搖了搖頭，他的聲音提升了許多：「她回國就是為了復仇，任忠昌、劉同嗣、蕭天行，凡是當年參與謀害瑞親王的人，她都要他們付出代價。她這次是要利用圓明園的秘藏，引出弘親王載祥……」

「這些是你聽葉青虹說的吧？」

陸威霖不知為何憤怒了起來，他大吼道：「說來說去，你還是懷疑葉青虹，懷疑我！」

羅獵轉過身去，盯住陸威霖幾欲噴出怒火的雙目，他並沒有生氣，在陸威霖激動的情緒面前甚至缺少必要的回應，臉上的表情一如既往的風波不驚：「我沒有懷疑你，我只是就事論事，現在回頭想想，整件事的疑點頗多。」

陸威霖道：「你懷疑整件事都是葉青虹自導自演？她這樣做的目的是什麼？不惜將秘藏告訴你？花費這麼多的時間和精力？難不成只為了一場惡作劇？」他的情緒非但沒有冷靜，反而變得越發激動了。

羅獵道：「也許她的背後另有高人。」

葉青虹在明，可是這無形的力量卻來自於暗處，每到緊要關頭，葉青虹都會出面，她所代表的究竟是她自身的利益，還是某個集團的利益？羅獵相信葉青虹並非心如蛇蠍，她應當是有善念的。

陸威霖道：「穆三爺？」

羅獵意味深長道：「我不確定，不過我相信他肯定沒對我們說實話。」

走在雨中，吳傑的灰色長衫已經濕透，墨鏡上沾滿了水珠，然而這絲毫沒有對他造成任何的影響，**一個活在自己世界的人首先要忘記外界的一切干擾。修行未必要遠離人間，身在塵世，心有淨土**。

一個人失去雙目其經歷必然是痛苦的，然而當你適應了這種痛苦，接受了現實，卻可以發現一個全新的世界。這並非是世界的改變，而是來自於你對昔日生存世界的感悟。

想要瞭解這個世界，除了去看去聽，更重要的是要用心去感受。

風夾雜著雨絲迎面撲來，吳傑卻感覺到背後有些冷，這種感覺並非氣溫驟降所致，而是不斷迫近的冷冽殺機。吳傑仍然不緊不慢地走著，沒有做出任何的應變動作，正是這樣的表現麻痹了隱藏在他身後的對手。

佐田右兵衛一動不動地潛伏在樹幹後，棕色的武士服讓他和同樣色系的樹幹似乎融為一體，即便是視力正常的人想要識破他的行藏都需要花費一番功夫，更不用說一個盲人。

佐田右兵衛陰沉的雙目中流露出森然殺氣，如同一隻鎖定獵物的狼，事實上他在組織中的代號就是孤狼，獨來獨往，狼性十足。他並不理解組織因何派他來對付一個瞎子？他的身體雖然發生了變化，可是血液中的孤傲並未消失。孤狼感覺到自己前所未有的強大，平度哲也給他注射的神秘藥物，讓他獲得新生的同時也獲得了強大的再生力。

孤狼深吸了一口氣，做好了出擊準備，一擊必殺，絕不猶豫，任何仁慈都是對自己的殘忍，孤狼的背脊緩緩躬起，然後又在瞬間綳直，張弛的剎那孤狼以驚人的彈性從大樹後彈跳了出去，刀鋒化成一道筆直閃亮的光芒直刺吳傑的後心。

面對一個盲人，採用這樣的襲擊，連孤狼自己都感覺顏面無光，可是他所接到的命令就是格殺吳傑，無論採用怎樣的手段。

吳傑的腳步仍然未停，不過他的步幅卻悄悄改變，步幅改變了他行進的速度，這微妙的變化讓孤狼的刺殺目標發生了些許的改變，目標在移動，孤狼意識到這一點的時候馬上明白自己已經被發現了。

差之毫釐謬以千里，孤狼的刺殺因吳傑突然改變的節奏而出現了微妙的偏差，此時想要調整已晚。吳傑並未轉身，只是將手中的竹杖夾起，向後方點去。

全憑感覺的回擊，卻準確無誤把握住了太刀的刀鋒所在，刀鋒刺中杖頭，並未上演勢如破竹的局面，咄的一聲，太刀的攻勢戛然而止，孤狼內心的震駭難以形容，他突襲在前，而且利用前衝加速之勢，對方只是隨隨便便的一招，就輕描淡寫地將自己的攻勢化於無形，吳傑選位之準，內力之強，實乃他生平僅見。

倘若正面發起進攻，在吳傑做足準備的前提下，恐怕一招就已決出成敗。一時間孤狼竟忘了自己刺殺的目標是個盲人，從前後發起偷襲本沒有任何分別。

孤狼應變奇快，右足向前跨出一步，身體前傾，左手的掌心拍擊在刀柄的末端，試圖利用己身強大的爆發力讓刀鋒繼續前衝，破去對方的竹杖。

吳傑卻在此時撤力，身軀以左腳為軸逆時針轉動。

孤狼手中的太刀突然失去了阻力，長驅直入，右腕微微旋轉，刀鋒橫切，一泓秋水向吳傑的腰間急速斬去。

吳傑雖然雙目失明卻有若親見，竹竿豎起擋住太刀，噹！刀鋒擊中竹竿並未將之從中削斷，卻發出金屬相撞的鳴響，吳傑借著孤狼一斬之力，身軀倒飛而起，宛如一隻翩然飛起的灰色大鳥，凌空飄落在身後的樹枝之上。

孤狼如影相隨，躍起在空中，手中太刀化成一團光霧，向吳傑所在位置絞殺而去。

吳傑不等對方攻到，已經離開樹枝，揚起竹竿向那團光霧劈落，一時間叮噹之聲不絕於耳，竹竿太刀短時間內已經經歷了無數碰撞，竹竿被太刀砍得遍體鱗傷，露出藏在裡面的真容。

竹竿內藏的卻是一柄細窄的長劍，拇指般粗細，三棱形狀，在劍身三分之二的地方開始收窄，匯於劍鋒集於一點，從收窄處開始漸變為透明的藍色。

孤狼望著吳傑手中的劍，內心中竟閃過一絲慌張，他當然不會忘記，此前刺殺羅獵幾人，他就是被類似於這種材質的子彈打傷，他強大的再生能力在這種物質的面前幾乎失去了效力，孤狼不敢戀戰，轉身向風雨中逃去。

吳傑並未追趕，手中長劍斜指地面，雨水沿著劍身緩緩聚集成水滴不斷敲打著泥濘的地面，風停雨歇，天空漸漸開始放亮了。

第四章

寄信之人

羅獵直到今天方才知道自己有個舅舅，
對沈忘憂唯一的認識就是那封信，
根本談不上什麼瞭解，不過單單從那封信來看，
沈忘憂和母親之間的兄妹之情談不上深厚，
否則他不會寄出那樣一封奇怪的信，
信中的反叛者應該指的就是母親。

羅獵這一覺睡得非常安穩，除了昏迷他少有主動入眠，且睡得如此舒坦的時候，而且他居然沒有做夢，這對他而言是極其少有的事情。睜開雙目看到瞎子正坐在床邊，一雙小眼睛聚精會神地望著自己，羅獵嚇了一跳，迅速從床上坐了起來：「幹什麼？」

瞎子道：「外面有人找。」

羅獵本以為來找自己的會是麻雀，可是從瞎子的表情判斷應當不是，至少這個人瞎子並不認識，否則這貨早就道出對方的身分。

起床之後，感覺自己的精神又恢復了許多，看來體內的毒素已經在吳傑的幫助下清除，只是被燈油燙傷的地方還有些隱隱作痛，不過已經沒有大礙。

來到客廳看到沈忘憂坐在那裡喝茶，阿諾一旁陪著他，兩人用英語交談，看來頗為投緣，不時發出爽朗的笑聲。羅獵不由得想起沈忘憂曾經多次遊學歐美的經歷，此人的博學絕非浪得虛名。真正讓羅獵對沈忘憂產生興趣的還是在麻雀家中找到的信，沈忘憂和麻博軒通信所用的信封信紙和他在母親遺物中發現的幾乎一模一樣，而且巧合的是他和母親全都姓沈。

羅獵始終認為沈忘憂和母親之間應當認識，雖然這種推斷缺乏應有的根據。而沈忘憂這個人絕非尋常人物，能讓麻博軒將重要的研究發現和寶貝女兒託付出去的不僅是信任，也許對方擁有相當的實力。

阿諾看到羅獵進來，呵呵笑道：「羅獵，沈先生來了都快一個小時了，本想去叫你，沈先生不讓，說是要讓你好好休息一下。」

沈忘憂的目光向羅獵看來，他微笑著站起身，向羅獵頷首示意，羅獵慌忙大步走了過去：「沈先生快請坐。」從麻雀那邊來看，沈忘憂比他要高上一輩，如此表現的確是客氣了。

阿諾顯然因為剛才的這番談話已經被沈忘憂的博學折服，恭敬道：「你們談，我出去轉轉。」

沈忘憂笑了起來：「不了，還是讓羅獵陪我去外面轉轉，呼吸點新鮮空氣。」

羅獵欣然點頭，無事不登三寶殿，他認為沈忘憂不會平白無故地前來，**聰明的人往往不會把時間浪費在無聊的事情上，通常這種人的人生充滿規劃，他們所做的每一件事都會經過細緻的考慮。**

沈忘憂從衣架上取下自己的風衣，帶上禮帽，羅獵在門前做了個邀請的手勢。沈忘憂笑了笑，率先出門。

雨剛剛停歇不久，整個世界被洗刷得異常清新，滿眼皆是綠肥紅瘦，通往後院的地方一叢叢迎春花正在怒放，格外的嬌豔耀眼。

沈忘憂的目光在院門上停留了一下，羅獵心中一沉，擔心他會提出進入後院漫步的要求。

沈忘憂卻沒那個意思，輕聲道：「裡面正在改建吧？」

羅獵點了點頭道：「是！沈先生要不要去看看？」

沈忘憂微笑道：「一座工地有什麼好看？」他舉步向正覺寺外走去，羅獵暗自鬆了口氣，跟上他的腳步和他並肩而行，他很快就發現出來走走是個不錯的提議，雨後清新的空氣格外清新，本身就有一種治癒的效果，走在清新濕潤的空氣裡，羅獵感覺到體內的元氣迅速變得充沛豐盈起來，似乎傷痛和病弱瞬間就離開了自己。

沈忘憂道：「連我都記不清自己到底來過這裡多少次了，這裡的一草一木，我都記得清清楚楚。」

羅獵總覺得沈忘憂話裡有話，輕聲道：「只可惜這裡被燒得一片狼藉，昔日的萬園之園只剩下了斷壁殘垣。」

沈忘憂微笑道：「野火燒不盡，春風吹又生，破而後立，圓明園雖然被毀去，中華民族卻被這場火點燃了內心照亮了雙眼，讓咱們看清了和列強的巨大差距，知恥方能後勇，從歷史的長遠觀點來看，這場火未嘗是一件壞事。」

羅獵體會著沈忘憂的這句話，沉思良久，難怪麻博軒父女對沈忘憂如此推崇，此人的眼界和心胸的確超出常人。

沈忘憂來到前方的一片廢墟前，踩著石塊爬了上去，看得出他的身手非常的矯健俐落，絕非手無縛雞之力的白面書生。羅獵跟著他爬了上去，和沈忘憂並肩在巨石上站了，從這樣的高度回望正覺寺，可以看到正覺寺大門的全貌。

沈忘憂道：「改建雖然可以讓建築恢復原貌，可在歷史的意義上卻等同於一次破壞，恢復了外觀改變了歷史。」

羅獵笑道：「按照先生的意思就應當讓所有的一切自生自滅，甚至連最起碼的修復和維護都不必做？」

沈忘憂不禁笑道：「你啊，偷換概念，我可不是這個意思，我聽說正覺寺是被某位富家子弟買下來改建成私家別墅的。」

羅獵難免有些心虛，沈忘憂的話切中要害，他們這段時間的確是打著改建的幌子在這裡挖寶，雖然自己是受人之托，卻仍然難以改變這個事實。

沈忘憂打量著羅獵道：「你該不會就是那個富家子弟吧？」

「不像嗎？」

沈忘憂搖了搖頭道：「不像！」停頓了一下又道：「一個人的外表可以改變，一個人的內在氣質卻很難偽裝，你就算生在大富之家，也不會無聊到將一座寺廟改建成別墅的地步。」

羅獵哈哈笑了起來：「沈先生好像很瞭解我呢。」

沈忘憂道：「道聽塗說！」

羅獵心中暗忖，他的道聽塗說十有八九是從麻雀那裡得來的，麻雀這妮子性情過於單純，兼之又將沈忘憂當成長輩和偶像一般崇拜，說不定早已將自己的一些事情倒了出去：「麻雀說的？」

沈忘憂沒有正面回答，呵呵笑了兩聲道：「她對你可維護得很，聽說你們在山田醫院發生了一些不快？」

「麻雀跟您說的？」

沈忘憂道：「在她心中應該當我是父親一樣吧。」他的目光慈和而溫暖。

羅獵點了點頭道：「能有一位關心她照顧她的長輩是她的幸運。」

沈忘憂意味深長道：「關心照顧她的不僅是我，還有你們。」

羅獵道：「還有福伯！」他故意提起福伯的名字，然後趁機問道：「沈先生和福伯熟悉嗎？」

沈忘憂搖了搖頭。

羅獵道：「他和日本人好像很熟。」

「他的事情我不太熟悉，只知道他和博軒相交莫逆，當年博軒從長白山歸來精神失常，是他陪同博軒前往日本，並一直照顧在他的身邊，說起來他們相識應當在我之前。」

自從津門方克文事件之後，羅獵就對福伯產生了懷疑，他們團隊之中極有可能有成員將方克文的身分洩露了出去，經過羅獵的分析，最大的疑點鎖定在麻雀身上，而麻雀的性情和為人應當不會做對不起同伴的事情，在這一點上羅獵是沒有任何懷疑的，最大的可能就是麻雀認出了方克文的身分，並告訴了她最信任的福伯。

日方則從福伯那裡得到了方克文歸來的消息，從而提前做出了一系列的應對措施，讓方克文上次的回歸從一開始就陷入被動。

羅獵雖然沒有確切的證據能夠證明福伯站在日方的立場上，可是種種跡象卻表明福伯和日本人之間密切的關聯，正是因為這個原因，他對麻雀也不敢再像此前那般坦誠，有些事必須要有所隱瞞，並不是懷疑麻雀提防麻雀，而是在警惕麻雀背後的福伯。

羅獵道：「沈先生這次來有何見教？」

沈忘憂道：「你的那柄匕首。」

羅獵從腰間取下那柄含有地玄晶成分的匕首，遞給了沈忘憂。

沈忘憂接過匕首，翻來覆去看了兩眼，輕聲道：「我相信這兩天一定發生了不少的事，你不想說，我也不想問，我這次過來，只是想你幫我一個忙。」

羅獵淡然一笑：「能給沈先生幫忙是我的榮幸。」

他和沈忘憂相識不久，沈忘憂此番登門求助的確有些唐突。

沈忘憂道：「我想你幫我讓麻雀離開！」

羅獵內心一怔，沈忘憂的這個忙顯然超出他的預料之外。他沒有聽錯，沈忘憂所說的是讓而不是勸，這個詞用得極為精確，以麻雀的性格，好言相勸她是絕對不會離開的，而讓這個字卻隱藏著許多的可能，其中就包括強迫的成分。

沈忘憂同時透露給羅獵的資訊還有危險，作為麻博軒的生前好友，他有責任照顧麻雀的安全，他一定是察覺到危險的迫近，方才急於想讓麻雀離開。

羅獵道：「麻雀的性子非常倔強，我只怕未必能……」

「只有你能讓她離開，我已經為她聯繫好了劍橋大學考古系，單就這件事來說，對她也是一次難得的學習機會。」

「她不肯去？」

沈忘憂點了點頭道：「因為你。」

羅獵的表情有些尷尬了，他顯然知道這三個字的真正意義。以他的智慧和情商，麻雀對他的感情又豈會看不出來？

沈忘憂道：「留學的事還是去年她讓我幫忙聯繫的，可現在她卻放棄了。」

羅獵暗忖，麻雀提出留學申請的時候應當還不認識自己，也就是說她選擇放棄留在國內是為了自己，這讓羅獵的心情不由變得沉重了起來。

沈忘憂道：「你應當知道如何讓她離開。」聰明人之間的談話永遠不必說得太透。

羅獵苦笑道：「恐怕我的話……」

沈忘憂盯住羅獵的雙目，彷彿要一直看到他的心底：「她喜歡你多過你喜歡她，既然如此不如讓她早斷了心思，讓一個人傷心總比讓一個人身處在危險中要好得多。」

羅獵終於點了點頭。

沈忘憂將匕首還給他，拍了拍他的肩膀道：「單憑這柄匕首改變不了什麼，羅獵，我勸你還是早些離開，北平絕非久留之地。」他的目光落在前方荒草叢生的廢墟上，低聲道：「**有些秘密已沉睡了那麼多年，不如讓它一直沉睡下去。**」

羅獵聽出了沈忘憂的言外之意，難道沈忘憂知道這圓明園下的秘密？能夠一眼就認出地玄晶來歷的人絕不是什麼尋常人物，聯想起在麻雀家中發現的信件和母親遺物之中的一封信，信封和信紙高度一致，羅獵更覺得此人深不可測，內心中猶豫了一會兒，終於問道：「沈先生認不認識一個叫沈佳琪的人？」

沈忘憂深邃的雙目中泛起波瀾，內心的波動更是難以形容，他已經多年沒有聽說過這個名字，還以為不會有人在自己的面前提起，靜靜望著羅獵，好一會兒方才點了點頭道：「認識。」

羅獵本以為沈忘憂不會承認，對方的坦誠讓他欣喜若狂，強行抑制住內心的喜悅道：「沈先生跟我來。」

沈忘憂充滿迷惘地望著羅獵，不知這個年輕人因何會問起沈佳琪的事情，他的內心已經處於前所未有的激動中，這世上沒有人知道他和沈佳琪的真正關係。他無法拒絕，他必須要知道答案。

羅獵同樣想從沈忘憂那裡找到答案，關於母親的事情，當年的知情人實在是少之又少，僅有的幾個認識母親的人，對她的經歷又不甚瞭解，或許一切都是冥冥中註定，他竟然從兩封信中找到了線索，如果母親泉下有知，想必也一定出乎她的意料之外吧。

羅獵將從母親遺物中找到的那幅鋼筆畫遞給了沈忘憂，當沈忘憂看清那幅畫，看到畫上面的單詞，他的雙手竟然顫抖了起來。

以沈忘憂的沉穩和練達竟然表現得如此一反常態，足見這幅畫帶給他的莫大衝擊力。抬起頭望著羅獵：「你究竟是誰？你和沈佳琪是什麼關係？」其實沈忘憂從羅獵的年齡和外表上已經做出了判斷，可是他仍然希望羅獵自己親口說出。

羅獵道：「她是我的母親！」在羅獵準備說明此事之前已經仔細考慮過，寄出這封信的人如果真是沈忘憂，那麼他很可能是母親的仇人，不然這上面何以會用英文寫下rebel——背叛者這個單詞。

沈忘憂緩緩點了點頭，他抿了抿嘴唇道：「沈佳琪是我的妹妹！」

這下輪到羅獵吃驚了，豈不是說沈忘憂竟是自己的舅舅，他不由得想起了羅行木，也是因一封信而起，突然就出現在自己面前，可事實證明羅行木居心不良，沈忘憂和羅行木不同，雖同樣是通過一封信找到的線索，可沈忘憂卻是自己主動找到。他既是自己的舅舅，卻為何與母親斷了聯繫？

如果沈忘憂當真是自己的舅舅，那麼他因何要寄給自己的親妹妹這樣一封信，並在信中寫下反叛者的單詞？他究竟在暗示什麼？

沈忘憂望著羅獵的目光複雜之極，內心深處更是五味雜陳，失去了昔日的儒雅和淡定，只是久久端詳著羅獵。

羅獵雖然心中充滿疑竇，可是他並未發問，理智如他很少去做無謂的事情，從少年時就顛沛流離的經歷造就了他的老成和冷靜，也磨滅了同齡人多見的熱血和衝動。很多時候，羅獵甚至感覺到自己的這顆心早已變老了，沒有人知道他羨慕瞎子的衝動和莽撞，羨慕他的沒心沒肺。

沈忘憂從未想過羅獵和自己的關係，對羅獵的認識始終停留在這是一個聰明的年輕人，老成持重，擁有著同齡人少有的大局觀。僅此而已，沈忘憂並沒有嘗試過去深入瞭解這個人，今天促使他前來的目的也是為了故人之女。

沈忘憂將那幅泛黃的鋼筆畫小心遞給了羅獵，然後道：「佳琪她……還好嗎？」

羅獵盯住沈忘憂的雙目，確信他沒有任何虛偽的地方，自己的這位舅舅甚至並不知道他的妹妹早已去世，兄妹之間情感居然寡淡到如此的地步。羅獵心中剛剛升起的那絲親情，頃刻之間猶如秋風掃落葉般被吹得乾乾淨淨。

母親應當一直在躲避著這位兄長，而母親的隱姓埋名，母親的鬱鬱而終和眼前的這位舅舅是否有關？羅獵心中有著太多的疑問，可是他仍然沒有提問，平靜如常道：「我五歲的時候她就去世了。」

沈忘憂道：「佳琪是個好人。」然後就沒有了下文。

羅獵直到今天方才知道自己有個舅舅，對沈忘憂唯一的認識就是那封信，根本談不上什麼瞭解，不過單單從那封信來看，沈忘憂和母親之間的兄妹之情談不上深厚，否則他不會寄出那樣一封奇怪的信，信中的反叛者應該指的就是母親，而母親之所以選擇東躲西藏，不讓這位兄長知道她的消息，肯定有難言之隱。

甚至羅獵懷疑沈忘憂在當時可能危及到母親的安全。

這個世界上兄弟鬩牆的事情並不少見，兄妹也不會例外。

兩人誰也沒有說話，就這樣靜坐著，沈忘憂挑明了兩人之間的關係非但沒有讓他們變得親密，反而讓他們變得如陌生人一般疏離，現場陷入尷尬的氣氛中。

沈忘憂明顯想說什麼，可是欲言又止，終於還是決定離開，臨行之前，他指了指羅獵拿出的那封信請求道：「我可以借這封信回去看看嗎？」興許是害怕會被羅獵拒絕，他接著又道：「明天，明天我就還給你。」

羅獵淡然一笑，將那封信遞給了他：「這信本來就是您的，您拿去就是。」

福伯冷冷望著平度哲也，直到平度哲也心虛地將頭垂落下去，方才質問道：

「我對你說過什麼？孤狼的事情你作何解釋？」

平度哲也歎了口氣道：「福山君，當時的情況非常緊急，而我又來不及向您稟報，總不能眼睜睜看著那個瞎子逃了。」

福伯怒道：「所以你就讓孤狼刺殺他？」

「跟蹤，我的初衷只是讓孤狼去跟蹤他的去處，可是並沒有想到那吳傑如此警覺，竟然發現了孤狼的行蹤，還擊退了他。」

福伯緩緩搖了搖頭，能夠擊退擁有超強再生能力的孤狼，對方可不是什麼普通人物，孤狼並沒有受傷，應當是知難而退，能夠嚇退孤狼的顯然是遠超他的實力，還有地玄晶鍛造的武器。

平度哲也看到他的表情有所緩和，低聲道：「麻雀好像知道什麼……」

福伯的怒火突然就爆發了出來：「我說過，她的事情輪不到你，或者是你們中的任何一個過問。」

平度哲也被嚇得臉上失去了血色，尷尬地咳嗽了一聲又道：「只是……只是醫院的事情她產生了懷疑，我擔心她會因此對您產生疑心，從而影響到……」

福伯陰冷的目光鎖定了平度哲也的雙眼：「你們這幫自作聰明的廢物，為何要上演那齣鬧劇？即便是讓她產生懷疑，也是你們造成的，成事不足敗事有餘的廢物！」

平度哲也垂下頭去，他低聲道：「對不起了，不過我抽取了羅獵的血液樣本，我相信他和麻博軒一樣，身體產生了變異，只要給我一段時間，我就可以從中提煉出化神激素，用來改造更多的戰士。」

這對福伯來說應當是一個好消息，他點了點頭道：「不要忘了你最主要的使命，山田醫院是你用來掩飾身分的幌子，這裡不能暴露。」

「哈伊！」

「船越龍一有沒有找過你？」

平度哲也搖了搖頭道：「沒有，在孤狼改造的事情上，他對我頗有微詞，從那時開始我就沒有見過他。」

福伯道：「這個人你需要多多防範，他代表著玄洋會社的利益，或許另有目的，而且佐田右兵衛是他的養子，難免會受到親情的左右，千萬不可讓他影響到我們的計畫。」

「哈伊！」

此時外面響起了敲門聲，得到應允後，麻雀推門走了進來，平度哲也笑著站起身來，向福伯道：「我也該回去了，醫院的事情就是這樣。」

福伯起身相送道：「不好意思，給您添麻煩了。」他態度謙和而寬厚，跟剛才疾言厲色的模樣判若兩人。

麻雀道：「平度先生這就走？不留下來吃飯？」

平度哲也笑道：「不了，醫院裡還有一些事情要去處理，我只是過來是說明一下當時的情況。」

麻雀歉然道：「醫院的事情給平度先生添麻煩了。」雖然她對院方當時的處置應對不滿，可是仍然保持著禮貌。

平度哲也微笑道：「是我要抱歉才對，改日我會親自去您朋友那裡賠罪。」

雙方客套了一會兒，平度哲也方才告辭離去。

麻雀將他送走，回到福伯身邊，表情明顯帶著不悅道：「他怎麼說？」

福伯笑了笑道：「還能怎麼說？無非是抱歉誤會之類的話。」

麻雀怒道：「根本不是誤會，他當時是故意將我支開，讓其他人動手的。」

福伯反問道：「有什麼不對？」

「羅獵他們都是我的朋友。」

福伯道：「平度哲也也是我的朋友，當年如果沒有他的幫助，你爸爸絕對撐不過那麼多年，你在維護友情的同時不要忘記了別人對咱們的恩情。」

麻雀道：「我當然記得，可是……可是他險些害了羅獵的性命。」在她心中最重要的，最應當去維護的始終都是羅獵，無論平度哲也過去曾經做過什麼，也不能成為他傷害羅獵的理由。

福伯歎了口氣：「我想他是無心的，你不能只站在羅獵的立場上，也應當設身處地的為別人著想，如果處在平度哲也的角度上，身為山田醫院的院長，他是不能容忍別人在他的醫院行醫的，派人阻止這種行為有什麼不對？」

麻雀咬了咬嘴唇，她知道福伯說得有道理，可是仍然認為平度哲也當時的行為居心不良，過了一會兒方才小聲道：「或許我們不該將羅獵送到山田醫院。」

福伯道：「任何國家都有好人也都有壞人，平度哲也的人品和醫德絕無任何問題，當時那種情況下，有能力治好羅獵的只有他。」

麻雀道：「現在我都不知道如何去面對羅獵他們。」她的內心充滿了糾結和矛盾，感覺到因為醫院的事情而讓她和羅獵及其同伴之間產生了隔閡。

福伯道：「傻孩子，有什麼好猶豫的，從頭到尾你都在盡心盡力地幫助他們，你並沒有做任何對不起朋友的事，相信羅獵不會糊塗到曲解你的好意吧？」

麻雀沒有說話。

福伯又道：「對了，那個為羅獵療傷的盲人郎中是什麼人？」

麻雀道：「他叫吳傑，是羅獵的朋友，那個人脾氣非常古怪，我曾經見過他一次，對我愛理不理的，不過他的醫術非常高明，當時我的腳扭了，羅獵帶我去找他，他一出手就解決了我的痛楚，沒多久就恢復如常，可以下地自由行走。」

福伯哦了一聲道：「如此說來，這個人倒是有些本事。」

麻雀道：「那是當然，羅獵的每一個朋友都有真材實料。」說完之後，連她也意識到自己過多地提起羅獵，俏臉微微有些發熱。

還好福伯並沒有點破這件事，從桌面上拿起一個文件袋道：「對了，剛才沈教授過來，他說你申請前往英國留學的事情已經辦妥了，這是通知書。」

麻雀充滿錯愕地望著遞向自己的文件，她並沒有馬上去接，也沒有接過來的打算，如果不是福伯提起，她險些忘記了這件事，前往英國留學的確是當初她主動找沈忘憂幫忙的，她始終記得父親的遺願，希望自己能夠成為像他一樣的歷史學家，解開他生前未能完成的謎題，在父親去世後，她一直朝著這個方向努力。

正是在這一切的驅動下，她方才向沈忘憂求助，希望能夠學到當今世界上最先進的考古知識。想要進入全球頂尖大學的考古系不僅僅依靠自身優異的成績，還需要沈忘憂這種業內精英的引薦。

換成過去，這份入學通知書必然會讓麻雀喜出望外，可現在她卻出奇的淡定，甚至沒有任何的猶豫，輕聲道：「我不去！」

福伯早已料到了這個答案，他將文件袋輕輕放在了桌面上：「好好考慮一下，這樣的學習機會非常難得。」

「我這邊的工作剛剛開始，就算是留學，我也想過兩年再說。而且……」麻雀停頓了一下方才道：「我不想剛回來又背井離鄉。」其實她心中明白，自己留戀的不僅僅是故鄉，還有一個人，在她說這番話的時候，腦海中已經出現了一個熟悉而親切的身影。

這場雨斷斷續續下了三天，羅獵的身體已經完全復原，自從回到正覺寺，他就沒有離開過。身體得到了難得的調整，可頭腦卻沒有一刻停止過思考，默默從頭梳理著頭緒，意圖驅散眼前這一層一層的迷霧，剖析出清晰的脈絡，尋找到其中的真相。

每個人都看出羅獵在思考，就連平日嘴巴時刻都閒不住的瞎子也沒有去打擾老友的清淨。他們此前雖然經歷了一場驚心動魄的歷險，可那場歷險對他們這次的任務來說只是一個開始，絕不意味著結束。

阿諾在這件事上和瞎子頗有默契，對他們在地下遭遇的這場凶險從不主動提及，雖然仍是那麼喜歡喝酒，可喝酒之後都是呼呼大睡，想要從他那裡聽到一些酒話都難。

張長弓生性沉默寡言，別人如果不說，他懶得主動去問，更何況從羅獵受傷回來就能夠推斷出幾人在地下必然遭遇了極大的危險，對這些同伴，張長弓抱有極大的信心。

陸威霖在羅獵回歸之後的第二天就已經離開，說是出去辦事，卻並未交代自己的具體去向，他是個聰明人，明白自己在這裡的處境非常尷尬，除了羅獵，其他人並沒有將他當成自己人看待。整件事越來越像一個預先策劃的局，他們幾人只不過是局中的誘餌，葉青虹是最早的佈局人，而葉青虹的失蹤讓他們走到了一起，可自己和他們之間的戰鬥情誼顯然沒有他們內部那樣親密無間。

張長弓敲了敲虛掩的房門，聽到裡面羅獵的回應：「請進！」推門走了進去，看到羅獵坐在臨窗的書桌前看著報紙。

羅獵將報紙放下，笑著站起身來：「張大哥也沒出去？」一早瞎子和阿諾兩人就出門玩耍了，羅獵本以為張長弓也跟他們一起出去，並沒有想到張長弓和自己一樣選擇留下。

張長弓道：「一直下雨，我寧願在這裡待著。」目光在桌上的煙灰缸內掃了一眼，看到煙灰缸已經塞滿了煙蒂，看了看羅獵。

羅獵知道他想說什麼，笑了笑道：「一個人在房間裡讀報，不知不覺就抽了這麼多。」雖然他也知道這是個不好的習慣，可總是無法擺脫。

張長弓道：「年輕輕的，落個煙鬼的名聲可不好。」

羅獵拿起煙灰缸傾倒在一旁的垃圾桶內。

張長弓道：「多出去走走，對你的身體有好處。」

羅獵點了點頭：「有沒有陸威霖的消息？」

張長弓搖了搖頭，走的不但是陸威霖，還有那些在這裡的工人，張長弓的表情欲言又止。

羅獵道：「張大哥有什麼話儘管直說。」

張長弓道：「我們還要在這裡繼續等下去？」雖然他性情沉穩，可這些天在雲裡霧裡中的等待讓他終究有些沉不住氣了，在他看來整件事就是葉青虹和穆三爺導演的一齣戲，連他都能看透，以羅獵的智慧不可能沒有看出這一點，可是羅獵在這件事上卻表現出讓人費解的執著。信守承諾固然是原因之一，可除此之外，如果說沒有任何的感情因素摻雜其中，張長弓是不會相信的。

羅獵道：「**看不清局勢的時候，最好的辦法就是冷靜下來等待，再長的雨總**

有停歇的時候，再大的霧也會有消散的時候，您說是不是？」

張長弓默默體會著羅獵的這番話，臉上露出淡淡的微笑，他對羅獵有信心，這信心不知從何時起建立，可一旦建立就從未改變過。

外面傳來瞎子的聲音：「羅獵！」卻是他和阿諾兩人回來了。

瞎子手中還攥著一封信，防護得很好，沒有一丁點兒被雨水打濕，信是給羅獵的。

羅獵拆開信封，從中抽出一張照片，照片上一位美麗的少女巧笑盼兮，光彩照人，此女正是葉青虹，除了這張照片之外，信封內再無其他的東西，羅獵反轉照片，卻見照片背後寫著一行小楷，時間地點寫得清清楚楚，時間是今晚九點，地點是正陽門前。

瞎子也湊過來看了那張照片，詫異道：「葉青虹？她終於捨得現身了？」

羅獵道：「這封信是什麼人給你的？」

瞎子道：「郵遞員啊，我在門口遇到的，經常給咱們送信的那個小方。」

羅獵點了點頭。

阿諾將他那顆金燦燦的腦袋也湊了上來，馬上一股濃烈的酒味就包圍了眾人，阿諾道：「該不是一個圈套吧？」

羅獵將照片收好，心中已經做出了決定，無論是不是圈套，他都要去一探究竟，就算約他的不是葉青虹本人，也應當是知道內情的人。

瞎子道：「我跟你一起去？」

羅獵搖了搖頭：「我怕打草驚蛇。」

雨在黃昏時分就已小了許多，可是並未完全停歇，如絲如霧，混雜著越來越濃的夜色籠罩了整個北平。北方的紫禁城在這樣的天氣中輪廓變得模糊，金碧輝煌的屋頂也被雨夜奪去了光彩，昔日代表中華權力巔峰的皇城失去權力的同時也失去了威儀，或許只有在一重重的高牆內還僅存著皇族最後的一份堅守和不甘。

羅獵駕駛著三輪摩托車準時來到正陽門外，停好車點燃一支煙，向北望是死氣沉沉愁雲慘澹的紫禁城，轉身向南望去卻是燈火輝煌一派截然不同的景象，皇家敗落，皇城根兒的老百姓活得至少不像過去那樣壓抑，雖然已是夜晚九點，鮮魚口的一家家飯店仍然處於繁忙之中，正陽門大街是夜晚北平城最熱鬧的地方。

羅獵一邊抽煙，一邊四處張望著，等待葉青虹的出現。解鈴還須繫鈴人，葉青虹無疑是最近一系列事件中最關鍵的人物，也只有她才能解釋清楚最近發生的一切。然而內心深處卻又有一個聲音提醒羅獵，今晚約他前來的或許另有他人。

時間一分一秒地過去，相約者並未如約現身，羅獵甚至開始懷疑對方放了自己的鴿子，就在他開始失去耐性的時候，看到一個紮著紅頭繩的小女孩向自己走了過來，雖已是春天，可那女孩兒仍然穿著打滿補丁的冬裝，興許是為了抵禦這濕寒天氣的緣故，女孩蹦蹦跳跳來到羅獵面前，甜甜一笑，大白兔一般露出兩顆雪白的門牙，極其可愛，然後她從身後拿出了一束鮮花，雙手遞給了羅獵。

羅獵饒有興趣地望著這個送花的小女孩。

那女孩奶聲奶氣道：「羅先生，您買的花。」

羅獵禁不住哈哈笑了起來：「你認得我嗎？」心中已經猜到這孩子必然是受了某人的委託而來。

小女孩搖了搖頭，仍然堅持將那束花遞給羅獵：「姐姐說在九龍齋等您。」

羅獵接過那束花，從衣袋裡摸出一塊銀元遞給了那小女孩，小女孩搖了搖頭道：「用不了那麼多，再說……我也找不開……」

羅獵笑道：「不用找了。」他拿著那束花舉步走向九龍齋。

正陽大街九龍齋以酸梅湯聞名，有止渴梅湯冰鎮久，馳名無過九條龍的說法，這裡的酸梅湯被公認為京城第一。

羅獵並沒有花費太大的周折就找到了九龍齋，習慣於大塊吃肉大口喝酒的爺們兒通常很少光顧這種甜品小店，雖然門庭若市，可排隊的大都是婦女和兒童，羅獵想要從隊伍中找到自己熟悉的面孔，可看來看去並無相熟之人，正在尋找之時，有個嬌柔的聲音在身後響起：「找我嗎？」

羅獵緩緩轉過身去，卻見燈火闌珊處，蘭喜妹亭亭而立，雖然他不喜蘭喜妹的為人，可是卻不得不承認蘭喜妹天生麗質。今晚的蘭喜妹穿著一身合體的黑色中山裝，頭戴八角帽，英姿勃勃，或許是這場朦朧夜雨的緣故，蘭喜妹的身上少了昔日的嫵媚妖嬈，卻多出幾分清秀文靜的味道。

中性打扮並未減弱她的美麗半分，兩條黑亮的麻花長辮垂落在肩頭，望著一臉失望的羅獵，蘭喜妹笑得越發開心了，自己的出現顯然出乎羅獵的意料之外。

踩著不緊不慢的步伐來到羅獵的對面，明澈的雙眸垂落下去，盯住了羅獵手中的那束花，柔聲道：「送給我的？」

羅獵的唇角露出一絲苦笑，他開始意識到這世上有太多的心機女，今晚的送花也是蘭喜妹親手導演的一齣戲，他非常合作地將那束花送了過去。

蘭喜妹開心地接過那束鮮花，聞了聞鮮花的香氣，表情寫滿了少女的陶醉。

羅獵望著眼前這個自我欺騙自我陶醉的女人，幾乎有種當面戳穿她美夢的衝動，想起此前蘭喜妹種種不合情理的表現，此女十有八九是個精神分裂症患者。

蘭喜妹道：「還是第一次有人給我送花。」

對她的話，羅獵只能是聽聽就好，忍不住道：「你這麼漂亮怎麼可能？」

蘭喜妹咯咯笑了起來，然後她極其主動地挽住了羅獵的手臂，輕聲道：「可能別人都知道我心如蛇蠍，避之不及吧？」

羅獵道：「我以為女人通常都活在夢幻中，想不到你居然這麼瞭解自己。」

蘭喜妹望著羅獵道：「我更想瞭解你。」

羅獵輕輕掙脫開她的手臂，想要和她保持一些距離，可蘭喜妹卻執著地再次挽住了他的手臂。羅獵無奈接受了這個現實，站在人來人往的街心，突然感覺到自己仿若迷失了方向。

蘭喜妹道：「你想見的是葉青虹對不對？」

羅獵沒說話，只是微笑望著蘭喜妹。

蘭喜妹道：「你以為今晚約你見面的是葉青虹對不對？」

羅獵搖了搖頭，他從開始就意識到葉青虹沒那麼容易現身，不過蘭喜妹的出現還是讓他稍稍有些意外。

「難道你就這麼討厭我？甚至連話都懶得對我說？」蘭喜妹話中充滿幽怨。

羅獵道：「其實你沒必要利用葉青虹的那張照片將我約出來。」

蘭喜妹道：「你究竟欠了她什麼人情？這樣死心塌地的為她辦事？」不等羅獵回答，她又咬牙切齒道：「看來你是被那個狐狸精給迷住了。」

羅獵眨了眨眼睛：「你在吃醋？」

蘭喜妹極其肯定地點了點頭，強調道：「是，又怎樣？」

羅獵道：「你找我出來該不是就為了說這些？」

蘭喜妹道：「葉青虹在騙你。」

羅獵皺了皺眉頭：「你見過她？」

蘭喜妹道：「我帶你去個地方。」

「什麼地方？」

「等到了那裡，你就什麼都明白了。」

蘭喜妹帶羅獵去的地方不遠，就在珠市口附近，沿著狹窄的小巷來到一間民宅前。羅獵的內心不由得變得警惕起來，蘭喜妹似乎猜到了他的心思，小聲道：「你放心，我不會害你。」

蘭喜妹敲了敲院門，好一會兒方才聽到裡面傳來一個尖細的聲音道：「什麼人啊？大半夜的，也不讓人清淨。」

蘭喜妹向羅獵眨眨眼回應道：「劉掌櫃的，我是您鄰居，找您借點燈油。」

有人打著燈籠向大門走來，拉開門栓，出來的卻是一個白白胖胖的中年人，不等那人看清外面的情形，蘭喜妹已經掏出手槍抵在了他的額頭上，對方被嚇了一大跳，燈籠失手落在地上，迅速燃燒了起來，蘭喜妹嬌滴滴道：「劉公公，乖乖聽話，不然我就要在您的腦袋上開個天窗。」

對方卻是昔日清宮裡的太監劉德成，此人曾經是瑞親王奕勳身邊的紅人，當初瞎子正是從他身上竊走了七寶避風塔符，從而引起了一場麻煩，這場波瀾一直持續至今尚未平復。

羅獵在得知對方身分之後，也是極其驚喜，劉德成是知道內情的關鍵人物之一，當初瑞親王奕勳也曾經交給他一枚黃金七寶避風塔符，從此人身上或許能夠揭開謎題。

劉德成被槍逼著退回屋內，從最初的慌亂中很快就鎮定了下來，他深知來者不善善者不來的道理，滿臉堆笑道：「兩位想來是找錯人了，若是尋仇，我和二位素昧平生，若是謀財，你們也看到了，我這裡家徒四壁，一貧如洗。」

蘭喜妹笑道：「劉公公，我不會認錯，您保養得還真是不錯呢。」

劉德成聽到對方一語道破自己的真正身分，內心中不由得吃了一驚，對方顯然是有備而來，只是他不清楚這對年輕男女找自己到底是為了什麼？臉上笑得越發燦爛：「這位姑娘，過去見過咱家？」

蘭喜妹道：「前清在老佛爺身邊大紅大紫的劉公公誰不認得？」

劉德成露出幾分得色，老佛爺在世之時，他的確在皇城之中有過一陣風光，想起那段時日，如今心中還是激蕩不已。只是這蘭喜妹看起來不過二十出頭，自己風光的時候只怕她還沒有出生。聽她言之鑿鑿，卻不知從何處聽來的消息。

蘭喜妹話鋒一轉：「只可惜你好景不長，貪婪成性，利用職權，中飽私囊，被老佛爺抓了個現行，還差點砍了你的腦袋，如果不是瑞親王奕勳為你求情，你焉能活到現在？」

劉德成內心咯噔一下，這段宮廷往事極其隱秘，除了親歷此事之人少有人知，卻不知這女孩從何得知，且說得如此清晰無誤，彷如親見，他乾咳了一聲，以此化解心中尷尬，尖著嗓子道：「不知姑娘從何處聽來的謠言，汙我清白？」

蘭喜妹繼續道：「瑞親王奕勳對你深信不疑，可他卻不知當初老佛爺要殺你只不過是和你聯手上演的一齣苦肉計，借此讓奕勳對你深信不疑，從此你跟在奕勳身邊，監視他的一舉一動。老佛爺許你功成之後可享盡榮華，可人算不如天算，你終究沒料到大清滅亡來得如此之快。」

第五章

一切的策劃者

羅獵暗暗心驚，從蘭喜妹的話中不難聽出，
穆三壽才是這一切的策劃者，葉青虹也不過是被他利用罷了。
仔細回想從接受葉青虹的委託以來發生的事情，
整件事的脈絡開始變得清晰明朗。
穆三壽是什麼人？他為何會對葉青虹如此眷顧，
在整起事件中他究竟扮演什麼角色？

劉德成面如土色，如果說剛才蘭喜妹揭穿他的身分讓他感到驚奇，可此番蘭喜妹的話卻涉及到昔日最為隱秘的部分，可以說，這件事除了老佛爺和自己之外，瞭解內情的只有一個，也是蘭喜妹得知這件事的唯一途徑。

羅獵在一旁靜觀其變，從蘭喜妹的這番話中，他推斷出蘭喜妹的身分絕不簡單，此女對清宮往事如數家珍，想起她強大的日方背景，不由得暗自心驚。以蘭喜妹的身分居然對大清皇室如此瞭解，可見日方勢力早已滲透到了中方最高權力中心。

劉德成呵呵笑道：「捕風捉影的事，姑娘也肯相信？大清都亡了，當年的那些事，咱家可記不清楚了。」

蘭喜妹道：「那些事情你記不清楚也不打緊，不過有件事你一定是記得的。瑞親王奕勳死後，他的家人幾乎被追殺殆盡，可終究還是有人逃過了一劫。」她將一張照片在劉德成面前晃了晃，羅獵看得真切，這張照片上正是葉青虹。

劉德成掩飾得很好，一臉的迷惘，看起來非常糊塗。

蘭喜妹道：「你認不認得這個人？」

劉德成搖了搖頭。

蘭喜妹將手槍收了起來，劉德成本來以為她又要威逼自己，想不到對方居然主動收起了手槍，暗自鬆了一口氣，可突然蘭喜妹伸出左手捂住了他的嘴巴，旋即閃電般從腰間抽出一柄匕首，狠狠戳在劉德成的大腿之上，痛得劉德成一聲慘叫，因為嘴巴被蘭喜妹堵住，所以聲音大都被逼了回去。

羅獵也沒有料到蘭喜妹出手如此迅速，此女的狠辣他早就領教過，對蘭喜妹的行為羅獵並不吃驚。

劉德成揚起手來，想要去抓蘭喜妹的手腕，不等他碰到自己，蘭喜妹抬腳踹中劉德成的心窩，將劉德成踹得一屁股坐在了地上。

劉德成捂著流血的大腿哀嚎道：「殺人了……殺……」

蘭喜妹用染血的匕首抵住他的咽喉，自身的血腥氣將劉德成嗆得說不出話來，望著眼前這個美麗的女郎，劉德成彷若看到了一個恐怖的奪命厲鬼。他朝羅獵的方向看了一眼，心中明白，這兩人結伴而來，說不定男的比女的更加凶狠。

蘭喜妹將葉青虹的照片再次湊近劉德成的眼前，臉上蕩漾著妖嬈嫵媚的笑容：「你再叫，我就一刀戳死你，看仔細了，你認不認得她？」

劉德成不寒而慄，唇角哆嗦了一下，顫聲道：「她……她是葉青虹……在黃浦法租界蘭桂坊演出過，上海灘的紅牌歌女……穆三爺……的乾女兒……」

蘭喜妹點了點頭，對劉德成開始配合的態度表示欣賞：「既然開口，不妨說得明白一些，葉青虹的真實身分是誰？」

劉德成苦笑道：「咱家雖然去過黃浦，可是和這位葉青虹卻沒什麼聯絡，對她的瞭解……也……也只有那麼多……」

蘭喜妹道：「只有這麼多？那好，也就是說留著你已經沒有任何價值了。」手中匕首向前微微一遞，鋒利的匕首已刺破劉德成咽喉的皮膚，一縷鮮血沿著他的脖子流了出來，劉德成被嚇得魂飛魄散，慘叫道：「我說……我說……她……她是格格……格格……」

羅獵不由得皺了皺眉頭，沒想到劉德成的骨頭這麼軟，蘭喜妹稍一恐嚇就將葉青虹真正的身分吐露了出來，看來老佛爺的眼光也不怎麼樣，怎麼會選擇一個軟骨頭的人去瑞親王身邊當臥底。轉念一想，宮中太監大都貪財怕死，劉德成這樣的表現並不奇怪。

蘭喜妹微笑道：「格格？瑞親王的女兒？」

劉德成忙不迭的點頭，看來他已經徹底放棄了抵抗。

蘭喜妹道：「瑞親王奕勳倒是出訪過法蘭西，也結識過一個法國情人，他的那個情人叫瑪格爾對不對？」

劉德成張大了嘴巴，滿臉都是錯愕之色，驚詫讓他甚至忘記了身體的疼痛，蘭喜妹對這件事的瞭解遠遠超出他的想像。

羅獵此時也看出端倪，蘭喜妹早已查清了葉青虹的身分，甚至追查到了葉青虹母親的資料。

劉德成道：「我……我不清楚……」

蘭喜妹微笑道：「你怎會不清楚？奕勳對你如此信任，你當初隨同他前往法蘭西，曾經親眼見到瑪格爾，奕勳死後，瑪格爾通過某個奕勳最信任的人聯絡了弘親王載祥。」

劉德成的臉上已完全失去血色，他不知對方究竟是何許人物，竟然對這件多年以前的往事如此清楚，他搖了搖頭道：「都不知你在說什麼？」

蘭喜妹道：「你一定知道，被蒙在鼓裡的人只有葉青虹罷了，她所瞭解到的一切全都是通過穆三壽之口，穆三壽又是什麼人？」

劉德成將面孔藏在陰影之中，雖然如此，仍然掩飾不住雙目中的惶恐。

羅獵暗暗心驚，從蘭喜妹的話中不難聽出，穆三壽才是這一切的策劃者，葉青虹也不過是被他利用罷了。仔細回想從接受葉青虹的委託以來發生的事情，整件事的脈絡開始變得清晰明朗。穆三壽是什麼人？他為何會對葉青虹如此眷顧，在整起事件中他究竟扮演什麼角色？

蘭喜妹道：「你不肯說，我替你說，穆三壽是瑞親王奕勳兒時的伴讀，奕勳對他如同親兄弟一般，長大成人之後，兩人一人在朝堂，一人在江湖，一明一暗，光明正大的事情都是奕勳在做，而見不得光的事情都是穆三壽代勞。」

劉德成緊咬牙關，恐懼已經籠罩了他的內心，他不知蘭喜妹究竟通過何種管道瞭解到了那麼多的事情。

蘭喜妹道：「匹夫無罪懷璧其罪，瑞親王奕勳雖然聰明一世卻沒有懂得這個最簡單的道理，或許他早已想到，可惜他對身邊人太過信任，所以才會被人刺殺，本來奕勳已經有所預料，也做好了安排，但是他又犯了所托非人的錯誤。」

劉德成咬牙切齒道：「你胡說什麼？」

蘭喜妹歎了口氣道：「是不是胡說，你最清楚，指使除掉瑞親王奕勳的人是老佛爺，奕勳當初身邊的人每個都逃脫不了嫌疑，這其中以你最大。」

劉德成死魚般的雙目盯住蘭喜妹，此時他甚至不再辯駁了，因為他明白自己就算辯駁也毫無意義。

蘭喜妹道：「奕勳死後，他的財富讓許多人心動，可以你們的身分和地位，根本沒機會得到這筆富可敵國的財富，於是你們就聯起手來找到了跟奕勳素來不睦的弘親王載祥。」說到這裡她停頓了一下：「你們怎麼做壞事我不清楚，可最終誰得到了好處我卻清清楚楚。」

劉德成的喘息變得越來越粗重，心跳的節奏也越來越快，足見他的內心已經惶恐到了極點。

蘭喜妹道：「蕭天行、劉同嗣、任忠昌還有你，你們每個人都逃脫不了干係，如果不是恰巧趕上大清覆滅，恐怕你們幾個也沒那麼好的運氣活到今天。本來已經是民國，你們這群人井水不犯河水倒也相安無事，可有人偏偏要掀起一場血雨腥風。」

羅獵心中暗忖，蘭喜妹口中的那個人十有八九是穆三壽了，如果當年的事情穆三壽有份參與，那麼他為了保住秘密而下手剷除其他人倒也解釋得通，可為何他剷除了其他人卻唯獨留下劉德成的性命？對他而言深悉內情的劉德成豈不是最大的一個隱患？

蘭喜妹道：「穆三壽為何不殺你？」

劉德成的腦袋耷拉了下去。

蘭喜妹道：「你還不肯說？」

劉德成從牙縫中擠出一句話道：「我……怎麼知道？」

蘭喜妹輕聲道：「我記得你是庚申年十一月入宮，同年圓明園被焚，清政府先後簽訂了《天津條約》、《北京條約》對不對？」

羅獵對蘭喜妹有種刮目相看的感覺，眼前的蘭喜妹彷彿變了一個人似的，缺失了昔日的嫵媚瘋狂，卻有了不多見的冷靜和條理，她對中華的這段屈辱歷史顯然是非常瞭解的。庚申年，也就是咸豐十年，那一年發生了太多讓中華民族屈辱的事情。

劉德成道：「我不記得了。」

蘭喜妹道：「你當然記得，你入宮的時間曾經改動過，事實上你是在辛酉年十二月入宮，咸豐帝死後不久，老佛爺下手剷除八名顧命大臣，垂簾聽政，你爹穆木爾出身正黃旗，雖然不是八名大臣之一，卻是肅順最好的朋友，還是他的智囊，辛酉事變之後，他和肅順一起被斬殺於菜市口。」

劉德成顫聲道：「你究竟是誰？」

蘭喜妹道：「你們家被滿門抄斬，不過還有兩人逃過此劫，一個是你，一個就是你同父異母的兄長。」

蘭喜妹雖然沒有說出劉德成兄長的名字，可是羅獵已經能夠斷定，劉德成同父異母的兄長就是穆三壽無疑，難怪穆三壽下手剷除當初有嫌疑謀害瑞親王奕勳的人卻唯獨對劉德成手下留情，真正的原因卻是顧及手足之情。

蘭喜妹道：「當初率領人抄家的恰恰是奕勳的父親，你恨他，更恨老佛爺對不對？」

劉德成突然笑了起來：「你不去天橋說書可惜了。」

蘭喜妹道：「穆三壽真正的計畫是什麼？」

劉德成歎口氣道：「你說什麼，我不清楚，只是有件事我倒是想明白了。」

蘭喜妹道：「想明白就好，識時務者為俊傑。」

劉德成點了點頭，突然身軀向前一撲，蘭喜妹根本沒料到他會做出主動求死的行動，做出反應已為時太晚，匕首深深刺入劉德成的咽喉，鮮血沿著他喉頭的血洞噴射出來。

蘭喜妹不急閃避，身上也沾染了不少血跡，她有些厭惡地皺了皺眉頭，將劉德成的屍首一腳踢開，全然沒有流露出一絲一毫的憐憫之心。

這樣的結果顯然也不是羅獵想要的，雖然通過兩人的對話瞭解到了不少內情，可是從頭至尾，劉德成都沒有承認過蘭喜妹所說的事。單憑蘭喜妹的一面之詞，很難確定她所說的全都屬實。

蘭喜妹將沾染鮮血的上衣脫下，蓋住了劉德成的面孔，然後向羅獵道：「走吧，我請你吃點東西。」

羅獵驚歎於她冷血的同時也不得不佩服她的胃口，目睹劉德成的死狀，她居然還能有食欲，這胃口不是一般的好。

事實證明，蘭喜妹不但有胃口，且胃口大開。來到都一處，一籠燒賣、一碟炸三角、一碗粟米粥，她一人吃了個乾乾淨淨。羅獵只喝了一碗免費的大碗茶，倒不是因為蘭喜妹秀色可餐，而是因為他剛剛得到了太多訊息，正在默默消化。

蘭喜妹伸出小巧柔嫩的舌頭輕舔了一下嘴唇，然後雙眸瞇成兩道嫵媚的弧線，黑長的睫毛遮不住波光瀲灩的媚色，嬌滴滴道：「你為什麼不吃？」

羅獵道：「我在想你的動機。」

蘭喜妹笑道：「膽小鬼，總之我不會害你。」

羅獵道：「你想我幫你做什麼？」

蘭喜妹壓低聲音道：「別以為我不知道你們在正覺寺搞什麼？」

羅獵心中暗忖，連我都不清楚自己做什麼？你又能知道？

蘭喜妹道：「我幫你救出葉青虹。」

羅獵靜靜望著蘭喜妹，等待著她的下文，天下沒有免費的午餐，沒有人會平白無故地幫助自己，對蘭喜妹而言更是如此，可等了半天卻不見有下文。羅獵終於忍不住問道：「你想我幫你做什麼？」

蘭喜妹嬌嗔道：「我幫你可從未想過回報，你救我的時候不也一樣嗎？」

羅獵搖了搖頭，然後極其肯定地說道：「如果我知道落入水中的是你，我肯定不會跳下去。」

他的話對蘭喜妹並沒有任何的殺傷力，蘭喜妹依然癡癡地望著他道：「可你還是跳了下去，我知道你心中喜歡我的對不對？」

羅獵差點沒把一口老血噴出來，現在的女孩都如此直接？忽然想起蘭喜妹並非中華兒女，越發懷疑她的動機。他搖了搖頭道：「我不需要你的幫助。」

蘭喜妹掏出手帕擦了擦嘴唇，然後小聲道：「別以為我不知道周曉蝶在什麼地方。」她壓低聲音說出了周曉蝶現在的住址。

羅獵聽她說得準確無誤，內心中不由得一沉。

蘭喜妹道：「如果你想她活命，唯有你我合作。」

羅獵不怒反笑道：「我喜歡直截了當的說話，可是我從不跟日本人合作。」

蘭喜妹眨了眨雙眸，輕聲道：「我可不是日本人。」然後壓低了聲音道：「我的身上有一半的中國血統。」

早在津門菊代屋，她就已經向羅獵說明她是中日混血，然而她的一半中國血統卻無法成為羅獵信任她的理由，羅獵只相信自己親眼所見，從蒼白山到津門，無論她是蘭喜妹還是松雪涼子，她始終都在為日本人的利益服務，她的不擇手段，她所做的一切都是讓深愛這片土地的他無法接受的。

然而羅獵卻無法否認，蘭喜妹的出現撕開了籠罩在他眼前深不見底的迷霧，讓整件事開始現出脈絡，如果他拒絕蘭喜妹的幫助，恐怕永遠也解不開擺在面前的謎題，可如果接受對方的幫助，會不會中了日本人的圈套？

羅獵久久凝望著蘭喜妹，終於開口道：「給我一個相信你的理由。」

蘭喜妹咬了咬櫻唇，秀眉顰起，思索良久，方才小聲道：「我喜歡你！」

這個理由簡單而直接，羅獵望著蘭喜妹，表情多少有些吃驚，雖然他仍然認為這個理由不夠充分，卻覺得合情合理。羅獵道：「我對你從未有過非分之想。」說得夠婉轉，卻清楚表明了自己的態度。

蘭喜妹咯咯笑了起來，宛如花枝亂顫，雙眸有若星辰一般明亮，皺了皺鼻翼，整個面孔說不出的生動俏皮，她站起身，拿起那束染血的鮮花：「我知道，可你改變不了我，任何人都不能！」她倔強地挺直了背脊，雙手握緊了那束染血的鮮花，緊貼在自己胸口，彷彿捧著的是一束水晶，生怕不小心落地被摔碎。

麻雀決定前往國立圖書館，她要當面向沈忘憂致歉，畢竟辜負了這位世伯的苦心安排，放棄了一個深造良機，可是當她將車停好，卻發現不遠處停著一輛三輪摩托車，麻雀一眼就認出那輛車是羅獵的，她心中暗喜，想不到這麼巧，羅獵也來到了這裡。

來到沈忘憂的辦公室前，看到房門開著一條縫，因為事先就電話聯絡過，所以沈忘憂已經提前在這裡等她。

麻雀敲了敲門，裡面傳來沈忘憂沉穩的聲音：「進來！」

麻雀走了進去，站在窗前眺望窗外景色的沈忘憂轉過身來，他微笑望著麻雀：「你來了！」

麻雀四處張望著，她本以為羅獵也會在這裡，來到沈忘憂的辦公室方才發現羅獵不在，心中難免有些失望。

沈忘憂從她表情上察覺到了她的失落，微笑道：「找誰呢？心不在焉的？」

麻雀不好意思地笑了笑道：「是這樣，我剛剛在門前看到了羅獵的摩托車，以為他也在這裡。」

沈忘憂點了點頭道：「來了，他們去花園參觀了。」國立博物館的花園乃是日本著名的園林設計師設計，在京城名聲很大，所以來訪者中有不少是為了欣賞這座雅致的園林而來。隨著這座園林的聲名鵲起，前來參觀者絡繹不絕，博物館方面也不得不對訪客進行限制，除了節假日之外，這座園林已不再對外開放，當然有相熟關係者例外。

麻雀也不止一次參觀過這座園林，可今天她並沒有遊覽園林的心情，真正引起她注意的是沈忘憂口中的他們，他們就意味著羅獵並非單獨前來。

麻雀繞過沈忘憂走向窗前，當她和沈忘憂擦肩而過的時候，沈忘憂深沉的雙目中掠過一絲不易覺察的波動，麻雀來到窗前，從這個角度可以將花園的景色一覽無遺。沈忘憂眼角的餘光看到，麻雀的背影顫抖了一下然後凝固在那裡。

羅獵站在水池前，池水平整如鏡，池內各色錦鯉游來游去，蘭喜妹身穿風衣，束帶強調出她盈盈一握的纖腰，微風輕動，衣袂飄揚，仿若一團火焰於風中舞動。蘭喜妹主動挽住羅獵，事實上在兩人相處之中，她一直都選擇主動。

或是想尋求溫暖，蘭喜妹將身軀緊緊依偎在羅獵的身邊，讓麻雀失望的是，羅獵並沒有閃避。

蘭喜妹找到羅獵的手並將他緊緊抓住，她察覺到羅獵有個本能的回縮動作，柔聲道：「別忘了她在看著咱們。」

羅獵唇角浮現出一絲苦笑，他突然生出一種作繭自縛的感覺，麻雀對他怎樣他心知肚明，沈忘憂之所以找他幫忙，就是看出只有他能影響麻雀的最終選擇。

這辦法的確有些蹩腳，麻雀不會識破吧？羅獵望著蘭喜妹，遭遇到蘭喜妹深情款款的目光，蘭喜妹道：「你看我的時候就不能多帶點感情？小心穿幫。」

羅獵伸出手扶住了蘭喜妹的肩，溫柔地盯住蘭喜妹的雙眸，低聲道：「別忘了你是有夫之婦。」

蘭喜妹禁不住笑了起來，皺起的鼻翼宛如春風吹皺的池水，連羅獵也不得不承認她的美麗，蘭喜妹就勢撲入他的懷中，小聲道：「抱緊我。」

羅獵並沒有猶豫，有些事情一旦開始就只能繼續下去，很自然地擁住蘭喜妹，兩人的身影如同尋常熱戀中的情侶一樣重合在一起。

蘭喜妹微微揚起俏臉，美眸微閉，櫻唇輕啟，柔聲道：「吻我！」

羅獵愣了一下，還好距離掩飾了他的表情，蘭喜妹果然在得寸進尺。

蘭喜妹吹氣若蘭道：「你如果拒絕，我馬上就衝入沈忘憂的辦公室，將一切向麻雀坦白。」

羅獵望著蘭喜妹，相信她是認真的，內心中激烈交戰了一下，然後義無反顧地低下頭去，準備蜻蜓點水般在蘭喜妹的櫻唇上意思一下，甚至可以利用借位，應付一下也好，只要信號成功傳遞給在遠處偷窺的麻雀，他的計畫就已成功。作繭自縛也罷，騎虎難下也罷，自己導演的這齣戲就算打落門牙也要演下去。

羅獵雖然算不上情場老手，卻也非和異性的第一次接觸，蘭喜妹雖然霸道主動，可仍然暴露出她的生澀和莽撞，雖然她想要積極地取悅羅獵，卻沒有掌握太多的技巧，兩人的嘴唇甚至被對方的牙齒誤傷到流血。

麻雀是看不清這些細節的，她年輕挺拔的胸膛劇烈起伏著，內心中燃燒的怒火幾乎要點燃她青春的身軀，她感覺到自己整個人就快爆炸。

關鍵時刻，有人拉上了窗簾，遮住了花園內激情四射的場面，也暫時擋住了麻雀的雙眼，遮住了她的內心。

麻雀緊握著雙拳，臉上已變得毫無血色，雖然腦子裡有個聲音反覆提醒她要鎮定，可是她的身軀卻發出不受控制的一陣陣顫慄，她的內心感覺受到了莫大的侮辱，就算羅獵不會選擇自己，可是他為何要選擇蘭喜妹，那個心如蛇蠍的女人？男人在美色的引誘下就會忘記敵我，放棄立場？

麻雀的呼吸都變得緊迫，她想要大喊大叫，宣洩內心中的憤怒不快。她是愛羅獵的，這一點她從不否認，自從一起前往蒼白山冒險，她就已經意識到了這一點，而且她對羅獵的愛意沒有隨著時間的推移而變淡，反而更深刻而濃烈。

麻雀並沒有因為內心中萌生的愛意喪失理智，雖然她婉轉地向羅獵表露過，可她能夠看得出羅獵在逃避，她是個不輕言放棄的人，在留學深造和羅獵之間毫不猶豫地選擇了後者，因為後者對她要重要得多，麻雀相信只要自己堅持，就一定能夠走入羅獵的內心世界，然而剛才看到的一幕已經完全摧垮了她的內心，讓她內心千瘡百孔的同時有種被羞辱得體無完膚的感覺。

喜歡一個人，他卻選擇別人，質疑對方品味的同時也會懷疑自己的眼光，麻雀的整個世界在瞬間崩塌了。

咖啡的香氣幫助麻雀激動的情緒稍稍舒緩了一些，沈忘憂為她沖了杯咖啡，作為旁觀者，他清楚這位單純善良的女孩正經歷著怎樣的打擊，作為這件事的導演者，沈忘憂難免感到有些內疚，可他並不後悔，對麻雀來說未嘗不是一件好事，越早認識到現實，受到的傷害相對越小。

「麻雀，你今天找我有什麼事情？」沈忘憂明知故問。

麻雀握住那杯咖啡，掌心的溫度讓她冰冷的內心稍稍溫暖了一些，她整理了一下情緒，然後做出了一個極其鄭重的決定：「沈伯伯，我這次來是專程來謝謝您，我決定前往歐洲留學。」

羅獵雖然沒有親耳聽到麻雀的這句話卻已經預知了結果，麻雀走後，蘭喜妹也暫時完成了她的使命，同樣離開了國立圖書館，兩人的最大不同，一人離開時傷心欲絕，而另外一個卻是嬌羞滿面。

沈忘憂一直都在辦公室內等著羅獵，當羅獵的身影出現在他的面前，沈忘憂指了指桌上的那杯咖啡：「剛剛煮好。」

羅獵一屁股坐在沈忘憂對面的椅子上，從他的表情上看不出他開心還是沮喪，沈忘憂一邊品味著咖啡，一邊悄悄觀察著羅獵，將咖啡杯重新放在桌上的時候他說了一句：「既然不愛就儘早放手。」他相信如果羅獵對麻雀投入了真情，絕不會答應自己的要求，做出這樣傷害她的事，雖然這件事的初衷是為了麻雀。

羅獵笑了起來，品了口咖啡。卻看到沈忘憂指了指自己的唇角，掏出手帕擦了擦嘴唇，以為是咖啡的奶沫沾在了上面，沈忘憂並沒有顧忌他的顏面，提醒道：「口紅。」

羅獵難免有些尷尬了，反覆擦了擦，低下頭去佯裝仔細品味那杯咖啡。

沈忘憂道：「那女孩也很漂亮……」停頓了一下又道：「很主動！」

羅獵面皮有些發燒，相信沈忘憂和麻雀一樣都看到了剛才在花園內激情四射的過程，雖然他當時並非情願，可有一點他不得不承認，在蘭喜妹親吻他的時候，他內心深處並沒有產生太多的排斥感，甚至還有些享受。

羅獵道：「她是中日混血，背景複雜，幫我的目的並不單純。」

沈忘憂笑了起來：「這世上根本就不存在單純的感情。」還好他並沒有打算在這個話題上繼續糾纏下去，拉開抽屜，取出從羅獵那裡得來的那封信，遞了過去：「還給你。」

羅獵接過那封信收好。

沈忘憂道：「有什麼想問我的？」

羅獵道：「您有什麼想告訴我的？」

兩人對望著，然後幾乎同時笑了起來。

羅獵道：「我父親是誰？」

沈忘憂道：「我只知道他姓羅，佳琪對他的身分諱莫如深，在他們兩人的事情上，我一直都是反對的。」

「為什麼？」

沈忘憂的目光黯淡了下去，斟酌了一會兒，他方才用一種極為婉轉的方式道：「我相信佳琪泉下有知，一定會後悔當初的選擇。」

羅獵愣了一下，沈忘憂顯然是在告訴他母親當年選錯了人，換句話來說，他的父親並非好人？這對任何一個為人兒女者都是難以接受的事情，羅獵的記憶中並沒有留下父親的任何印象，正因為如此父親在他心中的形象是高大而完美的，而沈忘憂這位突然出現的舅舅卻顛覆了他內心的想法，羅獵難以接受，也不願接受，不過好在他還足夠冷靜，淡然道：「我希望她不會因為我而後悔。」

沈忘憂聽出了羅獵話中的一語雙關，點了點頭道：「我相信她會為你而驕傲。」他並不想繼續談及這個話題，輕聲道：「美國不好嗎？為什麼要回來？」

「月是故鄉明，我是個戀家的人。」

沈忘憂笑道：「每個人都認為自己是最瞭解自己的人，可事實上多半人對自己並不瞭解。」

羅獵習慣性地掏出了煙盒，打開之後停頓了一下，徵求沈忘憂的意見道：「可以嗎？」

沈忘憂點了點頭：「請便。」

羅獵點燃了一支煙，縈繞的煙霧讓他眯起了雙目。沈忘憂目光複雜地打量著這個對面的年輕人，兩人就這樣彼此對望著，誰也沒有主動說話的意思。

羅獵的那支煙就快燃盡，沈忘憂方才如夢初醒般想起了什麼，他從抽屜裡取出一張照片，遞給了羅獵。

羅獵接過那張照片，看到的是一群人的合影，他從中找到了母親，那時的母親正值青春芳華，站在六人的中間笑得陽光燦爛，在她左側站著的就是年輕時的沈忘憂，兄妹兩人離得很近，沈忘憂右手輕攬著她的肩膀。因為年月久遠，照片已經泛黃，可是仍然能夠從照片中感受到他們的青春與熱情。

羅獵輕聲道：「那時你們正年輕。」

沈忘憂點了點頭，青春與時光早已一去不復返，看看那時的自己，青春的面孔熟悉又陌生，如今卻已經兩鬢斑白。時光荏苒，滄海桑田，腦海中浮現出如煙往事，一時間百感交集。

羅獵仔細端詳那張照片，努力記住每個人的樣子，忽然想起自己長這麼大還從未見過父親的照片，無論是母親還是爺爺都從未主動提及過自己的父親。卻不知這張照片上有無父親的存在？

沈忘憂似乎猜到了他心中所想，低聲道：「這照片上的七個人，除了我之外都已經死了。」他的語氣中充滿了傷感和失落。

羅獵道：「其他五個人都是誰？」

沈忘憂淡淡一笑：「曾經的朋友，生命中的過客……」他居然主動向羅獵要了一支香煙，點燃香煙後再度陷入沉默之中。

室內的氣氛變得死一般沉寂，羅獵知道沈忘憂一定有許多內情沒告訴自己，看得出他在猶豫，雖然已有了足夠的思考時間，可是沈忘憂仍沒有下定決心。

沈忘憂道：「佳琪在你面前從未提起過我？」

羅獵點了點頭。

沈忘憂歎了口氣道：「看來她始終不肯原諒我。」

羅獵微笑道：「在遇到您之前，我還從不知道自己有個舅舅。」

沈忘憂道：「我也從未想過，上天對我還算不薄，我在這世上還有親人……」說到這，他停頓了一下：「我得了絕症，我的生命最多還剩一個月。」

這消息對羅獵如此突然，雖然他對這位突然出現的舅舅還未曾建立起深厚的感情，可是聽到他不久於人世的消息也是心中一沉。沈忘憂給他的印象一直是健康而瀟灑的，從表面上看不出任何的病容，羅獵將信將疑地望著沈忘憂。

沈忘憂道：「那封信中應該還有一樣東西。」

羅獵想起了那顆宛如蓮子般的種子，的確他並未將那顆種子出示給沈忘憂，難道那顆種子有著特別的意義？

沈忘憂的目光再次回到了照片上，低聲道：「照片上的七個人其實來自同一個地方。」

羅獵道：「你們是老鄉？」

沈忘憂笑了笑，目光變得迷惘：「可以這麼說，羅獵，你相不相信時光可以倒流？」

羅獵並沒有理解沈忘憂的意思，眨了眨眼睛並沒有答話。

沈忘憂起身來到書架前，從中抽取了一本書，將那本書遞給了羅獵，羅獵接過看了看，這是一本英國著名小說家，赫爾波特・喬治・威爾斯的代表作《時間機器》，這本書面世於一八九五年，曾經是羅獵最喜歡的科幻小說之一，小說講述了一位哥倫比亞大學的教授，通過製作時光機器穿梭古今的故事。

羅獵對於這本小說的深刻印象，主要是源於教授不斷嘗試穿梭拯救愛人的情景，他無數次幻想過書中的故事可以發生在現實之中。對於其中的情節羅獵早已爛熟於胸，甚至不用翻開書本，他就能夠背誦出其中的章節。

羅獵左手將這本書托在掌心，右手輕輕摩挲著這本書深綠色的布紋封面，指尖在燙金英文字體上滑動，他在靜靜地思索，小說畢竟是小說，有些事只能在腦海中想想罷了，現實中應當不會發生這樣的事情。

沈忘憂道：「小說中的故事未必都是荒誕的，今年十一月，德國柏林威廉皇帝物理研究所長，柏林洪堡大學教授阿爾伯特・愛因斯坦就會提出《廣義相對論》並將之完善，這會將整個人類物理學史掀開全新的一頁，其中會對時空穿梭提供堅實的理論基礎。」

十一月？羅獵不免有些震驚了，畢竟現在才剛剛四月，那是七個月後才會發生的事情啊，沈忘憂怎麼會知道？難道他當真有未卜先知之能。

沈忘憂並沒有詳細解釋時空穿梭的理論，他低聲道：「或許你會覺得不可思議，因為你並不知道未來將會發生的事情，這個世紀戰爭頻現，世界格局不斷重組，十七年沙俄將會因為一場十月革命而改朝換代，日本人對中國的侵略將會變本加厲，一九三七年侵華戰爭將會全面發動，這場戰爭會持續八年，一九三九年一場席捲世界的第二次世界大戰會徹底爆發，這場戰爭讓整個世界的格局重新洗牌。一九四五年日本戰敗，德國投降，一九四九年新中國成立……」

羅獵目瞪口呆地望著沈忘憂，對方所說的一切他都聞所未聞，如果換成另外一個人對他說這番話，他一定會認為對方已經瘋了，怎麼可能知道未來將會發生的事情，他甚至懷疑沈忘憂只是在編造謊言，可沈忘憂的樣子如此認真，言之鑿鑿，語氣如此堅定，似乎他所說的一切當真發生過一樣。

而沈忘憂所說這一切成立的可能必須建立在時空穿梭的基礎上，除非他來自於未來，否則根本沒有任何的可能。

沈忘憂並沒有在意羅獵是否相信，他新中國成立談到了一九六九年人類第一次登月，談到了霍金的第四維理論，談到了蟲洞和量子泡沫，這些在羅獵看來匪夷所思的理論一股腦在短時間內塞給了羅獵，沈忘憂沒有考慮對方能夠接受多少，他的時間已經不多了。

羅獵的留學經歷決定了他對新鮮事物和時代科技的接受能力要遠超一般人，此前他的冒險經歷讓他也明白了這世上存在著太多超自然生物和事件的可能，儘管如此，沈忘憂所說的一切也徹底顛覆了羅獵對這個世界的認知，讓他有些接受無能，頭腦難免產生了一種錯亂感。

沈忘憂說了足足半個小時，也只不過是簡略理清了一下未來歷史的脈絡，羅獵從一開始的天方夜譚到將信將疑，等沈忘憂結束這一長段敘述的時候，他已經開始逐漸相信並細思極恐了。

趁著沈忘憂中途喝咖啡的時候，羅獵終於有了提問的機會：「您……你們七個全都是……」

沈忘憂點了點頭。

羅獵突然有種虛脫的感覺，如果沈忘憂所說的一切屬實，那麼他的母親沈佳琪同樣來自於未來。他們來幹什麼？是為了尋找還是為了改變？

沈忘憂將咖啡杯輕輕放下：「我們所生存的世界有著許許多多未知的危機，你所看到的戰爭、饑荒、災難雖然造成死傷無數，造成朝代更迭，卻並不至於毀滅整個人類的文明史。有些危機雖然被隱藏了起來，可是猶如一顆威力無窮的定時炸彈，終有一日會爆炸，一旦觸發，將毀去人類所賴以生存的世界。」

羅獵道：「歷史可以改變嗎？」

沈忘憂道：「已經發生過的歷史盡可能不去改變，可尚未爆發的危機還有機會將之扼殺於無形。」

羅獵心中暗忖，按照沈忘憂的說法，他們從未來返回到當今的年代，目的就是要清除掉這場足以毀掉整個人類世界的災難。可他們既然帶著未來的科技文明，擁有著超人一等的認知和先機而來，為何如今只剩下沈忘憂孤零零的一個？

沈忘憂道：「你一定知道涿鹿之戰，這場上古戰爭並非一個神話，而是真實發生過。黃帝率領人類對抗蚩尤，傳說中的蚩尤面如牛首，背生雙翅，他有兄弟八十一人，都有銅頭鐵額，八條臂膀，九隻腳趾，一個個本領非常。」他抬頭望著羅獵道：「現實之中這樣的人是不存在的，可這個宇宙中不僅只有一個星球，也不僅僅只有我們所生存的地球才有生命。」

羅獵愕然道：「您是說，蚩尤他們來自於別的星球？」

沈忘憂道：「只是一個後世的推斷，缺少必要的證據，可是有一點在後世已經證明，中華傳說中的九鼎卻是真實存在的。」

羅獵不禁想起在麻雀家中曾經提到的九鼎考證。

沈忘憂道：「禹鑄九鼎，五者以應陽法，四者以象陰數。使工師以雌金為陰鼎，以雄金為陽鼎。鼎中常滿，以占氣象之休否。當夏桀之世，鼎水忽沸。及周將末，九鼎咸震。皆應滅亡之兆。後世聖人，因禹之跡，代代鑄鼎焉……九鼎究竟是不是大禹所鑄造已經無可考證，但是九鼎絕非普通的爐鼎，二〇三九年我們在羅布泊發現了九鼎中的雍州鼎，方才明白了其中的秘密。」

羅獵道：「什麼秘密？」

沈忘憂道：「這只巨鼎之大遠超我們的想像，以上古的鑄造技藝應當無法完成這樣的作品，與其說是一個巨鼎，還不如說是一個巨大的飛行器。」

羅獵有生以來頭一次聽到這樣驚人的說辭，和中華文明息息相關的九鼎，被稱為中華至尊神器，某種程度上代表中華的九鼎竟然是一個個巨大的飛行器。他沒有聽錯，沈忘憂說得如此篤定。其實人類起源說有很多種，其中一種就是從外太空而來。羅獵小心問道：「按照您的說法，人類文明來自於外太空？」

沈忘憂道：「人類起源的事情並未查清，可是我們發現的雍州鼎可以證明當時的九鼎都真實存在過，而且九鼎擁有著超越人類文明的科技，根據我們的測定，那只雍州鼎的歷史可以推演到西元前五千年。」

羅獵道：「您是說在七千年前就已經有了九鼎？」

第六章

種子代表的意義

羅獵搖了搖頭，他已經得到這顆種子很長的時間，
雖然他無從分辨這究竟是何種植物的種子，
可是沒有引起他特別關注，現在寄信人就在自己面前，
當初沈忘憂為何要寄給母親那封信？
如果說信中的圖畫和單詞都能夠得到解釋，
這顆種子究竟代表著怎樣的意義？

沈忘憂道：「九鼎其實是九艘飛船，外星生命在七千年前就乘坐那九艘飛船穿越時空，飛抵地球，也許人類的部分傳承從那時開始，也許他們改變了人類的文明走向。能夠確定的是，那些外星生命抵達地球之後就再也沒有離開過，關於他們的記錄逐漸湮沒於歷史的長河中。」

羅獵道：「我一直以為九鼎只是一個傳說。」

沈忘憂道：「相信一開始的時候有人是知道內情的，這其中大禹這個人物不能不提，根據我們的考證，大禹很可能就是那些外星人的後代，他率領人們興修水利，抗澇防洪，在他繼任帝位之後，應當是預感到了九鼎可能帶來的危機，於是他決定將九鼎毀去。」

羅獵點了點頭，傳說中大禹鑄造九鼎，並將之沉溺於江河之中，以此來震懾水怪，祈求風平浪靜，看來大禹是將這九艘飛船沉入了江河之中。

沈忘憂道：「二〇三九年的發現轟動了整個世界，羅布泊在七千年前還是中國內地最大的鹹水湖，其面積還要大大超過青海湖，將近五萬平方公里。」

羅獵對古樓蘭的歷史頗有興趣，所以對周邊的地理也有所研究，如今的羅布泊只不過是一個小湖罷了，湖水總面積不超過一千平方公里，想起七千年前的盛況，不由得心生感慨。

沈忘憂道：「羅布泊幾經變遷，一九二一年，塔里木河向東改道，流經羅布泊，湖泊面積增加到兩千平方公里，可是後期的開發改變了這裡的地理環境，到一九六〇年，塔里木河下游斷流，整個羅布泊迅速乾涸，在我們發現雍州鼎的時候，那裡已經是一片荒漠。」

羅獵點了點頭，滄海桑田，斗轉星移，誰也不知道未來會發生什麼？可馬上他又意識到對面的沈忘憂正是從未來而來，他應該知道從現在開始未來一百多年的事情。

沈忘憂道：「全世界都在為發現雍州鼎而激動的時候，卻發現這只雍州鼎仍然在運轉著，正在將一些資訊源源不斷地向宇宙深處發射。」他的聲音變得低沉，表情也變得異常凝重。

羅獵隱隱意識到情況有些不對，可是他並不知道具體何處發生了問題。

沈忘憂道：「當這些信號傳出地球，發射到太空之中，就有被異星文明截獲的可能，在浩瀚星空之中，並不僅僅存在熱愛和平崇尚自由的人類，還有嗜血殘暴，好戰虐殺的邪惡種族，不幸的是，雍州鼎傳出的信號恰恰被一個擁有高科技文明的邪惡種族截獲了。」他搖了搖頭：「雍州鼎傳出的信號暴露了地球的座標，在人類尚未來得及做出防禦之前，一支強大的武裝艦隊就悄然而至。」

羅獵倒吸了一口冷氣。

沈忘憂道：「這場戰爭超過了以往人類歷史所有的規模，空前的流血和犧牲讓所有人類聯合在一起，捐棄前嫌，並肩戰鬥，為了人類的生死存亡而不惜一切的鬥爭，然而雙方的實力懸殊讓人類很快就敗下陣來，我們節節敗退，眼看著我們的家人朋友遭遇不幸，眼看著我們的家園被毀……」他的眼睛紅了，雙目中有晶瑩的淚光閃動。

羅獵相信沈忘憂沒有欺騙自己的必要，他所描繪的情景豈不就是人類的末日。

沈忘憂道：「我們終於知道人類的座標因何而暴露，也明白大禹之所以將九鼎投入江湖，是利用水來隔絕九鼎能夠傳出的訊號，想要改變人類的命運，我們唯有穿越時空，返回過去，回到羅布泊尚未乾涸之前，將九鼎徹底摧毀。」

沈忘憂的目光再度回到那張六人的合照之上：「我們七人接受了這個使命，我們承擔著挽救整個人類命運的責任，卻又被告知不可改變人類的歷史走向，我們甚至不可以娶妻生子，不可以產生任何的私人感情，我們的這次行動註定有去無回。」

羅獵對沈忘憂不由得生出崇敬，無論沈忘憂是不是自己的舅舅，他能夠接受這樣的使命顯然都是一個大無畏的勇者，無畏的不僅是沈忘憂，還包括他們團隊中的每一個。可是他為何會跟自己的妹妹分開，又為何會寄給她那封奇怪的信？

沈忘憂道：「我們的計畫從一開始就出現了偏差，我們設定穿越的年代是三千年前，那是一個冷兵器時代，以我們掌握的資料和手頭的裝備，應當可完成任務。然而計算出現了失誤，時光機將我們送到了晚清，這還不是最大的麻煩，畢竟還有足夠的時間，我們可以從容地解決問題。可是這場時空穿梭，卻讓我們每個人的身體都產生了變化，同樣遭遇改變的還有我們帶來的設備和武器。」

沈忘憂努力回憶著往事，他們剛剛來到這個風起雲湧的時代，就失去了一名隊友，高科技的設備和武器全都因時空穿梭而失去了作用，他們必須依靠最原始的定位，從一個時代來到另外一個時代，縱然還是他們所生存的地球，可是對每個人的心理和精神都是一種前所未有的考驗，他們變得惶恐多疑，有人甚至想到過放棄。

沈忘憂道：「來到這個時代三年之後，我們找到了雍州鼎，並將它成功炸毀，按照我們臨行前制訂的計畫，我們的最終使命是要將九鼎徹底摧毀，也唯有如此才能清除人類未來的隱患。」

羅獵點了點頭，如果九鼎同為外星飛船，那麼它們的功能想必都差不多，毀掉雍州鼎，還會有冀州鼎、徐州鼎……一旦遮罩解除，它們同樣可以發出信號。

沈忘憂道：「我們雖然奉行著不去改變歷史的準則，可是有些事是我們無法控制的，比如說健康，又比如說感情……」他的雙目中流露出刻骨銘心的憂傷。

羅獵已經猜到他所說的感情應當和母親有關，想起信中的rebel，難道沈忘憂是在指責母親背叛了他們的團隊？

沈忘憂道：「時空穿梭讓我們的健康都受到不同程度的損害，這在我們出發之前就已瞭解。可以說我們每個人都已下定視死如歸的決心，我們之中沒有怕死。在炸毀雍州鼎之後，健康問題越來越困擾我們，我們只是掌握了九鼎中一部分的位置，其中還有六個只能從上古傳說中尋找線索。我們之中有些人擔心已經無法活著完成任務，事實上在炸毀雍州鼎後的一年中，又有一名隊友去世。」

「單憑我們五人的力量已不可能完成任務，於是我們決定雇傭一些不明內情的人，正是這個決定，讓你的母親結識了你的父親。」沈忘憂突然咳嗽了起來。

羅獵道：「您是反對的？」

沈忘憂點了點頭：「因為她違背了我們的準則。」

羅獵想起爺爺能夠掌握大禹碑銘上面的文字，羅行木也說過爺爺是摸金一門的宗師級人物，看來母親選擇父親合作也不是沒有理由的。

沈忘憂道：「根據我們的準則，如果我們中的任何一人違背了原則，其他人有權將之除去！」

「所以您就要殺死自己的親妹妹？」

沈忘憂的唇角浮現出一絲苦笑：「他們躲了起來，我查到佳琪下落的時候，她已經有了身孕，我們並未殺她，從此以後，我就失去了她的下落，我本以為她仍然活在這個世上，直到遇到了你……」

羅獵道：「我的父親是怎樣死的？」

沈忘憂搖了搖頭：「我只知道他罪有應得！」

羅獵的內心抽搐了一下，他有種要和沈忘憂辯駁的衝動，可是看到沈忘憂蒼白的面孔，他最終還是放棄了。

沈忘憂道：「我失去了所有隊員，單憑我的能力已經不可能尋找到其餘的爐鼎，就算找到，我也無法完成任務，也許人類註定無法逃過劫數。」他歎了口氣又道：「我還剩下不到一個月的生命，我已經做不了什麼，還好，在我死前能夠遇到你……」他的目光溫暖慈和，靜靜望著羅獵，在他眼神的深處躍動著希望。

羅獵再度沉默，回憶著剛才沈忘憂跟他說過的每一句話，無論怎樣，一切都已成為過去，沈忘憂在這時代無疑是孤獨和寂寞的，自己應當是他唯一的親人。

沈忘憂道：「我記得那封信中還有一樣東西？」

這已經是他今天第二次提起這件事，看來那件東西對他很重要，羅獵點了點頭，從衣袋中拿出了那顆卵圓形一般的種子。

沈忘憂將那顆卵圓形的種子托在掌心，凝望良久，輕聲道：「有沒有發覺它的特別之處？」

羅獵搖了搖頭，他已經得到這顆種子很長的時間，雖然他無從分辨這究竟是何種植物的種子，當初沈忘憂為何要寄給母親那封信？如果說信中的圖畫和單詞都能夠得到解釋，這顆種子究竟代表著怎樣的意義？

解鈴還須繫鈴人，當年的寄信人沈忘憂，應該能夠給出真正的答案。

沈忘憂道：「我們稱它為智慧種子……」

他的聲音突然變得遙不可及，羅獵以為自己的耳朵出了問題，可在同時他眼前的景物也開始變得朦朧起來，這是一種被催眠的感覺，羅獵認為自己可以克服，他終究還是大意了，並未想到沈忘憂這位舅舅會這樣對待自己……

羅獵的頭緩緩歪到了一邊，發出輕微的鼾聲。

沈忘憂表情複雜地望著羅獵，目光最終落在羅獵面前已經喝完的咖啡杯上，輕聲道：「再高明的催眠術也抵不住咖啡一杯。」他拉開抽屜，從中取出早已準備好的針管，擼起羅獵的衣袖，從他左臂的靜脈中抽取了一管血液。

蘭喜妹剛剛開啟院門，回望身後並沒有發現任何人的蹤影，她沒有繼續前行，右手垂落下去，一柄飛刀從她的袖口悄聲無息地滑落到她的掌心。她對危險的嗅覺極其靈敏，雖然沒有看到對手，內心中卻感覺到危險正在悄然迫近。

「出來吧！」蘭喜妹冷冷道。

兩個魁梧身影從牆角處閃出，其中一人是船越龍一最得力的部下阪本鬼瞳。

蘭喜妹頗為不屑地望著他們：「為什麼要跟蹤我？」

阪本鬼瞳語氣生硬地說道：「船越先生要見你。」

蘭喜妹嬌笑起來，風情萬種地攏起額前亂髮，道：「那就讓他來見我。」

阪本鬼瞳向前跨出一步，雙目迸射出憤怒的光芒。

蘭喜妹輕聲歎了口氣道：「不要逼我動手！」無形的殺氣瞬間彌散開來。

身後傳來一個冷漠的聲音道：「涼子，誰給你的膽子？」

船越龍一緊鎖的眉頭已經充分表明了他的不悅，此前他命令松雪涼子離開京城返回津門處理方家的未盡事宜，卻想不到松雪涼子居然抗命，非但沒有前往津門，反而仍在京城活動，這等於公然挑戰了他的權威。他已經考慮過種種的可能，如果沒有人為松雪涼子撐腰，她應當不會那麼做。

阪本鬼瞳雖然勇猛過人，可是在心計上和松雪涼子相差甚遠，這才是船越龍一決定親自前來的真正原因。

船越龍一現身，松雪涼子周身殺氣瞬間消失彌散，甜甜一笑道：「船越先生，您要見我？」

船越龍一打量了一下一身民國女學生裝扮的松雪涼子，聲音低沉道：「不請我去你家裡坐坐嗎？」

松雪涼子嬌滴滴道：「不知船越先生親自前來，冒犯之處還望不要見怪。」極其優雅地做了一個邀請的動作。

船越龍一昂首闊步走入院門之中，兩名手下並沒有隨之進入，分別站在門的兩旁守候。

松雪涼子朝阪本鬼瞳看了一眼，唇角露出一絲不屑笑意，跟著船越龍一走入院落，伸手將院門關上，笑靨如花道：「先生裡面坐，涼子為您烹一杯抹茶。」

船越龍一神情冷漠道：「不必了，你最好給我一個解釋。」

松雪涼子在船越龍一咄咄逼人的氣場下並未流露出半點的恐懼：「其實就算您不來找我，我也要去找您了。」她取出一封密函遞給了船越龍一。

船越龍一看到密函上方的印記時，頓時面色一變，接過密函，展開密令。

松雪涼子道：「上峰有令，限你三日之內離開北平返回瀛口，平岡社長月底會前往滿洲，這邊的一切事物由我來負責。」

船越龍一的雙手因憤怒而顫抖起來。

松雪涼子微笑道：「船越先生明白了？還需不需要我向你解釋？」

船越龍一臉色鐵青道：「不用！」他轉身離開，來到門前停下腳步道：「涼子，你好自為之！」

羅獵甦醒過來，發現自己躺在一個密不透風的房間內，沈忘憂就坐在他的身邊，昔日鶴髮童顏神采奕奕的他彷彿突然之間就老去，羅獵想要坐起，周身卻軟綿綿沒有絲毫力量，他努力回憶著昏倒前的情景，判斷出應當是自己喝下的那杯咖啡有問題，不解道：「為什麼……」他的聲音虛弱無力。

沈忘憂抿了抿嘴唇，他的雙目閃爍著激動的光芒，舉起右手，拇指和食指之間正是夾雜在信封中的那顆種子，在羅獵面前晃了晃。

羅獵道：「本來就是你的東西，你如果想要，儘管拿去。」

沈忘憂道：「那是因為你並不懂得這顆種子的意義……」他的聲音變得衰

老，中氣也不再像過去那樣洪亮。羅獵詫異地望著他，難道這顆種子和沈忘憂的生命息息相關？所以他才會如此珍視，不惜以卑鄙的手段對付自己，來獲取這顆種子？可是……他是自己的舅舅啊！自己從未有過將這顆種子據為己有的想法。

「雖然我們此前做了充分的準備，可是當來到這個時代之後，發現我們攜帶的裝備藥品都已經失效，我們的身體全都受到了不同程度的損害，這顆種子，我們稱之為智慧種子，因為保存在潘朵拉魔盒中，所以才躲過一劫。」

羅獵已經落入困境，他在內心中接受了現實，反倒沒有感覺到害怕，低聲問道：「只剩下這顆種子嗎？」

沈忘憂點了點頭：「我們過去稱之為生物資訊膠囊，這裡面不但儲存了大量的資訊，還擁有修復損毀基因的作用。一共帶了二十顆，其餘的十九顆全都用最妥善的封存技術保存起來，經過我們的嚴格測試，認為可以禁受住任何苛刻的環境改變，然而……」他苦笑道：「沒想到最終保存下來的只有這一顆。」

羅獵道：「其他人知道嗎？」

沈忘憂搖了搖頭：「剛開始的時候，我們還沒有意識到自己的身體出現了問題，當我們陸續出現身體的損傷之後，我更不敢拿出這枚種子。不是我有私心，而是我擔心如果其他隊友知道這枚種子的存在，必然會為了生存而自相殘殺。」

羅獵點了點頭，人為了生存可以不擇手段，現實社會早已證明了這個道理，眼前的沈忘憂不也是如此嗎？只是這枚種子如此重要，當年沈忘憂為何還要慷慨地送給自己的母親，難道當真是手足情深？他甘心為了妹妹犧牲他自己？

沈忘憂的體力和精神在迅速衰弱著，他喘息道：「佳琪的離開並沒有任何徵兆，我們突然失去了她的消息，她是我們團隊中的反叛者，背叛了我們的集體，按照我們的準則，我們必須聯手除去每一個背叛者。」

羅獵道：「可她是你的親妹妹……」

沈忘憂大聲打斷了他的話：「她不是……她從來就不是我妹妹，我愛她甚於我的生命，我們一直小心守護這個秘密，因為我們這些人中是決不允許產生感情的，也唯有隱瞞我們之間的感情，我們兩人才可能被派來執行同樣一個任務！」

羅獵被沈忘憂的話深深震驚了，沈忘憂此前對自己撒了謊，他根本就不是自己的舅舅，羅獵再次想到了rebel這個單詞，沈忘憂信中所指的反叛，不僅僅是指責母親脫離了團隊，這其中應當還包含著背叛了他們感情的意思。

沈忘憂道：「我一直不明白她因何會背叛我，她甚至沒有向我解釋一個字，我無法接受這個現實，我發動一切力量去找她，可當我找到她的下落，卻發現她已為人婦……而且……她懷孕了……」

沈忘憂道：「我發現自己終究還是下不了手，我給她寄出了一封信，信中附上了這顆種子，我決定再也不去打擾她的生活，只希望她能夠像個普通人一樣健康地活下去……」此時他已經老淚縱橫。

羅獵從沈忘憂對往事的講述中已經感受到他對自己母親的如海深情，然而作為後輩，羅獵不知應當怎樣評判他們當年的感情，感情是勉強不來的，相信父親一定是個不同凡響的人，否則又怎能讓母親拋棄團隊，忘卻生死義無反顧地追隨他而去？他對父親的事情知之甚少，難道父親的死是因為受到了這件事的波及？

沈忘憂道：「我一直以為佳琪背叛了我，寄出那封信之後，我萬念俱灰，眼看著隊友一個個死去，我改變不了什麼，我也不想再去改變什麼。歷史已經註定，雖然我們摧毀了雍州鼎，可該來的始終要來，你所看到的物種變異其實和九鼎的存在有著千絲萬縷的關聯。」他苦笑著搖了搖頭道：「我時常在想，如果我最初來到這裡的時候，沒有嘗試著去做一個挽救人類的英雄，或許……我和佳琪還能幸福地生活，縱然時間短暫，可畢竟活過、愛過、來過……」

羅獵道：「感情是無法勉強的。」

沈忘憂微笑道：「是，但是我和佳琪的感情絕不會改變，我這輩子最大的錯誤就是對我們的感情產生了懷疑，放棄了她，放棄了你們母子。」

羅獵心中真是哭笑不得，想不到沈忘憂竟然對母親癡情到這種地步，聽他話裡的意思甚至後悔當年沒有接受自己母子二人。羅獵道：「我媽已經去世多年，我想她在天有靈也不希望聽到這些事情。」

沈忘憂用力搖了搖頭道：「她一定想聽，她當初之所以選擇離開，是為了保護我，更是為了保護你。」

羅獵內心一沉，彷彿內心被一隻無形的手突然抓住，腦海中出現一個極其恐怖的想法，不等這想法佔據他的腦海，他就竭力想要將這個想法驅趕出去。

沈忘憂含淚大聲道：「你是我的兒子，你是我和佳琪的兒子！」

羅獵驚呆了，他傻了一樣望著沈忘憂，突然意識到自己和沈忘憂的外表輪廓真的有幾分相似。

沈忘憂哽咽道：「我抽取了你的血液，我已經做過鑒定，你就是我的兒子，佳琪當年離開時已經懷有身孕，她沒有告訴我，如果這件事被其他人知道，一定會毫不猶豫地除掉我們。除了我，她不會喜歡任何人，你所謂的父親只不過是她用來掩飾身分的幌子……」

睿智如羅獵此時不禁也有些精神錯亂了，他就算敲破腦袋也不會想像到這個結果，沈忘憂是自己的父親？他究竟是怎樣證明？

沈忘憂道：「你雖然出生在這個時代，可是因為遺傳的關係，你的基因存在著先天缺陷，你媽媽為了你不惜隱姓埋名，她自始至終沒有忘記過我。」他解開羅獵的上衣，露出堅實壯碩的身體。

沈忘憂從一旁拿起一把手術刀，刀鋒輕輕貼在羅獵的心口處。

羅獵不解地望著他，心中暗忖，難道他要殺死自己？不過羅獵並沒有感到害怕，甚至沒有出聲制止，在他的潛意識深處仍然認為沈忘憂不會加害自己。

沈忘憂刀鋒下壓，在羅獵胸膛之上劃出一個切口，疼痛讓羅獵皺起了眉頭，鮮血從切口中汩汩流出。

沈忘憂將那顆種子放在切口之上，奇怪的一幕發生了，那顆用鐵錘砸不爛，小刀切不開的種子竟然在羅獵的鮮血之中緩緩融化，紫紅色的漿液從傷口深入到羅獵的血肉之中，羅獵感覺到有如萬千隻螞蟻在自己的周身四處遊走。又彷彿自己成為春風拂過的大地，一顆顆草種在他的體內生根發芽，破土而出。

剛剛被切開的傷口已經以肉眼可見的速度癒合，留在心口一個銅錢大小紫紅色的疤，周邊一道道細如蠶絲的紅線迅速輻射擴展。

沈忘憂道：「這顆種子，內部編排了特殊的基因序列，只能對我們團隊中的成員起作用，可以完善你的體魄，彌補你的基因缺陷，最大程度地激發你的潛能，它的效力會逐漸增強，完全吸收大概需要十年的時間。」

這會兒功夫，佈滿羅獵周身的紅線開始褪色，他的膚色重新歸於正常，只是在心口的地方還剩下一個銅錢大小的疤痕，不過顏色也幾乎回歸了正常。

羅獵忽然想起沈忘憂的生命只剩下不到一個月的時間，如今他將這顆智慧種子給了自己，他怎麼辦？羅獵的內心突然一緊。

沈忘憂道：「這顆種子與眾不同，因為擔心有可能在時光旅行中失去記憶，所以我偷偷在這顆種子上做了手腳，保留了我和佳琪當初的一些美好的記憶，等你完全吸收這份藥力之後，這份記憶就會保留在你的腦海中……到時候，你就完全明白了……」他的聲音變得越來越微弱，強撐著睜開雙目，無力道：「雖然……我目前還無法取信於你……我……我臨終之前可不可以擁抱一下你？」

羅獵開始意識到不妙，沈忘憂的狀況比預想中還要糟糕，他不知自己昏迷的這段時間究竟發生了什麼，可是看沈忘憂的樣子已經油盡燈枯，氣息奄奄了。

人內心深處的感覺是無法躲避的，羅獵有種無法描摹的悲涼和不捨，雖然他目前還無法證實他們之間的關係，可是他的直覺卻告訴自己沈忘憂所說的應當是實話，羅獵低聲道：「我好像沒有選擇的權力。」他仍然沒有恢復行動的能力。

沈忘憂俯下身去，張開臂膀想要擁抱羅獵，可是他還沒能完成這個動作就已無力趴倒在了羅獵懷中，羅獵沒料到他竟虛弱到這個地步，低聲道：「沈……」

沈忘憂的面孔就在近前，他的目光充滿慈愛和期待，雖然他想說什麼，可此時卻已經無力再說出話來，眼皮緩緩垂落下去。

羅獵的喉結蠕動了一下，用只有他們彼此能聽到的聲音小聲道：「爸……」

有生以來他還從未有機會這樣稱呼過。

沈忘憂聽到了他的這一聲呼喊，原本就要合上的雙目猛然睜大了，迸射出無比激動的光芒，可有若蠟炬即將成灰時最後的燦爛，光芒閃現之後迅速歸於黯淡。就這樣趴在羅獵的懷中，一動不動，直到他的身體漸漸失去了溫度，羅獵的手足開始恢復了活動的自由。

他抱起沈忘憂讓他平躺在自己剛才的位置，望著沈忘憂已經失去生命神采的面孔，一時間腦海中一片空白，他看不到前路，也突然失去了昔日的記憶。

握住沈忘憂冰冷的手，羅獵發現他的肌膚從白變成了灰色，然後沈忘憂的肉體在他的視線中塌陷了下去，變成了一堆灰燼，羅獵的掌心只剩下一枚金色的指環，衣物仍在，人已成灰，若非親眼目睹，羅獵絕不會相信這種匪夷所思的事。

空白的腦海中開始有了一個黑色的影像，雪夜中，天地交接的地方一個身影正朝著他走來，那是他的母親，母親突然停下了腳步，抬起頭仰望著飛雪的天空，在漫天飛雪中，一個晶瑩的人影漂浮在虛空之中，雖然他整個人都是透明的，可羅獵仍然從輪廓中認出他就是沈忘憂。

母親的身軀很快就被潔白的雪覆蓋，一個同樣晶瑩透明的影子飄離了她的軀體，一點點向空中升騰。

羅獵大步奔向她，試圖在母親的靈魂飄離她的軀體之前將她拉住，可是還未等他走近，母親留在雪地上的軀體就如沙塵般隨風飄散。

羅獵猛然睜開雙目，第一時間抹去眼角淚水，沈忘憂的聲音依然縈繞耳邊，可卻已天人相隔。羅獵不知他從何時發現了他們之間的關係，手指摸了摸心口的疤痕，這顆種子其實是沈忘憂將生的機會留給了自己。父愛如山，這個世界上唯有父母才會甘心對兒女如此付出。

走出地下室，羅獵很快就搞清這裡是位於公主墳附近的一座四合院，地勢僻靜，周圍無人居住，沈忘憂之所以選擇這裡是不想引人注目。

羅獵將沈忘憂的骨灰搜集之後，封於磁罈中，就地埋在了院子裡，他已經相信了沈忘憂父親的身分，按理說應當將父母合葬，可是羅獵並不知母親葬在何處，母親的後事是同事幫忙操辦的，根據老洪頭所說，當時母親的骨灰暫時寄存在崇光寺，後來因為一場大火，崇光寺一夜之間變成了一片瓦礫，當時寄存在寺裡的骨灰也全都毀於這場大火之中，不過對死者來說這並不算什麼壞事。

上次羅獵前往津門的時候，也曾經去崇光寺的廢墟拜祭，而今那裡只剩下幾塊石碑，可以說這是羅獵生平最大的遺憾之一。

沈忘憂並沒有留下任何的東西，除了那顆已經植入羅獵體內的種子。

羅獵決定保守這個秘密，這樣做無論對自己還是對沈忘憂都是一件好事。離開之後他方才知道自己已經失蹤了整整三天。

沈忘憂顯然已經做足了準備，這三天之中，他向國立圖書館辭職，外人都認為他去三江源考察，沈忘憂的性情素來特立獨行，而且做事喜歡獨來獨往，就算他從此消失，也不會引起任何人的注意。

羅獵對自己失蹤的解釋是去了一趟津門處理一些私事，他不肯說，別人自然也不便打破砂鍋問到底，更何況羅獵如今已經平平安安地回來了。

回到自己的房間，羅獵再次陷入沉思中，這幾天發生的事情實在太多，他需要仔細考慮一下，好好整理一下自己的思緒。

瞎子敲門走了進來，手中拎著一個大茶壺，藉口給羅獵送茶，卻沒有立刻離開，在羅獵身邊坐下，打量了一下他道：「情緒不高啊，發生什麼事了？」

羅獵笑得有些勉強：「這兩天來回奔波有些累了。」

瞎子點了點頭，仍然鍥而不捨地問道：「是不是跟麻雀有關？」

羅獵愣了一下，這才想起自己利用蘭喜妹傷害麻雀的事，對麻雀這位單純善良的女孩，他也是心中有愧的，可如果不是瞎子提起，他甚至無暇去考慮這件事，這讓羅獵越發覺得歉疚，他對麻雀顯然缺乏關心。

瞎子道：「麻雀要去留學了，下周就走，難道你不知道？」

羅獵道：「我和她就是普通朋友，未必要知道她的每件事。」

瞎子對羅獵的回答並不滿意，歪了歪嘴道：「你把她當成普通朋友，可別人未必這麼想。」

向來好脾氣的羅獵突然皺起了眉頭：「你煩不煩？婆婆媽媽的。」

瞎子被羅獵突然的爆發嚇了一跳，眨了眨小眼，意識到這貨心情的確不好，自己選擇在這種時候前來觸楣頭並不明智，點了點頭道：「當我什麼都沒說。」

羅獵因剛才的失控而內疚，歉然道：「不好意思，我最近休息不好。」

瞎子並沒有怪罪他的意思，有些擔心地望著他的面孔道：「又失眠了？」才幾天功夫，羅獵明顯清瘦了許多，臉色蒼白，這讓瞎子不禁為他的健康感到擔心，要知道羅獵剛出院不久，還需要一定的時間康復。

羅獵點了點頭。

瞎子歎了口氣道：「那，我不妨礙你休息了，好好睡一覺吧。」

羅獵道：「也許我應該接受你的建議，出去走走。」他披上外衣，跟著瞎子一起來到了門外。

外面天高雲淡，陽光正好，一度亂糟糟的院子已經整理得井井有條，院內各色的鮮花已經開了，五顏六色，香氣四溢，走入自然的時候才會感覺到那份生機盎然，才會感覺到生命的美好。人時常在不經意中就忽略了身邊的美景，羅獵自認不是一個葬花弄月多愁善感的人，情緒卻難免受到周圍一切的影響。

時光荏苒，白駒過隙。他和沈忘憂聚散匆匆，雖然在沈忘憂臨終之前，他脫口叫出了爸，可是他仍然無法證實沈忘憂和自己之間的關係，母親在這方面從未透露過隻言片語，在她的遺物中也沒有留下蛛絲馬跡。這讓羅獵深感不解，母親因何可以將沈忘憂忘得乾乾淨淨，甚至幾乎將這個人從他們的生命中抹去，如果不是意外發現的那封信，自己這一生都不會得知這個秘密。

羅獵相信沈忘憂是堅信他們之間的關係，如果不然，他不會無私地將生的機會留給自己。沈忘憂走得太急，甚至沒有來得及說明一切，說清究竟是怎樣證明他們之間的骨肉親情。

有一點是羅獵無法否認的，沈忘憂本有機會繼續活下去，而他卻把生的機會留給了自己。

兩人一起來到院子裡，隨著工人的再度撤出，正覺寺的工程停止了，張長弓和阿諾兩人在院子裡忙著歸攏整理。

看到羅獵出門，兩人都停下手中的活，向羅獵笑著打了個招呼。他們的目光如春風一般溫暖，看到他們臉上的笑容，羅獵心中的失落和沮喪頓時減輕了許多，有若陽光驅散了烏雲。他意識到在自己的身邊還有他們這樣的朋友，他們可以跟自己同甘共苦，無論遇到什麼事情，他們會對自己不離不棄。

羅獵心中忽然生出一種奇怪的感覺，他脫口道：「有人來了。」

幾人全都是一愣，他們並沒有看到任何人的身影走入正覺寺，這裡距離大門尚遠，以張長弓多年游獵山林的耳力都未曾聽到任何的腳步聲。

羅獵也沒有聽到腳步聲，只是一種感覺，他快步向大門走去，幾人好奇地跟著他，當張長弓看到正門的時候，方才聽到外面隱約傳來的篤篤聲，這是竹竿敲擊在青石板路面發出的聲音，張長弓馬上判斷出來人的身分，應當是吳傑無疑。

在這群人中，張長弓自認聽力過人，可是羅獵剛才的表現超出他何止一籌，張長弓暗自吃驚，羅獵的聽力何時變得那麼厲害？

羅獵卻不依靠聽力察覺到吳傑的到來，連他自己都不明白他因何會突然擁有如此強大的感知力，吳傑曾經說過，用心看人和用眼看人有著很大的區別，用眼看人看到的是表面，可用心看人，卻能夠看到常人無法發現的內在。

羅獵從吳傑那裡學會了呼吸吐納的方法，感知能力比起過去提升了許多，但是絕沒有這次提升的幅度如此之大，羅獵隱約認為自己的變化很可能和那顆智慧種子有關，沈忘憂利用那顆種子改善了他的體質，記得他曾經說過，完全吸收這顆種子的能量需要十年左右的時間，如果一旦完成，那將會是怎樣驚人的變化。

吳傑尚未敲門，大門就已經打開，吳傑站在那裡，他的面孔微微左轉，明顯是在傾聽什麼。

「吳先生！」張長弓率先招呼道。

吳傑沒有說話，仍然固執地保持著剛才的姿勢，過了好一會兒方才道：「你是誰？」通過幾人的呼吸心跳，吳傑可以輕易判斷出他曾經接觸過的人，他已經判斷出張長弓、瞎子、阿諾三人的身分，甚至連他們所在的位置他都了然在胸，可是唯獨一人他判斷不出身分，有些熟悉，更多的卻是不同。吳傑不敢貿然判斷，所以才會發問。

羅獵道：「是我！」他的聲音沒有變化，就算是從小相識的瞎子也沒有感覺到他來自身體內部的變化。

吳傑的臉上流露出不可思議的神情，他驚詫地張開了嘴巴，以他的鎮定很少在人前表露出這樣的失態，即便是面臨孤狼的時候也沒有如此吃驚過。他點了點頭道：「羅獵！」然後伸出手去。

單憑聲音，吳傑仍然無法相信對方是羅獵，他要通過更直接的方法來驗證。

羅獵猜到了吳傑心中的想法，跟他握了握手，平靜道：「吳先生裡面坐。」

吳傑和羅獵坐在紫藤花下，瞎子送來一壺剛剛沏好的龍井，他們對吳傑都表現出相當的尊重，拋開吳傑神乎其技的醫術不談，他還是羅獵的救命恩人。吳傑對瞎子卻沒那麼客氣，淡然道：「安先生，我有幾句話想和羅獵單獨談。」

安翟笑了笑，換成過去他肯定受不了吳傑的怪脾氣，可現在不然，瞭解吳傑的性情之後，自然犯不上跟他賭氣，瞎子笑道：「你們聊，我去準備酒菜，中午吳先生留下來吃飯。」

「不必了，我說完就走。」

瞎子也沒有繼續勉強，轉身乖乖走了。

羅獵道：「多謝先生出手相救，出院之後一直想當面向先生致謝，只可惜慳緣一面，直到今天才和先生相見。」

吳傑道：「那天我離開醫院之後遇到了一名忍者刺客。」

羅獵皺了皺眉頭，他親自領教過孤狼的厲害，吳傑的武功雖然深不可測，可是面對一個擁有超強自我修復能力的刺客也很難取勝，不過如果擁有地玄晶製作的武器就另當別論，想起吳傑曾經送給自己的那柄匕首，羅獵心中頓時釋然。

「先生沒事就好。」

吳傑道：「我有事要離開北平。」

這並不是吳傑第一次離開，羅獵以為他可能查到了方克文的消息，又要去追殺方克文，有些警惕道：「先生去哪裡？」

吳傑道：「甘邊寧夏，去找卓一手。」

羅獵聽他並非去追殺方克文，內心稍安，想起已經分別多日的顏天心，不由得想起他們在蒼白山共患難的那段時光，心中不由一暖。

吳傑道：「有什麼要託付的嗎？」

羅獵笑了起來：「沒什麼事情，見到顏大當家幫我跟她說，等我這邊的事情告一段落，我就去那邊散心。」

吳傑點點頭，聲音突然低沉了下去：「你好像遇到了什麼特別的際遇。」

羅獵明知故問道：「不知先生指的是什麼？」

吳傑道：「其實那套吐納呼吸的方法是顏大當家委託我轉授給你的，這練氣方法乃是部族不傳之秘，她對你可真是不錯。」

羅獵知道吳傑在暗示自己什麼，咳嗽了一聲道：「有機會我去當面謝她。」

吳傑歎了口氣道：「其實你們留在這裡恐怕會遇到危險，那個忍者還有方克文，我懷疑這很可能只是一個開始。」他停頓了一下又道：「以你們幾個的能力，恐怕還應付不了他們。」

羅獵道：「先生放心，我們不會拿性命冒險，適當時機我們會離開這裡。」

吳傑點了點頭，他本來還想說一些話，可見到羅獵卻又改變了念頭。只是幾天未見，羅獵卻給他一種脫胎換骨的感覺。

吳傑堅信羅獵一定是有了某種不為人知的際遇，他剛才的旁敲側擊並未得到羅獵正面的答案，吳傑也不喜強人所難，相信以羅獵的為人或許有難言之隱。他提醒羅獵道：「日本人的勢力不斷深入我中華大地，一旦被他們盯上，就會後患無窮，你們幾個還是儘量避免和日本人接觸。」

羅獵明白他的意思點了點頭，想起吳傑遭遇的刺殺很可能和去山田醫院救治自己有關，歉然道：「都是我給先生帶去了麻煩，先生也要多加小心。」

吳傑搖了搖頭道：「跟你無關，刺殺我的日本人和我有宿怨，我殺了他的寶貝兒子，而我的這雙眼睛就是拜他所賜！」

第七章

堂姐妹格格

羅獵真正感到吃驚了，可驚奇過後又感覺到合情合理，
若非皇室宗親，怎會對清宮的一切如此熟悉？
結合此前他們兩人一起前去夜審劉德成，
其中的許多環節得到印證。
如此說來，蘭喜妹和葉青虹竟然是堂姐妹。
皇族之間錯綜複雜的關係讓人撲朔迷離。

羅獵內心一怔，此時方才知道刺殺的由來，而吳傑此番急匆匆離開北平，興許就是要暫避風頭。

羅獵道：「先生的仇人是誰？」

吳傑道：「他叫藤野俊生，他的兒子叫藤野三郎。」似乎感覺到自己說得有些多了，吳傑起身告辭道：「我該走了，我的事情不要向他人提起。」

羅獵點了點頭，親自將吳傑送出門外，吳傑臨行之前，又向他道：「你給我的感覺完全不同了，人其實和草木差不多，有人只能成長為隨風飄搖的浮萍，而有人卻可以成長為參天大樹。」

羅獵知道吳傑一定感覺到了自己的身體產生了變化，看來那顆智慧種子已經在不知不覺中改變著自己的身體，羅獵雖然不知道最終會發生怎樣的改變，可是他相信沈忘憂不會害自己，正在發生的改變對自己有益無害。

羅獵微笑道：「應當是這次中毒的緣故吧，復原之後我也覺得自己強壯了許多。」雖然吳傑有恩於自己，可有些秘密卻是無法分享的，任何人都不能。

吳傑前腳剛走，蘭喜妹就翩然而至，最近她突然改變了著裝的風格，月藍色的偏襟上衣，黑色長裙，特地剪了一個時下最為流行的齊耳短髮，可無論怎樣改變，在瞎子他們的眼中她也不是什麼好人。

瞎子甚至認為羅獵這輩子做得最錯的一件事就是將蘭喜妹從河水中撈出來，按照他的想法當時就該將這個心狠手辣的日本女人淹死。

瞎子少有對一個女人如此厭惡，即便是蘭喜妹打扮得楚楚動人如純情的女學生，可瞎子早就看清了她歹毒的內心，無事不登三寶殿，此女上門決無好事。瞎子利用自己寬闊的身材將大門擋住，瞇起一雙小眼睛居高臨下打量著蘭喜妹道：「你來這裡做什麼？我們不歡迎你。」

蘭喜妹咯咯笑道：「人家又不是找你，我找羅獵。」

「他也不想見你。」瞎子的態度非常堅決。

蘭喜妹臉上的笑容倏然一斂，殺氣凜凜道：「再敢擋著我，信不信我把周曉蝶弄死。」

瞎子吃了一驚，馬上又認為蘭喜妹是在虛張聲勢，將門扇一樣的胸膛向前方一挺，擺出寸步不讓的架勢：「我是嚇大的啊！」

羅獵被外面的動靜驚動，看到門前的一幕，唇角不由得浮現出一絲苦笑。

蘭喜妹這會兒已經徹底放下了刻意經營的淑女包袱，將兩隻臂膀叉在腰間，柳眉倒豎，鳳目圓睜，惡狠狠望著羅獵道：「羅獵，你是不是男人？之前答應我什麼？你讓我做的事情我已經幫你做了，你吃完就想抹乾嘴不認帳？」

羅獵哭笑不得道：「又不是我攔著你。」他也知道這幫同伴對蘭喜妹的反感，拍了拍瞎子的肩膀，讓他讓開，自己走了出去。

蘭喜妹似笑非笑地望著羅獵道：「看來是沒打算讓我進門。」

瞎子哈哈笑道：「拉倒吧你，回家照照鏡子去，羅獵得有多瞎才能看上你……」

蘭喜妹已經從腰間拔出金燦燦的手槍來，羅獵慌忙擋在瞎子身前，歎了口氣道：「有話好好說。」

蘭喜妹斬釘截鐵道：「別攔著我，我要崩了這個死胖子！」

瞎子本來被嚇了一跳，可被羅獵擋在身後頓時又膽氣壯了起來，大叫道：「誰怕誰啊，有本事把槍放下，你我拳腳上見個真章。」

羅獵道：「好男不跟女鬥，瞎子，你回去。」

瞎子也懂得見好就收的道理，嚷嚷道：「交給你了，幫我狠狠辦她。」

瞎子一溜煙跑了回去，中途遇上聞訊趕來的張長弓和阿諾，兩人聽聞蘭喜妹又來，都感慨這女人陰魂不散，不知羅獵哪裡招惹了她，居然被她這樣糾纏。張長弓是對羅獵最有信心的一個，相信羅獵不會被美色迷惑，十有八九他和蘭喜妹是在相互利用。瞎子和阿諾對此卻是將信將疑，兩人都懷疑羅獵難過美人關，反正換成他們兩人肯定是過不去。

羅獵再次領教到蘭喜妹喜怒無常的性情，剛才還是殺氣騰騰，可瞎子一走，轉向自己的時候又變得嫵媚妖嬈，彷彿她骨子裡所存的溫柔賢慧要全都施加在羅獵身上一樣，嬌滴滴道：「幾天都沒見你，難道你就不想我？」

羅獵微笑道：「我這人記性不好。」

蘭喜妹呸了一聲，媚光四射的雙眸盯住羅獵的嘴唇，白膩如細瓷一般的面頰蒙上一層淡淡的紅暈，如果不是事先就知道她的為人，多半都會被她的外表騙過。蘭喜妹道：「你好厚的臉皮，人家的初吻就這樣稀裡糊塗地交給了你，你不許耍賴，要對得起我。」

羅獵此時忽然感覺到一個頭兩個大，他當時真是中了魔，居然鬼使神差般找蘭喜妹幫忙，明明知道她絕非良善之輩，還主動跟她合作，不過對於這種陰險毒辣的女子也不必負責，若說負責也應該是蘭喜妹對自己負責，當時明明是她勾住自己的脖子強迫自己，回憶當時的情景，居然感到唇角尚有餘溫。

蘭喜妹揮手在羅獵胸膛上輕輕打了一拳，就算是瞎子也能看得出這一拳並無傷害性，明顯是在打情罵俏。

羅獵依然不為所動，笑容溫和可親，但在蘭喜妹的理解絕無半點男女之情的意思，羅獵表現得越是彬彬有禮，越是把自己包裝成一個溫潤如玉的君子，蘭喜妹就越想親手撕下他的面具，拆塌這貨完美的人設，低聲罵道：「道貌岸然！」

羅獵道：「我這人喜歡開門見山，蘭小姐不妨直說。」

蘭喜妹道：「開門見山總不至於就在這大門口說。」她轉身向後方的風雨亭走去。

羅獵跟上她的腳步，心中暗自回想著蘭喜妹之前的種種舉動，此女不但喜怒無常而且背景複雜，一方面她為日本人辦事，另外一方面她又深悉清宮秘聞，她究竟為何人效力？接近自己的真正動機又是什麼？

蘭喜妹輕聲歎道：「記得我上次來找你的時候，這裡還到處盛開著油菜花，可短短幾天就已經凋零殆盡。」她還從未在羅獵面前表現出這樣的多愁善感。

羅獵不由得想起，有花堪折直須折，莫待花謝空折枝，蘭喜妹看似觸景生情的話應當是在暗示自己什麼。他笑道：「蘭小姐觸景傷情。」

蘭喜妹淡然一笑道：「花兒雖然凋零，可畢竟有人欣賞。」來到風雨亭內，朝著正東的方向昂起頭，閉上雙眸，深深吸了一口帶著泥土芬芳的空氣，她想起了天神祭時盛放於天滿宮夜空的花火，這世上越美的景色往往越是短暫，剎那在現實中雖然不能凝固，可是在記憶中卻可以成為永恆。

蘭喜妹也感覺到羅獵似乎有所不同，但是她說不出變化究竟在哪裡。總而言之，面對自己時，他表現得更加從容淡定。和羅獵在一起的時候，她從未放棄過尋找他的破綻，可羅獵的修為卻越發精深，每次相見似乎都有很大的提升。

蘭喜妹不知是不是因為自己的錯覺，決定主動出擊，刺激羅獵並讓他明白在眼前的局勢下佔上風的那個究竟是誰，她輕聲道：「我不會讓那死胖子好過。」

羅獵彷彿沒聽到，在風雨亭內的長凳上坐下，甚至看都沒看蘭喜妹一眼。

「噯，我說話你聽到了沒有？」

羅獵摸出煙盒，抽出一支香煙點燃：「如果你一味這樣拐彎抹角，你我之間就沒有談下去的必要。」

蘭喜妹在羅獵的身邊坐下，兩人雖然離得很近，可彼此戒備著，在蘭喜妹的心中已經用死豬不怕開水燙，油鹽不侵來形容對面的這個年輕男子，可面對這樣的對手，她實在是沒什麼辦法，周曉蝶這張牌對羅獵並不靈光，或許對瞎子有威懾力，可是她想合作的對象畢竟不是瞎子。

搞清現狀之後，蘭喜妹的表情頓時變得嚴肅了許多。

羅獵早已領教了女人的反覆多變，蘭喜妹尤其如此。短時間內她能夠在臉上演繹出春夏秋冬四季風情，時而熱情似火，時而冷若冰霜。他早已意識到蘭喜妹接近自己的目的絕不會是她所說的理由，如果一個男人認為自己的魅力足可感化蘭喜妹這樣的女人，那麼這個男人自信到何種地步，優越感到了什麼地步，這樣的男人距離死亡只怕不遠。

蘭喜妹就是一條色彩斑斕的美女蛇，看似美麗炫目，不知什麼時候她就會對你發動致命一擊。

蘭喜妹咬了咬櫻唇道：「我是弘親王載祥的女兒。」

羅獵真正感到吃驚了，可驚奇過後又感覺到合情合理，若非皇室宗親，怎會對清宮的一切如此熟悉？結合此前他們兩人一起前去夜審劉德成，其中的許多環節得到印證。如此說來，蘭喜妹和葉青虹竟然是堂姐妹。皇族之間錯綜複雜的關係讓人撲朔迷離，羅獵敏銳的洞察力讓他判斷出蘭喜妹應當沒有說謊，他抽了口煙道：「原來你和葉青虹都是格格。」

蘭喜妹不屑道：「我娘是明媒正娶的親王妃，她……」雖然話未說完，也能夠看出她對葉青虹身分的不屑。其實這也難怪，葉青虹的母親瑪格爾是瑞親王奕勳的法蘭西情人，她的身分少有人知，讓蘭喜妹更不屑的是，瑪格爾出身風塵，這樣的人肯定不會被皇室所承認，而葉青虹這個私生女更不配擁有格格的身分。

可時過境遷，朝代更迭，現在別說是格格，即便是宣統皇帝也只是一個稱號罷了，在提倡民主自由的民國，這樣的稱號只會貽笑大方，除了昔日富貴榮華的記憶，已經無法帶給他們任何皇族的榮光。

羅獵想起自己和葉青虹的相識緣起，已經漸漸理清了整件事的來龍去脈。雖然他接受了葉青虹的條件，可是在他看來，葉青虹的復仇並無明確的目的性，這其中穆三壽到底扮演什麼角色，是他百思而不得其解的地方。

從此前審問劉德成來看，穆三壽和劉德成應當是同父異母的兄弟，而穆三壽和瑞親王奕勳相交莫逆，他才奕勳最信任的人，可是葉青虹的仇恨為何最終指向弘親王載祥？

由始至終弘親王載祥都未曾現身，他的可怕和陰險全都來自於他人的口口相傳，隨著蘭喜妹表明她本來的身分，羅獵撥開雲霧，看清了其中的不少真相。他明白了蘭喜妹因何要殺死蕭天行，也明白蘭喜妹和葉青虹同樣在復仇，只不過蘭喜妹佔有更多的主動權。

羅獵提出了一個至關重要的問題：「你爹還活著？」

蘭喜妹冷冷道：「死了！就算他活著，我也要親手殺了他！」

她的反應顯然超出了羅獵的意料之外，應當說這根本不是個為人子女的反應，甚至不是一個正常人能夠做出的反應，結合蘭喜妹此前的種種瘋狂行徑，羅玁很快就接受了現實。

蘭喜妹似乎考慮到他無法瞭解自己的話，解釋道：「雖然我很想他死，可必須是我親自動手，誰殺了他一樣是我不共戴天的仇人。」

羅獵靜靜望著雙眸微微發紅的蘭喜妹，忽然意識到蘭喜妹的成長史必然是極其悲慘的，怎樣苛刻艱難的環境方才造就出一個像她這樣複雜矛盾的個體。

蘭喜妹道：「就算沒有民國，大清王朝早晚也要崩塌，整個朝廷從上到下，一心為國者屈指可數，誰都知道大廈將傾，多半人都在為私利考慮。瑞親王奕勳也不能免俗，利用老佛爺對他的信任，公器私用，貪贓枉法。他身邊的親信劉同嗣、蕭天雄、任忠昌、劉德成，哪個不是各懷鬼胎，這群人沒一個好東西！」

羅獵雖沒機會見到奕勳，可是蘭喜妹對奕勳四名親信的評價卻非常中肯。

蘭喜妹道：「這四人或凶狠、或狡詐、或貪婪、或無恥，他們眼看著奕勳搜刮了那麼多的財富，自然眼紅心熱，恨不能將之瓜分據為己有，然而他們的身分地位畢竟無法做成這麼大的事情，即便是他們可以順利除掉奕勳，也無法霸佔奕勳的家產。偏偏這個時候，穆三壽找到了他們，穆三壽為人老謀深算，自然不會公開露面，這其中劉德成起到了最大的作用。」

羅獵忽然明白為何劉德成那晚要主動求死，因為劉德成在明白他和穆三壽關係已經敗露之後，蘭喜妹絕不會讓他活下去。蘭喜妹所說的這一切合情合理，看來穆三壽才是隱藏在背後的謀局者。至於弘親王載祥，這個始終未出場的神秘人物在蘭喜妹的口中已經確定死亡。羅獵甚至能夠斷定他的死必然和穆三壽這幾人有關，也只有如此才能解釋蘭喜妹對這些人不擇手段的報復。

蘭喜妹道：「想要光明正大地吞併瑞親王的財產，又要躲過他人的耳目，必須找到一個在朝中擁有相當身分和地位的人，這個人必須深得老佛爺的信任，他們深思熟慮之後，找到了我爹。」

羅獵此時也不得不嘆服穆三壽這群人，每一個環節都計算得如此精確，審時度勢，借力打力，連清廷的兩位王爺都被他們玩弄於股掌之間，當然這和時局動盪也有關係，若非清廷大廈將傾，整個王朝處於一片混亂和無序之中，他們的計畫也沒有那麼容易得逞。完成這樣一個計畫，須得天時地利人和，缺一不可。

蘭喜妹搖了搖頭，雙眸中泛起晶瑩的淚光：「這幫人各懷鬼胎，他們利用我爹除掉瑞親王，又想利用革命黨除掉我爹，如此層層轉移，最終能夠將瑞親王的財富神不知鬼不覺地據為己有。這其中穆三壽獲利最大，因為瑞親王到死都信任他不會背叛自己，還讓法國情人找到了他。」

羅獵心中暗忖，劉同嗣、任忠昌、蕭天雄、劉德成這幾人之中最清楚內情的應當是劉德成，從此前葉青虹復仇的行為來看，穆三壽始終都未暴露。而穆三壽的財富顯然要遠超以上幾人總和，換句話來說，在瑪格爾找到穆三壽之後，穆三壽就已經掌控了他人並不知道的秘密。可不止一人說過弘親王還活著，羅獵看著淚光盈盈的蘭喜妹，突然想通了其中的關鍵之處。

羅獵低聲道：「所以你就故意製造弘親王仍然活在世上的假像？讓他們的內部陣營出現慌亂，然後又通過某種途徑透露出穆三壽背棄他人的秘密，引得他們自相殘殺？」

蘭喜妹抬起頭，讓雙目中幾乎就要奪眶而出的淚水收了回去，輕聲道：「如果不是瑪格爾找到穆三壽，穆三壽根本不知道瑞親王還在海外隱藏了一大筆財富，要說這個瑞親王對他的法國情人還真是一往情深，只是他死得太突然，根本沒有來得及交代清楚。」

羅獵道：「瑞親王也不是傻子，穆三壽又是通過何種方式吞沒了他海外的財產？」

蘭喜妹道：「穆三壽沒那麼容易做到，所以他必須要裝出偽善的面孔，以此博得瑪格爾的信任，葉青虹不會告訴你，穆三壽曾結過一次婚，就是和瑪格爾，他還騙那個傻女人，說是為了避免葉青虹身分暴露。瑪格爾婚後不久就病死了，還好她對穆三壽留了一手，那筆龐大的財富有一半留給了她和奕勳的女兒。」

羅獵道：「他為何沒對葉青虹下手？」

蘭喜妹歎了口氣道：「或許是因為虎毒不食子，他畢竟養育了葉青虹幾年，彼此間不可能沒有感情，或許瑪格爾留足了後手，可以讓穆三壽投鼠忌器。」

羅獵點了點頭道：「你知道這些事之後就開始復仇？」

蘭喜妹道：「我就是為了仇恨而生，除了復仇，我感覺不到任何活下去的快樂。」說到這裡，她的淚水終於奪眶而出，她的頭歪了過去，緊靠在羅獵的肩頭，羅獵這次沒有躲開。

蘭喜妹這次沒有得寸進尺，只是無聲地啜泣著，淚水很快就打濕了羅獵肩頭，羅獵第一次對她產生同情，他向上衣口袋中的手帕摸去，摸到手帕時卻遲疑了，想起了蘭喜妹的另一個名字，她的身世不能夠成為她背叛民族的理由，或許她內心深處只是將她當成一位亡國格格，卻從未將她當成是這個國家的一員。

「所以，你就加入日本的情報部門，幫助他們竊取種種情報，為他們的勢力侵入中華為虎作倀？」羅獵的聲音雖然不大，也沒有質問的口氣，可是字字句句鏗鏘有力。

蘭喜妹咬了咬嘴唇道：「我的母親是明媒正娶的親王妃，怎麼可能是日本人？我是中國人！」她紅著眼睛望著羅獵道：「殺死我爹的背後主謀就是日本人。我娘也死在了他們的手中，我怎能甘心為他們效力？」

羅獵靜靜望著她的雙目，試圖從中看出其中的欺詐和偽裝，可是羅獵很快又放棄了。

蘭喜妹這一生都沒有流過今天那麼多的眼淚，或許是她在人前偽裝太久，連她自己都不知道自己究竟是蘭喜妹還是松雪涼子，當她將心中隱藏多年的秘密一股腦向羅獵倒出來之後，她第一次感覺到自己是如此的孤苦無助，感覺到自己是那麼的委屈。

羅獵望著淚眼婆娑的蘭喜妹，也是第一次感覺到她的人性中也包含著真誠的部分，雖然這番真誠的傾訴是為了利用自己做準備，可至少比從欺騙開始要好得多，他取出了手帕，遞給了蘭喜妹。

蘭喜妹沒有去接，而是順勢撲入了他的懷裡。

羅獵正想用一種較為溫柔的方式將她從自己的懷中推開，卻聽到遠方的汽車聲，循聲望去，一輛黑色的轎車絕塵而去。

蘭喜妹咯咯笑了起來：「是麻雀，這次走了恐怕不會再來找你。」

羅獵哭笑不得地望著蘭喜妹，蘭喜妹從他手中奪過手帕迅速擦乾了臉上的淚水，然後打開隨身的小包，取出化妝鏡檢查著自己的樣子，雖然眼淚已經擦乾，可眼睛已經哭紅了。

蘭喜妹道：「弘親王的消息是我故意散佈出去的，目的就是要引蛇出洞，穆三壽已經開始亂了陣腳，不然他不會前來北平。」

羅獵道：「葉青虹也是你抓走的？」

蘭喜妹搖了搖頭道：「她的事情跟我無關，我對她也沒什麼興趣。解鈴還須繫鈴人，想找到她，恐怕要從穆三壽身上下手。」

羅獵皺了皺眉頭，如此說來葉青虹很可能是被穆三壽保護起來了，可如果蘭喜妹所說的這一切全都是真的，穆三壽的心機深不可測，興許他是擔心葉青虹得知真相，又或者葉青虹的母親當真留足了後手。

蘭喜妹找上自己的目的不是為了談情說愛，而是為了合作，羅獵對此有著極其清醒的認識，蘭喜妹和葉青虹不同，兩人雖然都擁有皇室血統，可是葉青虹的不擇手段更多的是流於表面，蘭喜妹的經歷證明，她可以忍辱負重，不達目的誓不甘休，在蘭喜妹的字典裡根本就沒有對錯二字。

蘭喜妹道：「穆三壽以為我爹並沒有死，所以設局想引他入甕，日本人覬覦圓明園下所謂的秘藏，我將消息透露給他們，到時候來個一網打盡。」她的雙目中迸射出兩道陰冷的殺機。

蘭喜妹起身道：「我知道你不相信我，仍然在懷疑我的動機，可有件事我必須要告訴你，日本政府幾年前就開始研究一個超能變異者計畫，新近已經取得了極大進展。」

羅獵想起了此前對他們進行刺殺的忍者。

蘭喜妹道：「刺殺你們的忍者叫佐田右兵衛，代號孤狼，在風雨園時，他的手臂曾經被那怪物扯斷，可是在事後注射化神激素之後，他的身體迅速復原。你有沒有想過，如果這樣的激素在日本軍中普及開來，這支軍隊將會何其可怕？」

羅獵不寒而慄，他雖然知道熔入地玄晶的匕首可以擊傷這些強悍的變種人，可是地玄晶實在太少，有一點他還不明白，方克文之所以變成那副模樣，是因為受到禹神碑長期輻射的緣故，日本人的再生激素又是從何而來？

蘭喜妹很快就解答了這個問題：「你瞭解麻博軒嗎？」

羅獵搖了搖頭，他從未見過麻博軒，對此人的瞭解都是通過他人的轉述，從方克文的描述之中，麻博軒也不是什麼好人。

蘭喜妹道：「麻博軒曾經赴日治病，他在短期內迅速衰老的症狀引起了軍方的注意，軍方組織生物學界和醫學界的精英針對此人進行研究，從他的身體內提取了一種特殊的激素。這種激素被命名為化神激素，可以促進人體的新陳代謝，讓人體方方面面的機能得到增強，最為奇特的是，實驗的對象不同，受到的影響也完全不同。」

羅獵倒吸了一口冷氣，蘭喜妹在這一點上絕沒有欺騙自己。

蘭喜妹道：「我掌握了超能變異計畫的不少資料，因為這一計畫的執行人就有幾個是我的仇人，所以……」她笑了起來，從羅獵的目光中她意識到自己終於找到了對方的軟肋。她所認識到的羅獵是個愛國者，也是一個充滿正義感的男人，蘭喜妹相信他不會對這種事坐視不理，她伸出手輕輕拍了拍羅獵的手臂，柔聲道：「別急著答覆我，回去好好考慮，我等得起。」起身離去之前，她停頓了一下腳步卻未回頭：「還有，福伯的本姓是福山，麻雀離開，對你們未嘗不是一件好事。」

羅獵返回正覺寺的時候，明顯感覺周圍的氣氛有些不對，就連瞎子看自己的眼神都帶著幾分鄙視的色彩了，羅獵猜測到幾人可能都看到了蘭喜妹在風雨亭內投懷送抱的情景，反正也解釋不清，索性懶得解釋。

張長弓終於忍不住問道：「你打算就這樣耗下去？」

羅獵道：「總有人沉不住氣。」他向周圍看了看道：「陸威霖這幾天去了哪裡？」

張長弓苦笑道：「他是穆三壽的人，沒必要向我稟報行蹤。」

「總得向人稟報。」

張長弓錯愕了一下，馬上又明白了過來，陸威霖既然是穆三壽的人，正覺寺這邊的狀況必然會向穆三壽稟報，更何況此前的那些工人也都是穆三壽所安插，其中十有八九會有他的內線。

羅獵卻不認為陸威霖對穆三壽忠心耿耿，他看得出陸威霖這次之所以來北平更主要的原因是為了葉青虹。陸威霖和穆三壽之間的關係更像是一種交易，在羅獵看來，任何建立在利益基礎上的交易都是不穩固的。一旦雙方利益的平衡被打破，彼此間的關係就會毀於一旦。

張長弓低聲道：「難道我們就這樣等著？」

羅獵微笑道：「等著！」

穆三壽雖然親手向羅獵提供了那幅地圖，可是他並不知道圓明園的地下到底埋藏著怎樣的秘密？陸威霖在這件事上令他失望，深入圓明園地下的四人之中並沒有他在內。

羅獵沒有猜錯，穆三壽仍在北平，此刻端坐在福林苑的中堂，手中端著從不離身的煙杆兒，和田玉煙嘴兒雖然噙在唇上，可煙草卻未曾點燃。廳堂內光線有些昏暗，在他的對面坐著一個年輕書生，一襲灰色長衫，大半邊面龐都藏在陰影中，仍然可以從光線映照的小半邊面龐上看出他的清秀，眉如春山，目如朗月，這位擁有著女子一般精緻面容的文士正是昔日安清幫的扛把子白雲飛。

白雲飛津門落難，不得不背井離鄉，隻身逃亡黃浦，這其中羅獵動用了穆三壽的關係，津門北平彼此相鄰，白雲飛原沒有考慮過在這麼短的時間內就返回北平，可是他去黃浦並沒有多久，他的恩師焦成玉就被人槍殺，要知道焦成玉早已癱瘓多年，誰能夠忍心對一個風燭殘年的老人下手。

白雲飛雖然是津門梟雄，讓津門各大堂口心懷敬畏的人物，可是他對這位恩師卻是極其敬重，多年以來都是他在照顧焦成玉，之所以將焦成玉安置在北平，就是擔心自己的仇家會對付他，可想不到人算不如天算，他剛剛在津門失勢，師父就被人暗殺。而今安清幫的首領之位也已經易主，白雲飛成了一個被政府通緝的要犯。

白雲飛也是排除萬難潛入北平，這其中穆三壽幫了他不少忙，就連焦成玉的身後事都是穆三壽派人一手操辦，白雲飛恩怨分明，心中早已記下了這個人情。

葬禮已經辦完，恩師入土為安，白雲飛的身上還背著刺殺德國領事的罪責，以他目前的艱難處境，根本無法找出兇手並為恩師報仇。

穆三壽永遠都是那幅風波不驚的模樣，輕聲道：「白先生，我已經讓人安排好了，你隨時都可以離開北平返回黃浦。」

白雲飛望著穆三壽道：「三爺不準備回去？」

穆三壽搖了搖頭。

白雲飛道：「葉小姐還沒有消息？」穆三壽並沒有對他隱瞞此次前來北平的目的。

穆三壽歎了口氣，低聲道：「失蹤了這麼多天，恐怕是凶多吉少了。」

白雲飛抿了抿嘴唇，內心難免有些不安，畢竟葉青虹曾經在津門幫過自己，興許因此而得罪了日本人，即便不是這個原因，就衝著她和穆三壽幫助自己逃離津門，也不能坐視不理，然而他現在是泥菩薩過江自身難保，實在是有心無力，可話卻是要說的。

白雲飛正準備開口說話，外面傳來稟報聲道：「三爺，陸先生來了。」

穆三壽伸手制止了準備迴避的白雲飛，揚聲道：「讓他在花廳等我，我待會兒就過去。」

來人是陸威霖，陸威霖也是費了一番波折方才來到穆三壽在北平的住處，他本以為穆三壽早已返回黃浦，卻沒有想到他仍然在北平，當然這次還是穆三壽讓人將他主動找來。

「三爺！」面對穆三壽時，陸威霖始終保持著應有的尊重，雖然他在和羅獵的一席深談之後已經懷疑葉青虹的失蹤和穆三壽有關，可是在沒有確鑿的證據之前，他不會公然質問穆三壽。

穆三壽淡然笑道：「我聽說你這幾天到處在找葉青虹，幾乎她在北平可能去過的地方你都找過了？」

陸威霖坦然道：「是！」

穆三壽意味深長道：「青虹有你這樣的朋友真是她的幸運。」

陸威霖沒有說話，事實上葉青虹從未將他當成朋友，葉青虹在他面前始終是高傲冷漠，或許葉青虹只是將他當成一個雇員，連合作者都算不上，他仍然記得在黃浦藍磨坊射殺任忠昌的情景，那也是他第一次見到葉青虹，舞台上的葉青虹光彩奪目的倩影從那時就鐫刻在他的心頭。

穆三壽當然看得出陸威霖對葉青虹絕不限於單純的感情，過去的陸威霖擁有一顆冷酷的內心和滔天的仇恨，這讓他具備了第一流殺手的素質，除此以外他還擁有著桀驁不馴的性情，就算是自己交給他的任務，也要首先考慮到他的喜好。

穆三壽只是他的雇主，而他絕不是穆三壽的手下。

控制一個人，未必一定要讓他成為你的部下，還有很多的方法，他可以利用任忠昌和陸威霖的私怨，讓陸威霖前去行刺，同時又讓陸威霖欠下自己一個很大的人情。蒼白山之後，原本他們之間的雇傭關係已經結束，想要利用這樣一個有性格的人為自己辦事，必須要把握他的弱點。

葉青虹就是陸威霖的弱點，穆三壽清楚，陸威霖自己也明白，就算沒有此前和羅獵的那番深談，他也開始懷疑這件事在某個環節出了問題，這其中嫌疑最大的就是穆三壽。

穆三壽打量了一下陸威霖：「聽說羅獵前幾天受了傷，還無故失蹤了幾天。」

陸威霖笑了起來：「原來三爺一直都在監視著他。」話說得還算婉轉，監視羅獵的同時也在監視自己，穆三壽對他們每個人都不信任。

穆三壽微笑道：「永遠都不要小看羅獵他們幾個，他們跟你不同，為錢做事的人永遠都不值得信任。」

陸威霖道：「三爺這句話有失偏頗，我和羅獵也算是同生死共患難的朋友，我清楚他的為人。」

穆三壽有些詫異了，他發現羅獵果然有過人之能，以陸威霖的驕傲和孤僻，居然能夠認同羅獵是他的朋友，足見羅獵的個人魅力何其強大，其實何止是陸威霖。葉青虹對羅獵的態度也從開始的利用變成了一種心甘情願的付出，穆三壽點了點頭，輕聲道：「青虹對他的評價也很高。」

陸威霖聽出了他話中挑唆的意思，自己雖然身在局中，可有些事看得還算清楚。葉青虹對羅獵要比對自己好得多，陸威霖是個極其理智的人，即便是對葉青虹產生了感情，他也不會被感情衝昏頭腦。陸威霖道：「我知道她喜歡羅獵。」

陸威霖的回答多少出乎了穆三壽的意料之外，他發現陸威霖能夠成為一位如此出色的狙擊手絕非偶然，充滿欣賞地點點頭道：「說說看，都有什麼進展？」

「我沒發現什麼，只是羅獵認為……」說到這裡陸威霖故意停頓了一下。

穆三壽此時轉過身去，來到花廳泛著深沉反光的黑檀太師椅上坐下，掏出了火柴。陸威霖卻搶先一步點燃了火機，幫他點燃了煙絲，火苗照亮了穆三壽風波不驚的面龐，古井不波的雙目在火苗的映射下居然沒有半點兒的反應。

穆三壽緩緩啜了一口和田玉煙嘴兒，白銅煙鍋內的煙絲迅速紅亮起來，這紅光讓他向來缺少表情的面容顯得生動了許多。他很少允許別人離自己這麼近，尤其是面前還是一個槍法如神的殺手。

陸威霖為他點完煙之後並沒有馬上離開的意思，而是接著剛才的半句話道：「羅獵認為是三爺將葉青虹藏了起來。」說話的時候他留意穆三壽手中的煙鍋。

煙杆延長並放大了穆三壽右手的任何細微變化，陸威霖的眼力超出常人，然而即便如此，他都沒有發覺穆三壽的右手有一絲一毫的抖動，穆三壽的表情還是剛才那個樣子，想要從他的表情變化中看出端倪恐怕是難於登天。他只是輕輕喔了一聲，然後反問道：「你以為呢？」

陸威霖道：「三爺對她視如已出，如果我是三爺也不會讓她身涉險境。」

穆三壽聞言哈哈大笑起來，陸威霖的意思已經表達得夠清楚也夠明白，他意味深長道：「只可惜你不是我，你不會知道我心中到底怎樣想。」

此時一名手下匆匆走入花廳，穆三壽皺了皺眉頭，顯然對他打擾自己的談話有些不悅，那名手下拱手行禮道：「三爺，剛才有人送了一份禮物過來。」

穆三壽沉聲道：「什麼人？」

「已經走了！」那人表情古怪地將拜帖呈上，上面的落款竟然寫著瑞親王奕勳的名字。

穆三壽內心一震，他為奕勳自小伴讀，天下沒有比他更加熟悉奕勳字跡的人，雖然他判斷出這絕非奕勳親筆所書，可是這字跡模仿得至少有九分類似。他強忍內心的震驚道：「送的什麼禮物？」

手下人道：「一個盒子，我們掂量了一下，裡面盛著的很可能是……」對這些刀頭舐血的江湖人來說，有些東西稍一掂量就知道裡面藏著什麼，可未經主人的允許，他們也不好擅自開啟。

「拿來！」

禮盒非常的精美，可美好的只是外表。陸威霖望著方方正正的禮盒，內心中也開始感到不安，雖然他知道可能性微乎其微，可仍因為對某人的牽掛而忐忑。

穆三壽揮了揮手，示意手下人打開了盒子，因為所有人都已經有了心理準備，所以反倒沒感到吃驚。

盒子裡果不其然就是一顆人頭，比一般人的腦袋要大一些，頭髮是時下常見的剛剛減去辮子的齊耳短髮，因為浸在石灰裡，所以看起來也不是那麼的可怖。

陸威霖看清人頭之後頓時放下心來，裡面是個男人，眼角的餘光無意中瞥到了穆三壽，卻發現他手中的煙杆在微微顫抖。心中不禁納悶之極，以穆三壽的沉穩，怎會有如此失常表現。

穆三壽的聲音突然低沉了許多：「把送禮的人給我抓回來！」

送禮之人是有備而來，禮物是花錢委託別人幫忙送過來的，即便是登門送禮者也早已杳無人影，一時間去哪裡找人。

穆三壽冷靜下來之後，讓人檢查那個盒子，發現盒子底部還墊著一張地圖，展開地圖一看，這張地圖竟然和他交給羅獵的那張一模一樣。

山田醫院已經恢復了昔日的寧靜，因吳傑到來而掀起的那場風波業已平息下去，因為麻雀的斡旋，院方並沒有追究幾名肇事者的責任。

在位於山田醫院太平間內部的一間秘密會議室內，一場內部會議正在悄然進行中。

主持會議的是院長身分的平度哲也，算上他在內，出席會議的只有三人，一人是剛剛取代船越龍一領導地位的松雪涼子，另外一人是真名福山宇治的福伯。

在松雪涼子重返北平之前，她是沒有資格和其他兩人平起平坐的，不過今非昔比，玄洋社平岡社長親自下函將船越龍一調走，由松雪涼子暫代他的職務。

福伯向松雪涼子微微頷首示意，雖然他們剛才已經打過了招呼，可是在這樣的場合密會還是第一次。

松雪涼子臉上沒有一絲一毫的笑容：「平度君可以開始了。」

平度哲也點了點頭，他首先播放了幻燈，幻燈片中最先展示的是佐田右兵衛的那場手術，幾幅不同的圖片展示了佐田右兵衛獲得超常再生能力的過程。

福伯的表情始終不為所動，他是追風者計畫中的一員，從一開始就是項目的主要負責人，可以說整個項目的啟動跟他有著直接的關係，是他一手佈局採取了麻博軒的血液樣本，並交由平度哲也的科研小隊進行研究。然而讓他不滿的是，這個計畫並不順利，接連不斷的失敗，讓上方開始質疑他的能力，雖然是他一手促成了這個計畫，但是想要完成研究卻要依靠平度哲也這樣的專業人才。

福山宇治望著布幕上的照片，腦海中卻在回憶著過去的一幕一幕，他不斷為實驗的失敗承擔責任，很快就被人從追風者計畫中邊緣化，最終被踢出局，應該說是一種相對比較體面的告別吧，他被告知追風者計畫中止，可從現在的情況來看，這一計畫從未中止過。

幻燈上的那場手術就是證明，佐田右兵衛就是證明，平度哲也這個被自己推薦進入項目的傢伙背叛了自己，他曾經答應過自己，那些未成熟的研究成果永遠不可以公諸於眾。

平度哲也的目光迴避著福山宇治，畢竟在這件事上他問心有愧，他只是一個科研人員，政治上的事情他不懂，自從在佐田右兵衛的身上進行了人體實驗之後，他就知道這件事早晚都會敗露。

畫面長時間定格在佐田右兵衛獲得再生能力之後大殺四方的情景，松雪涼子意識到了平度哲也在走神，提醒他道：「可以繼續了。」

平度哲也這才回過神來，他切換到了下一個畫面，掏出手帕擦去額頭的冷汗，然後向上扶了扶眼鏡道：「從麻博軒體內提取的血液樣本，經過多次提煉最終提取出了我們稱之為超能因數的生長激素，這種超能因數可以促進生物體的再生，可是我們始終無法精確掌握……掌握……」因為太過緊張，他一時間找不到確切的詞語來形容。

福山宇治淡然道：「度！」是度而不是劑量，或許因為超能因數不夠純正，它的副作用遠大於對人體的促進能力，所以他主持項目時候的人體實驗，無一例外的失敗。他尋找羅行木的目的也不是為了給麻博軒報仇，真正的用意是要抓住一個比麻博軒更有實驗價值的活體。

平度哲也趁機向福山宇治笑了笑，以此來主動示好。他補充道：「追風者計畫進行的並不順利，專案一度中止。」

福山宇治的唇角浮現出一絲冷笑。

平度哲也心虛地補充道：「在項目中止半年後，軍方又同意出資繼續，他們命令所有項目的參與者必須嚴守秘密……我……還有船越龍一都加入了這次的項目……」

松雪涼子懶得聽他的解釋，毫不客氣地打斷他道：「在佐田右兵衛身上進行人體實驗，你們並未上報，此事究竟是誰的主意？」

平度哲也抿了抿嘴唇道：「船越龍一……」這是船越龍一跟他之間的約定，雖然提出這件事的是他，可最終的決定者是船越龍一，更何況船越龍一特地交代過，如果上頭追究責任，他會一力承擔，不想把更多的人牽連進去，事實上，這也是船越龍一被解除職務由松雪涼子取而代之的原因。

福山宇治冷笑道：「出了事，上頭追究下來就全都是別人的責任，可進行試驗的是你，為佐田右兵衛做手術的人也是你，難道你就不應負一丁點責任？」

松雪涼子歎了口氣道：「福山君，其實我這次回來之前，關於孤狼的事情已有定論，此事全都因船越龍一而起，平度先生無需承擔責任。」

平度哲也面露喜色。

福山宇治道：「既然早有定論，開這個會又有什麼意義？」

松雪涼子道：「福山君的火氣很大，這次會議是我所召集，一是要明確孤狼事件的責任，二是要向大家宣佈天皇密令！」

福山宇治和平度哲也聽到天皇密令同時站起身來，兩人臉上的表情都是極其恭敬。

松雪涼子道：「都坐下，追風者計畫重新啟動，孤狼的成功讓我們大日本帝國看到了統治世界的希望。」

平度哲也深深一躬道：「天皇萬歲！」

松雪涼子道：「從現在起，追風者計畫由平岡先生直接負責，我們這邊取得的任何進展都由我向平岡先生直接彙報。」她特地強調了這一點。

福山宇治開始明白松雪涼子此番是有備而來，她已經獲得了玄洋社和軍方的雙重支援，此女的能力不可小覷。

重新落座之後，平度哲也繼續他的發言，這次呈現的是羅獵入院時的照片，松雪涼子內心不由得一驚。

平度哲也道：「照片上的這個人想必大家都已經認識了，他是羅獵，曾經進入過九幽秘境，和方克文相處甚密，根據我們目前掌握的狀況，麻博軒、羅行木都是在進入九幽秘境之後身體發生了變異。」他再次看了一眼福山宇治，並沒有從對方的臉上看到太多的敵意，內心稍安，繼續道：「我們還收集到了一些特別的樣本。」

幻燈切換到了下一頁，照片上是一些鱗片和染血的土壤，平度哲也道：「我們去了那怪物曾經出沒的地方，功夫不費有心人，讓我們找到了這些東西，相信可以從這些找出怪物的身分。」

福山宇治明白平度哲也要找的不是怪物的身分，這本身也不是他的職責，平度哲也真正想要的是研究樣本，從中提取出新的突變激素。福山宇治關心的卻是另外一件事：「孤狼的行動現在由誰指揮？」

平度哲也搖了搖頭，他是真的不清楚。

松雪涼子道：「這些事由平岡先生統一調配，我們以後需要做的是盡可能為平度先生的研究創造最便利的條件。」她向平度哲也點了點頭，示意平度哲也將進程繼續。

布幕上很快就出現了下一張照片，這是一尊青銅鼎的照片，因為照片是黑白色，所以單從圖片上看不出準確的色彩，平度哲也道：「中華素有九鼎之說，關於九鼎的傳說很多，可經過最近的考證，九鼎的確真實存在，你們看到的這張圖片是冀州鼎，曾經一度現世，後來又神秘失蹤。」

福山宇治對此沒有太多的興趣，皺了皺眉頭道：「平度君何時對考古也有了興趣？」

平度哲也並沒有在意他話中的譏諷，繼續道：「孤狼的再生能力雖然很強，可是他並非無懈可擊，在遭遇到一種特殊物質攻擊的時候，他傷口的部分會喪失再生能力，甚至死亡。」

福山宇治冷冷望著平度哲也，這些事是他們之間最深的秘密，難道平度哲也想要當著松雪涼子的面說出來？

平度哲也道：「這種物質被稱為地玄晶，目前我們還無從得知其真正的元素組成，根據種種跡象來看，地玄晶應當是來自於外太空的隕石，存世量相當稀少，我們所看到的這尊冀州鼎就是用地玄晶鑄造完成的。」

福山宇治這才明白平度哲也展示這張照片的用意，從照片上看不出這尊冀州鼎的原始大小，不過應該不會太小，如果這尊鼎落入了他人之手，那麼他們的追風者計畫就失去了本來的威力。他沉聲道：「這尊鼎在什麼地方？」

松雪涼子道：「根據我們掌握的情況，如今這尊冀州鼎就被藏在圓明園的地下水道之中，以羅獵為首的那群人接受穆三壽的委託正在尋找。」

福山宇治驚聲道：「真的？」他雖然知道羅獵等人正聚在圓明園正覺寺，可是並不清楚他們具體在搞什麼，麻雀也從未主動提起過。

松雪涼子微笑道：「福山君不會連一點風聲都沒有聽到吧？」

福山宇治望著松雪涼子，他們之間打過的交道並不多，甚至他過去都未曾對她有過太多留意，畢竟兩人之間地位相差不少，而松雪涼子的迅速上位才讓他留意這個貌美如花心如蛇蠍的女子，這世上不是每個女孩都像麻雀那樣不諳世事，單純善良。

福山宇治承認自己對麻雀的利用和欺騙，但是在長期的相處之中，他對麻雀同樣產生了父女般的感情，他甚至放棄了利用麻雀去接近羅獵從而得到九幽秘境秘密的想法，看出麻雀在感情上的困境，所以才會想方設法幫助麻雀離開羅獵，其實何嘗不是在讓她遠離刀光劍影的殘酷現實。

他不會因松雪涼子的年齡而看輕對方，能夠得到軍方和玄洋社雙重任用的人已經彰顯出她超人一等的能力。

福山宇治當然明白松雪涼子的這句話是在影射什麼，他反唇相譏道：「據我所知，方夫人和羅獵的關係很不一般呢。」

松雪涼子咯咯嬌笑起來，笑得花枝亂顫，連福山宇治也不得不承認她的身上有著少見的妖豔氣質，妖豔中帶著冷酷，宛如風雪中綻放的嬌豔紅梅，欣賞她的嬌豔的同時，也要抵禦隨時都可能襲來的寒流。

松雪涼子道：「福山君，我的本名叫松雪涼子，您的身分可以稱呼我為涼子，所謂方夫人只是一個人物，津門方家的事情已經告一段落，方康偉跟我過去沒有瓜葛，以後也不會有半點瓜葛，對我而言任務就是任務，絕不可以摻雜半點的私人感情，福山君以為呢？」

福山宇治內心居然感到一絲慌亂，面對氣場全開的松雪涼子他也絕不至於如此，他忽然想到了麻雀，正是麻雀讓他產生了短板，以松雪涼子不擇手段的做事方法，說不定會做出危害麻雀的事情，如果當真那樣，就得不償失了。

福山宇治本想對峙的目光軟化了下去，輕聲道：「如果沒有其他的事情，我想先告退了。」

松雪涼子卻沒有即刻讓他下台的意思：「事情還沒有說完。」

福山宇治不得不強忍著怒氣坐了回去。

松雪涼子道：「我有理由相信羅獵和他的幾名同伴已經深入過圓明園的地下排水系統，而且應當已經發現了冀州鼎的秘密，所以我打算讓他跟我合作，找到冀州鼎。」

福山宇治道：「你怎樣說服他跟你合作？」

松雪涼子道：「是人就會有缺點，因為人是有感情的，只要找到那個他在意的人，就不愁他不肯跟我合作。」

福山宇治內心又是一沉，松雪涼子該不會準備向麻雀下手吧？還好麻雀已經訂好了明天的船票，現在她已經身在津門了。

福山宇治道：「不知松雪小姐打算用誰來逼他就範呢？」

松雪涼子道：「想要萬無一失，就必須要有足夠的籌碼，我手中的籌碼當然不止一個，可是羅獵也不是普通人，他的身邊不乏高手存在，所以我需要福山君的配合。」

雨下得很大，大雨洗去了北平的浮華，也用密集的雨聲幫助這白日裡喧囂的城市進入特有模式的寂靜，在雨夜，你看不到我，我看不到你，汽車內狹小的空間將大雨隔絕在外。

羅獵坐在駕駛座上，摸出香煙剛剛想要點上，就看到前方一對車燈向自己的方向靠近，因為路面的顛簸，車燈在上下不停地晃動。那輛車在距離羅獵車頭還有一米左右的地方停下。

羅獵率先熄滅了車燈，對方的車燈卻仍然倔強地亮著。羅獵並沒有急於推開車門，等到那車燈終於暗了下去，看到一個窈窕的身影走下了汽車，她並沒有打傘，而是冒著大雨向對面的汽車跑來。

第八章

地圖是個局

每個人都是有尊嚴的，可他活著的時候就被人切斷了子孫根，死的時候又被人砍掉了腦袋，穆三壽的表情依舊深沉木訥，可是他的內心已經開始滴血。

從他看到那張和人頭一起送來的地圖，他就已經明白，地圖是個局，他在做局，有人在他的背後做局。

羅獵沒有繼續無動於衷，從身影已經認出了蘭喜妹，他推開車門，剛剛推開車門，蘭喜妹就鑽入了他的車內，帶著夜風，帶著春雨的氣息，用力關上車門，望著已經迅速回歸原位的羅獵，咬牙切齒地罵道：「你是不是男人？為什麼總要我主動？」

羅獵懶洋洋道：「我首先要確定有沒有人跟蹤你。」

蘭喜妹呵呵冷笑，眼睛適應了黑暗的氛圍，看清了羅獵的輪廓。羅獵此時正抽出一支煙準備點上，蘭喜妹猶如一頭衝動的母獅一樣撲了上去，從羅獵的嘴裡將香煙奪了回來：「你能不能認真點！」

羅獵咧開嘴笑了笑，整齊的牙齒在夜色中閃爍著晶瑩的光芒，這會兒功夫雨又大了許多，從車內根本看不到車外的情景。羅獵卻知道周圍沒有人，自從沈忘憂將那顆智慧種子種入他的體內，他的感知能力就提升數倍。雖然身在車內，羅獵卻能夠感知到方圓二十米內的動靜，這種感知力讓他感到新奇而興奮。

「你不怕人跟蹤你？發現你我之間的秘密。」

蘭喜妹笑了起來，她毫不客氣地將淋濕的秀髮枕在羅獵的肩頭，她算準了羅獵就是想躲，在這狹窄的空間裡也無從躲避。

蘭喜妹剛有動作的時候，羅獵就提前預料到了這一點，不過他並沒有躲，而是慷慨地將肩頭借給了蘭喜妹，趁著蘭喜妹短暫陶醉的時候，悄悄將一支煙噙在了嘴裡，沒有點火，只是靜靜體會著煙草的自然香氣。

蘭喜妹閉上眼睛，夢囈一般道：「我已經將咱們合作的事向他們說明了，就算被他們看到也沒什麼打緊。」

這下論到羅獵吃驚了，在蒼白山的時候，蘭喜妹給他的印象可沒那麼多的智慧，或許是她故意要偽裝出那樣的形象，這樣的女人才是真正的智慧卓絕。

蘭喜妹道：「記不記得我跟你說過的那個追風者計畫？」

羅獵當然不會忘。

「計畫已重新啟動，而且這次可能會有很大進展，其中跟你有不少關係。」

羅獵聽到計畫居然涉及到自己，自然關心，低聲道：「跟我有什麼關係？」

「我冷。」蘭喜妹向羅獵靠近了一些。

明知她目的的羅獵卻伸臂拿起放在後座的上衣，蘭喜妹等他給自己披上之後又道：「我還是冷。」

羅獵道：「我後備箱裡還有毛衣。」

蘭喜妹忍不住笑了起來，她一歪身居然躺在了羅獵的雙膝之上。

羅獵雙臂枕在腦後，眼睛望著上方，心中已經將蘭喜妹定位為妖女了。

還好蘭喜妹沒有提出更過分的要求，小聲道：「你不愛麻雀啊？」

羅獵道：「女人是不是都天生八卦？」

蘭喜妹繼續追問道：「你喜歡誰？葉青虹還是顏天心？」

羅獵沒有搭理她。

蘭喜妹道：「葉青虹就算了，又蠢又笨的還自作聰明，顏天心倒是不錯哦，你離開蒼白山之後跟她有沒有聯絡過？」

羅獵道：「跟你有什麼關係？」

「當然有關係，那賤人居然當眾打了我耳光，我一定要殺了她，還有你，你竟然幫著那賤女人一起對付我，你知不知道我對你有多好！」蘭喜妹越說情緒越是激動。

羅獵心中突然有些害怕，他已經不止一次領教蘭喜妹的癲狂，如果她突然發瘋，保不齊會突然咬自己一口，羅獵已經考慮到最壞的可能，自己怎麼如此大意，竟然任由她躺在自己的雙腿上。

羅獵的目光望向一旁的門把，他已經在考慮自己緊急逃生的退路。

蘭喜妹的聲音卻陡然變得溫柔起來：「你害怕啊？你害怕我咬你啊？你是不是害怕我把你變成太監？」

羅獵歎了口氣，語重心長地教導她道：「別忘了你的身分，你可是千金之軀，有些話是不能亂說的。」

蘭喜妹道：「我說得出就做得到，更多的時候我不說也會去做。」她從羅獵身上爬了起來，坐回了自己的位子，整理了一下頭髮：「你在山田醫院住院的時候，血液的樣本已經被採集。他們認為，每個進入過九幽秘境的人身體都會受到或多或少的影響。除了你之外，襲擊我的那個怪人，他的血液樣本和鱗甲也被他們得到了，目前已經開始研究。」

羅獵心中一沉，這對他來說絕不是什麼好消息，雖然他的血液被採集是發生在種下智慧種子之後，可是在羅獵從沈忘憂那裡得知自己的身世後，已經意識到自己和他人的不同，確切地說自己應當是一個時光棄子。

就算日方的研究人員無法從自己的血液中得到他們想要的東西，可方克文的血液和鱗片卻存在著太多的可能，既然日方能夠通過對麻博軒血液的研究從中提取出可以讓佐田右兵衛擁有超強再生能力的激素，那麼他們同樣可以從方克文的血液中提取另外的激素，甚至可以培養出更可怕的怪物。

羅獵明白這件事是個莫大的隱患，一旦讓日方得償所願，那麼別說是神州大地，即便是整個世界也少有能夠和這些強大變種人抗衡的實力。

蘭喜妹小聲道：「我幫你摧毀他們的實驗室，幹掉那幫研究人員，摧毀所有的樣本好不好？」

羅獵當然知道她不會白白幫助自己，低聲道：「你想要什麼？」

蘭喜妹道：「我要將所有參與謀害我爹的人引入圓明園地下，一網打盡。」

「只怕他們未必肯聽你的。」

蘭喜妹向羅獵又靠近了一些，吹氣若蘭道：「他們一定會聽。」她貼在羅獵的耳邊將自己的計畫詳細告訴了他。

如果說羅獵在剛開始時對蘭喜妹的誠意有五分相信，聽完蘭喜妹的計畫之後，他已信了九分。按照蘭喜妹的計畫，她要利用地玄晶所製成的冀州鼎將日方的幾名骨幹引入圓明園地宮，而將穆三壽引入圈套的誘餌卻是那幅圓明園地下水道的地圖。

當初羅獵從周曉蝶和穆三壽那裡先後得到地圖的時候就感覺其中必有蹊蹺，這樣的地圖很可能是從皇宮內流出，看來此事的佈局早已在多年前就已經開始，真正知道內情的那個人應當就是蘭喜妹。

蘭喜妹道：「你以為這世上最珍貴的東西是什麼？」

羅獵沒有正面回答：「因人而異，每個人看重的東西都不一樣。」

蘭喜妹啐道：「狡猾，人為財死鳥為食亡，可人一旦得到了財富就會將性命看得比天大，沒有人不愛惜自己的性命，羅行木當年潛入蒼白山，為的還不是多活幾年。穆三壽也不會例外，你有沒有聽說過，當年瑞親王奕勳不遠萬里從美利堅運了一個保險櫃返回大清？」

羅獵曾經聽葉青虹說起過這件事，心中難免感到奇怪，葉青虹當初可是將這件事當成一個了不得的大秘密告訴自己，為何蘭喜妹也會知道？想想蘭喜妹的皇室背景，這件事也很有可能，不過從蘭喜妹的表現來看，她對當年內情的掌握應該遠遠超過葉青虹。

葉青虹的消息十有八九來自於穆三壽，而如果蘭喜妹所說的一切屬實，那麼穆三壽無疑是瑞親王奕勳死後最大的受益者。他不但參與計畫並暗殺奕勳，而且背棄同伴，獨自貪墨了奕勳轉移到歐洲的巨額財富。

羅獵道：「我聽說過！」

蘭喜妹白了他一眼道：「聽葉青虹那個傻丫頭說的？」

羅獵沒說話，等於是默認。現在看來，葉青虹雖然聰明，可是和蘭喜妹仍然無法相提並論，這和個人智商無關，而是因為她們所處的環境，前者從小就是生活在遠離真相的謊言之中，而後者則生活在與生俱來的仇恨和背叛中，她從小就學會了隱忍偽裝，她就是為了復仇而生。

蘭喜妹道：「穆三壽騙了所有的人，不但是劉同嗣他們幾個，還有我爹，他利用奕動的財富蒙蔽了他們的視線，他們成功獲得了奕動的財富，每人都分到了一部分，穆三壽背著眾人獨得了最大的一部分，他最忌憚的人是我爹，趁著時局動盪，暗殺了他。然而天網恢恢疏而不漏，我爹畢竟也不是尋常人物，他留了一個後手，圓明園的地下藏寶圖其實就是我爹設下的圈套。」

羅獵低聲道：「可圓明園下的確有一座地宮。」

蘭喜妹道：「**圓明園下圓冥園，圓乃圓寂，冥乃地府。**」

羅獵想起此前進入圓明園地宮，看到雍正立像，雍正信佛，自幼喜讀佛典，廣交僧衲，不僅宗教俱通，而且顯密兼融，還躬行禪修，被公認為是中國歷代帝王中唯一的真正親參實悟、直透三關的大禪師。

蘭喜妹道：「根據宮廷秘史所載，雍正帝乃誤服丹藥而亡，雍正帝死後三天，剛即位的乾隆帝就將雍正寵愛的道士張太虛、王定乾等一百多人趕出了圓明園。並且下旨，不准在外提起雍正在宮中的一言一行，如有違反，決不寬貸。」

羅獵點了點頭道：「雍正帝當真是誤服丹藥而亡？」他又想起他們在洞中所見到的那具豎葬的水晶棺，還有因水晶棺破裂而從中掉出的那顆黃金腦袋，總是懷疑那棺槨中的無頭屍體和雍正帝有關。

蘭喜妹搖了搖頭道：「他是遇刺而亡！如果是誤服丹藥，乾隆爺又豈會放過那些煉丹的術士？」

羅獵當時就曾經有過這樣的想法，尤其是在見到那口水晶棺之後，事後瞎子也從風水上提出證據，認為那水晶棺位於龍脈經行之處，死者頭朝下吸收靈氣死後肉體生鱗，羽化為龍，造福後代，不是任何人都有資格葬在圓明園這座皇家園林的地下的。

蘭喜妹道：「那些煉丹的術士被從園子裡趕走，匆忙之中，有很多書籍沒有來得及收集，本來是打算將這些東西付之一炬，可後來乾隆爺不知為何改了主意，於是找了個專人進行整理，這個人就是紀曉嵐了，紀曉嵐當時編撰四庫全書，雖然如此還是百忙之中翻閱了一些術士留下的筆記。」

羅獵暗忖這些江湖術士也非一無可取之處，其實他們的很多煉丹術就是早期的化學實驗。

「紀曉嵐博覽群書，學富五車，竟然從這些方士的筆記中找到了一些延年益壽之術，經過實踐居然極其有效，他不但身體力行，而且將之推薦給乾隆爺，乾隆爺嘗試之後也感覺到仿若返老還童，只可惜方士的筆記遺失了一部分，按照紀曉嵐的說法，若是能夠得到全部的筆記，不敢說長生不老，至少可以返老還童，延年益壽。」

羅獵心中暗歎，只可惜雍正帝沒來得及享受方士的研究成果就被呂四娘一刀砍掉了腦袋，不過前人種樹後人乘涼，他的研究成果終究還是便宜了他的兒子，乾隆爺活到了八十八，紀曉嵐也活了八十一。

蘭喜妹道：「沒有人不想青春永駐，即使英明如乾隆爺也是如此，他派紀曉嵐秘密尋找書寫那本筆記的人是誰，幾經輾轉，終於查出那本筆記是張太虛親筆所書，可找到張太虛的家鄉，卻聽說他已經死了，乾隆爺不甘心就此錯過一個返老還童的機會，讓人掘開張太虛的墓葬，墓葬之中只有一口空空的棺木，裡面根本沒有屍骨。」

這段秘史充滿了傳奇，羅獵也聽得聚精會神。

蘭喜妹說了半天有些累了，又將螓首靠在了羅獵的肩頭，無論羅獵承認與否，隨著對她的瞭解，現在心中對她的惡感已經消失了許多。如果換成是自己有著和蘭喜妹同樣的遭遇，說不定他的報復會更加的猛烈。

蘭喜妹小聲道：「乾隆爺直到駕崩都沒有找到剩下的筆記，這種事情是不會寫入正史的，乾隆爺仙逝之後，很長一段時間沒有人再關注筆記的事情，一直到甲午海戰之後，老佛爺感覺自己的身體一日不如一日，有位宮中的老太監說起了這件事，居然從藏書閣找到了當年紀曉嵐的筆錄，老佛爺讓人按照其中的配方煉製丹藥，服用之後頓時感覺到精神煥發，於是讓人根據線索再去尋找另外的半本筆記。」

她停頓了一下，面頰在羅獵的肩頭摩挲了幾下，又伸出手去抓住羅獵的大手，羅獵感覺到她的肌膚很涼，這樣的狀況下，實在不好粗暴地將她摔開，且讓她占點便宜也罷。

蘭喜妹道：「這世上的事情真的要講究緣分和造化，乾隆爺當年四處尋覓而不得的線索，時隔那麼多年居然被老佛爺找到，原來張太虛當年並沒有死，也沒有羽化登仙，被逐出圓明園之後，他擔心事後會遭到報復，於是隱姓埋名漂洋過海去了南洋，在南洋生活了幾十年後，他又去了北美，抵達北美的時候正逢南北戰爭爆發。」

羅獵默默計算這其中的時間線，雍正帝死於一七三五年，而南北戰爭爆發是一八六一年，張太虛被逐出圓明園的時候據說已經四十多歲了，從他被逐出圓明園到南北戰爭爆發又過去了整整一百二十六年，也就是說張太虛在抵達美國的時候已經一百七十歲左右，如此長壽，這在人類歷史的記載上都從未有過。

蘭喜妹道：「張太虛若是甘心隱姓埋名在美國永遠安家倒也罷了，只可惜他終因忍不住思鄉情切而托人往家鄉寄了一封信，其實張太虛也明白家人早已不在，這封信不可能有什麼結果，誰料到這封信恰恰落在老佛爺派去尋找張太虛筆記的人手裡，經過筆跡大師的核對，發現這封信的筆跡和此前張太虛留下的筆記完全相同。」

羅獵此時對大千世界無奇不有這句話有了更深層的認識，在前往蒼白山之前，他從未想過地底世界中還隱藏著那麼多的神奇生物，羅行木、方克文等人的變異大大顛覆了他對人力的人知。而沈忘憂，這個從未來世界穿越而來的父親更是將他的認知推向了極限，經歷了那麼多不可思議的事情之後，張太虛的長壽也算不上什麼驚天動地的事了。

蘭喜妹道：「此事被密報給了老佛爺，老佛爺根據信上的地址派人遠赴北美尋找張太虛的下落，那張太虛也非尋常人物，寄出那封信之後，他就已感到不妥，等到老佛爺派去的人找上門，張太虛已人去樓空。然而老佛爺為了返老還童長生不老，又豈肯輕易放棄，不惜花費大量的人力物力追尋張太虛的下落。直到瑞親王奕勳出訪美利堅，已厭世的張太虛居然主動找到了他，兩人談了什麼誰都不知道，只知道張太虛在見面之後就來到海邊對著東方故國的方向飲彈自盡。」

她靠在羅獵身邊，感到前所未有的安心和溫暖，從小到大，她從未有過這樣的感覺，雨一直下，小小的車廂混雜著煙草和蘭喜妹的體香，蘭喜妹挽住了羅獵的右臂，雖然羅獵並未對她使用催眠術，她卻舒服得想要隨時睡去。

羅獵的左手從嘴唇上拿下那支已經濕潤的煙，雨聲越發密集，外面的世界已經是一片模糊，眼睛早已適應了車內黑暗的環境，他可以近距離欣賞蘭喜妹美麗的容顏。

不知是夜色的緣故還是因為離得太近，又或是蘭喜妹今天的淡妝被雨水洗去的緣故，今天的她竟然顯露出清水出芙蓉般的純淨。

羅獵想起自己將她從河水中救起的情景，現在回想起來，他的確沒有後悔過，他忽然覺得蘭喜妹對自己的態度或許從那晚開始改變，如果沒有自己的營救，她的生命應當已經終止於那個夜晚，再深的仇恨也只能隨著河水默默東流。

蘭喜妹沒有繼續訴說這段往事，羅獵卻已經猜到了後續的發展，張太虛死後，瑞親王奕勳必然得到了他的筆記，又或是其他重要的研究成果，他將得到的東西放在了保險櫃裡，漂洋過海運往大清。而奕勳雖然得到了可以長生不死的筆記，可終究沒有逃過手下人的暗殺，死於回歸中途。

這其中最神秘的就是那個保險櫃，羅獵忽然猜到了蘭喜妹用來誘殺穆三壽的誘餌，那就是保險櫃，確切地說是保險櫃中的東西。穆三壽已經老了，他的聲望和勢力必將隨著他的衰老而江河日下，一個人擁有再多的財富卻沒有青春，那還有什麼意義？

羅獵想起了羅行木，為了所謂的長生訣而不惜捨身犯險的怪人，麻雀口口聲聲說他勾結日本人販賣國寶，可當福伯的真實身分暴露之後，這一指責顯然值得商榷。這世上雖然每個人的心思都不同，可每個人都應當想更好的活下去。並不是你擁有年輕美貌就能夠活得瀟灑，並不是你擁有富貴榮華就能夠獲得開心，活著要痛快。

蘭喜妹、葉青虹她們表面上已經擁有了讓人羨慕的一切，可是她們卻都有解不開的心結，她們要復仇，她們要不惜代價的復仇。

蘭喜妹忽然抱緊了羅獵的手臂，小聲道：「我爹害死了我娘，我卻要為他報仇，我是不是很傻？」

羅獵搖了搖頭。

蘭喜妹小聲道：「我知道你從骨子裡看不起我，可你既然救了我，你就沒有選擇，你可以不喜歡我，你無法改變我喜歡你！」

羅獵又將那支煙叼在了嘴裡。

蘭喜妹抬起頭，一雙明澈的美眸深情地望著他，居然主動拿起火機為他點燃了香煙。

羅獵抽了口煙，盡可能地把這口煙吸入自己的肺裡，因為他覺得即便是當著蘭喜妹的面，讓二手煙充斥在這狹窄的車廂裡也不夠紳士。

蘭喜妹又似乎猜到了他的想法，小聲道：「別壓抑自己，你這個人總是活得太謹慎，只要是屬於你的，我都不會嫌棄。」她的臉貼在羅獵的肩頭，雙手抱住了羅獵，猶如藤蔓纏住了樹幹，柔聲道：「你有沒有發現，這車廂內已經混雜了你我的氣息，你的肺裡，我的肺裡全都是對方的氣息，你根本無處可逃，也不可能拒絕。」

羅獵又被她的話給嗆到了，劇烈地咳嗽起來。

蘭喜妹咯咯笑了起來，突然就撲了上去，宛如一隻吸血鬼一樣咬住了羅獵的脖子，不過沒捨得用牙狠狠地咬，而是用力深吻。

羅獵把腦袋扭過去，臉都被擠壓到了車窗玻璃上，英俊的面龐已經變形，然而仍然無法逃脫被蘭喜妹狼吻的下場。

蘭喜妹在嬌笑聲中推開了車門，走入風雨中，夜雨正急，她卻毫不在意，抬頭望著落雨的夜空，蒼白的臉上落滿了雨水，她的秀髮很快就被雨水固定在她的腦後。

羅獵猶豫了一下，抓起雨傘想要跟出去，蘭喜妹卻一腳反踢將車門關上，然後她快步走入自己的汽車。

劉德成的那顆人頭已被妥善安置在棺槨內，頭還是原來那顆，身子卻是找木匠用黃楊木趕製而成，穿上了衣服也算齊整。穆三壽望著這位同父異母的兄弟，心中忽然產生了一陣難言的悲愴，這絕非兔死狐悲的傷感，而是因為同根同族的血緣作祟。對這位兄弟，穆三壽從來都是不喜歡的，他貪生怕死，貪財小氣，穆三壽甚至懷疑，父親的風骨他居然沒有繼承一點，或許是因為入宮時切斷了子孫根，劉德成的那點尊嚴和勇氣早已隨著那一刀喀嚓殆盡。

可當他的死真真切切地擺在眼前，穆三壽方才體會到那種難以描摹的悲傷，他才意識到死去的不僅是一個太監，還是他的兄弟，從此後他在世上再無親人。

每個人都是有尊嚴的，可他活著時就被人切斷了子孫根，死的時候又被人砍掉了腦袋，穆三壽的表情依舊深沉木訥，可是他的內心已經開始滴血。從他看到那張和人頭一起送來的地圖，他就已經明白，地圖是個局，他在做局，有人在他的背後做局。

種種跡象表明弘親王載祥仍然活在這個世上，沒有人會對當年的事情瞭解得那麼清楚，而當年參與計畫的那些人如今剩下的只有自己。知道內情的更是只有載祥和自己。

穆三壽拿起那張地圖，地圖並沒什麼特別，只是在背後畫了一樣東西，這是一個保險櫃，保險櫃並無特別，可下面三個字卻讓穆三壽觸目驚心──張太虛。

羅獵沒有猜錯，葉青虹就被軟禁在福林苑的地下密室，這間密室裝修豪華，葉青虹衣食無憂，甚至她可以在密室內自由行走，當然僅限於這密室。這些天來，除了看書讀報，她沒有任何事好做，穆三壽已將她和外界的一切徹底隔絕。

這間密室的上方居然是一塊玻璃，外面就是魚池，每天陽光可以透過魚池再穿透玻璃射入密室，通過這種方式，葉青虹可以獲知天氣的陰晴，可以分辨出白天還是黑夜，可她對外面世界的認知僅此而已。

葉青虹曾經試圖打破那塊玻璃，很快她就發現一切都只是徒勞。

在折騰了三天三夜之後，她只好接受現實，她開始思考，開始考慮穆三壽這樣做的用意，在她的印象中這位乾爹是如此的疼愛自己，只要她願意，他甚至可以將全世界拿給自己，他又怎會捨得這樣對待自己？唯一的可能就是，穆三壽要通過這種方式來保護自己，他要避免自己和羅獵他們一樣去冒險。

可報仇畢竟是自己的事情啊！更何況她不想羅獵受到傷害。

接下來的這些天，葉青虹都在擔憂中度過，多半時間她會忘了自己的處境，更多地去擔心羅獵的安危，她相信自己終究有一天會出去，因為乾爹絕不會傷害自己。

葉青虹堅信穆三壽終會到來，事實證明她並沒有信錯。

穆三壽雖然來得有些遲，可終究還是來了，聽到門外熟悉的聲音，葉青虹頓時熱淚盈眶，她的性情足夠堅強，本不該流淚，可穆三壽不是外人，在她的心中早已將他當成了父親，遭到父親這樣莫名其妙的對待，心中總會感到委屈。

穆三壽隔著門外的小窗望著室內的葉青虹，他並沒有開門的意思，雖然葉青虹被關了這麼久，可欣慰的是她仍然充滿活力楚楚動人。

葉青虹帶著委屈和憤怒交雜的情緒叫道：「開門！乾爹，你快讓他們把這該死的門打開！」

穆三壽只是靜靜地望著她，目光中充滿了慈愛，像是父親望著一個被激怒的孩子，等葉青虹平靜了下去，他方才道：「最多三天，我就會放你出去。」

三天比起葉青虹經過的這十幾個日夜畢竟是少了許多，更何況已經是個具體的數字，葉青虹的心態自然平和了許多，她歎了口氣道：「乾爹，我知道你想對付載祥，你放我出去，我幫你好不好？」

穆三壽微笑道：「載祥陰險狡詐，心狠手辣，我怎麼捨得讓你身涉險境？」

葉青虹道：「乾爹，載祥是我的殺父仇人，我豈能袖手旁觀，而讓他人為我去冒險。」說到他人的時候，腦海中自然而然地浮現出羅獵的樣子。

穆三壽看到葉青虹的神情已經知道她在想什麼，心中暗歎，只怕葉青虹對羅獵這個陌生人的關心還要多過對自己。

羅獵和蘭喜妹定下的計畫已非尋寶，蘭喜妹要利用這次的機會將昔日謀害她父親弘親王載祥的兇手一網打盡，羅獵之所以被她說動，絕不僅僅是出於對蘭喜妹身世的同情，更是出於民族大義。如果日方的追風者計畫實現，那麼將形成一支戰鬥力強大到難以想像的隊伍，這對中華乃至對整個世界都不是好事。

作為此次行動的回報，蘭喜妹將會提供山田醫院秘密實驗室的所有情報，幫助羅獵摧毀實驗室並帶走所有的樣本，為了表示自己的誠意，她將山田醫院實驗室的資料提前交給了羅獵。

羅獵則決定雙管齊下，在他帶著蘭喜妹重探地宮的當晚，組織一場摧毀實驗室的行動，一來可以最大限度地洗清自身的嫌疑，二來，蘭喜妹會在當晚調離日方在北平的高手，讓他們無法兼顧。

瞎子和張長弓幾人聽說山田醫院的秘密，全都吃了一驚，他們終於意識到，佐田右兵衛並未自然變異，而是日方秘密科研的成果。

張長弓率先請纓道：「我去，絕不能讓日本人的實驗得逞。」

瞎子跟著點了點頭道：「我也去，我早就看那幫小日本不順眼了，照我看，乾脆一把火將山田醫院燒個乾乾淨淨，把那幫小日本全部燒死。」

阿諾跟著點頭，雖然他並非中國人，可他是這個團隊中的一員，而且山田醫院正在從事的研究不但危害中國人的利益，而且根本就是反人類，如果真要讓他們的實驗成功，連他的國家也要遭殃。

羅獵道：「瞎子，你另有任務，你即刻返回黃浦，將陳阿婆帶走藏起來，還有，照顧好福音小學的師生。」

瞎子意識到了事情的嚴重性，低聲道：「到底發生了什麼事情？」

到了這種時候，羅獵也就不再繼續隱瞞：「葉青虹應該是被穆三壽控制起來了，穆三壽也是當年害死瑞親王，吞沒他財產的兇手之一。」

幾人全都吃了一驚：「當真？」

瞎子眨了眨小眼睛，如果說穆三壽想對他們不利他信，可是他怎麼都不會相信穆三壽會對葉青虹不利，而且居然就是葉青虹的殺父仇人，繞了一個圈子，穆三壽的巨額財富全都是從葉青虹父親那裡搶來的，瞎子感覺自己的三觀再次被顛覆，感覺這個世界上人心實在是太險惡，連江湖上最講道義的穆三爺也是如此陰險邪惡的角色，人和人之間難道連一丁點的信任都沒有了？

不過瞎子相信羅獵，既然羅獵這麼說，事情就應當如此，他點了點頭道：「我即刻返回黃浦，可是就算我回去，如果穆三壽當真想對我們不利，我也無法保證福音小學師生的安全。」瞎子想得也算周到，他畢竟孤掌難鳴，以他的個人能力至多也就是保護好外婆，他可以將外婆藏起來，總不能將整個福音小學的師生全都轉移走藏起來，他沒這個能力。

羅獵道：「不要緊，我讓你回去只是做好準備，穆三壽應該不會為難那些師生。」

瞎子也不敢繼續耽擱，接受任務之後，即刻就拿了羅獵給他準備的車票前往火車站返回黃浦，畢竟外婆還在穆三壽的控制中，他要將外婆解救出來。

瞎子走後，三人的會議繼續，羅獵將蘭喜妹提供的山田醫院的建築圖交給了張長弓，張長弓仔細看了看，濃眉緊鎖道：「日本人真是狡詐，居然將實驗室建在了太平間的地下。」

阿諾多了個心眼：「羅獵，這地圖你是從何處得來的？」其實他也猜到最近羅獵和松雪涼子過從甚密，十有八九是松雪涼子提供。

羅獵笑了笑道：「此事暫時保密，不過這地圖不會假，張大哥負責這次行動，阿諾，你則負責清理工作，如果找不到我們想要的實驗樣本，就將他們的地下實驗室炸個底兒朝天，乾乾淨淨。」

阿諾哈哈大笑起來：「沒問題。」

羅獵從衣袋中拿出了一個藍色帆布袋遞給了張長弓，張長弓當著幾人的面將帆布袋打開，從中倒出了三支鏃尖，和尋常的鋼製鏃尖不同，這三支鏃尖全都是裡面是尋常箭鏃，外面包裹著一層藍色透明的冰，美得不像是武器。

張長弓愕然道：「這是什麼？」

羅獵笑道：「還記得我跟你提過的地玄晶，麻雀的父親曾委託沈教授為他保管了一塊礦石，我利用那塊礦石找人熔化，製作了一些武器，以備不時之需。」

羅獵考慮得非常周到，雖然張長弓武功高強，可是在面對佐田右兵衛和方克文那種變種高手的狀況下仍缺少克敵制勝的辦法，羅獵曾拿著吳傑給他的匕首求助於冶金學教授亨利，名滿世界的亨利到現在也沒有給他確定答案。可是羅獵的腦子裡卻突然靈光一閃，他鬼使神差般寫出了一道化學方程式，然後找齊了幾樣物質，竟然成功利用化學方法將那塊堅硬無比的地玄晶石融化。

羅獵知道自己絕不是一個化學方面的天才人物，甚至他在進入神學院之後就再也沒有接觸過化學，唯一的解釋就是父親種入他體內的那顆智慧種子，在悄聲無息地改變他的身體，甚至將許多超前的知識潤物細無聲一般植入他的大腦，而這一過程卻都在他毫無察覺的狀況下進行的。

阿諾聽說這鏃尖的妙用，頓時嚷嚷起來：「我呢？我呢？」的確大家都是朋友，同樣都去執行任務，羅獵總不能厚此薄彼，也應當送給自己一樣克敵制勝的殺器才對。

羅獵解下吳傑昔日送給他的匕首，遞給了阿諾。

阿諾看羅獵將他自己的防身武器都送給了自己，反倒有些不好意思了：「有張大哥在身邊，我肯定沒什麼問題，這匕首還是你自己留著用吧。」

羅獵笑了起來，他撩起衣襟，從腰間抽出了一柄刀身包裹著一層藍色透明層的飛刀，這柄飛刀也是用地玄晶製作而成，麻博軒留下的那塊地玄晶石雖然不大，可是足夠製作一些武器防身了，羅獵製作武器的過程並不複雜，他只需要將那塊地玄晶融化，等到地玄晶石成為液態，將需要改造的武器浸入其中，武器包裹上一層地玄晶石的原液，就算大功告成了。

張長弓欣賞地望著羅獵，在他的身上任何的奇蹟都可能發生，身為他的朋友，可以對他充分的信賴。

阿諾將匕首收好，又道：「我們去山田醫院，你去幹什麼？」

羅獵瞇起雙目道：「我答應了穆三壽，重返地宮幫他取回一樣東西。」

阿諾愕然道：「他何時來過？我怎麼不知道？」

穆三壽自然沒有跟羅獵見過面，他只是通過陸威霖去見羅獵，當穆三壽親眼看到劉德成的頭顱擺在面前，他就知道過去的事情已經敗露了，他無法繼續扮演苦苦尋覓女兒的悲情義父，也無法對眼前發生的一切熟視無睹，甚至他無法返回黃浦，大幕已經拉開，真正的好戲才剛剛上演。

對於昔日提籠架鳥，每天坐在春熙樓固定的位置喝早茶的生活，穆三壽並不懷念，因為當時他就在懷念，懷念他一去不復返的青春，懷念當年他曾經錯失了一個可以永保青春甚至長生不老的機會，他們這群人只盯住了瑞親王奕勳富可敵國的財富，卻忽略了藏在保險櫃中，比天下所有財富都要珍貴的那件東西。

穆三壽已經無法繼續藏在幕後，真正的大幕拉開之時，他不得不粉墨登場，他首先給出了陸威霖想要的答案，然後又提出了一個要求。

陸威霖坐在正覺寺的房間內靜靜擦拭著武器，他的床上井井有條地擺放著拆卸後的槍械，他做事向來井井有條一絲不苟，越是大敵當前的時候，他越是要保持冷靜。

他忽然以驚人的速度組裝完成了一支勃朗寧手槍，然後槍口瞄準了房門。門外傳來羅獵的聲音：「你總喜歡用槍口瞄準自己的朋友嗎？」

陸威霖以同樣驚人的速度將手槍拆開放下，還是剛才的位置，絲毫不差，然後背對房門淡然道：「你為何不敲門？」

羅獵還沒有來得及敲門，人在門外，在他的腦海中卻已經清晰勾勒出室內的情景，吳傑教會他正確的呼吸方法，讓他更加瞭解自己的身體，而父親在他體內種下的那顆智慧種子，讓他的身體結構在不斷發生著變化，連羅獵自己都不知道最終會變化成什麼樣子，但是他相信這種改變應該是讓自己越來越強大。

換成過去，他是不具備這樣強大的感知能力的，可是有件事卻非常的奇怪，本來按照吳傑教授的呼吸方法，他的失眠症狀已經得到了緩解，可是在智慧種子融入他的體內之後，他的失眠狀況又重新變得嚴重了，正確的說，還應當稱之為始終處於清醒狀態，雖然睡眠的時間很少，可是他並無任何的身體不適感。

羅獵這才敲了敲房門，推門走了進去，陸威霖依然背著身，以實際行動表達對羅獵的信任，沒有人會把後背主動交給敵人。

陸威霖回來之前，穆三壽已經明確地告訴了他，葉青虹就在他的手裡，可是如果想見到葉青虹，就必須拿一樣東西來換。地圖就在羅獵的手中，地圖的背面清晰畫著一只保險櫃。

陸威霖沒有問穆三壽為什麼這樣做，甚至連一句話都沒說，拿著這張地圖就返回了正覺寺，從這一刻起，他已經決定從此以後和穆三壽恩斷義絕。一個能用乾女兒作為要脅條件的人，這世上還有什麼卑鄙的事情他做不出來？

羅獵心中明白這張地圖是蘭喜妹引穆三壽入局的誘餌，穆三壽坦陳葉青虹在他的手裡，已經有了圖窮匕見的味道，證明蘭喜妹的計畫已經奏效。

陸威霖道：「你在地下有沒有見過這只保險櫃？」

羅獵搖了搖頭。

陸威霖將衝鋒槍組裝完成，拉了一下槍栓，瞄準了窗口，沉聲道：「如果找不到這只保險櫃，葉青虹恐怕會有危險。」

羅獵對此並不是完全贊同，雖然存在這種可能，可是他仍然相信任何人的心中都是有感情的，即便是穆三壽，羅獵曾經親眼見過穆三壽看葉青虹的眼神，有些情感偽裝不來，然而羅獵也無法保證穆三壽不會對葉青虹下手，畢竟和返老還童青春永駐相比，有些人可以將任何感情拋到一邊。

羅獵道：「穆三壽相信這樣的威脅會對我們奏效？」

陸威霖轉向羅獵，目光中已經有些不滿，至少穆三壽的威脅對自己是有效的，他可以為葉青虹赴湯蹈火，在他心中認為羅獵也會有跟他同樣的感受。可羅獵始終表現得要比自己冷靜得多也鎮定得多，關心則亂，莫非羅獵對葉青虹並沒有太深的感情？

羅獵知道陸威霖會錯了自己的意思，以穆三壽的老辣，在他將此事挑明之後必然會考慮到引發的後果，縱然陸威霖和自己答應為他重返地宮尋找那只保險櫃，他想必也不會信任。

陸威霖道：「他會派人和我們同去。」

羅獵心中一怔：「什麼人？」

陸威霖搖了搖頭，穆三壽也未曾說過派來的人到底是誰。

該來的始終要來，羅獵怎麼都沒有料到穆三壽派來的人竟會是白雲飛，白雲飛一襲青衫出現在正覺寺，右手中握著一把合起的摺扇，輕輕敲打在左手的掌心，微笑望著羅獵。

自從聽說焦成玉被暗殺的消息，羅獵就想到白雲飛前來北平的可能性，白雲飛雖是一代梟雄，但是此人極重道義，自身處境雖然危險，仍然冒險前來，足見他對授業恩師焦成玉的感情。

而白雲飛在此現身絕不是為了過來跟自己敘敘舊情，羅獵想到了陸威霖所說的那個同行之人。頓時明白，穆三壽委託監視他們行動的人就是白雲飛。

羅獵笑瞇瞇望著白雲飛道：「白先生別來無恙？」

白雲飛點了點頭道：「托您的福，湊合活著。」不是每個人從高處跌入深谷還能保持他這份風輕雲淡的姿態，再壞又能夠壞到哪裡去？白雲飛從一呼百應的江湖梟雄到被人脅迫為人賣命的打手只花了短短一個月的時間，他明白自己的使命，穆三壽讓他監視羅獵和陸威霖，在必要的時候奪走保險櫃，以此來償還幫他的人情。

誠然，羅獵也幫助過自己，可是羅獵開不出穆三壽那樣的條件，穆三壽答應白雲飛，在此事完成之後就退出江湖，還會將他手中的勢力全都交給白雲飛，這樣的條件對任何人來說都是無法拒絕的。

陸威霖也從房內走了出來，冷冷望著白雲飛，他和白雲飛並沒有打過交道，可是來者不善善者不來，穆三壽派來的人絕非普通人物。

白雲飛也不是獨自前來，為了確保萬無一失，穆三壽還派出了他的兩名最得力的手下，一個綽號灰熊，一個綽號鑽地鼠，兩人無論武力還是頭腦在穆三壽的諸多手下中都是佼佼者。

白雲飛的話言簡意賅：「三爺讓我過來幫忙，等拿到了東西我就走。」

羅獵意味深長道：「看來你欠三爺一個很大的人情。」是事實也是提醒，你白雲飛欠的人情可不止一個，當初如果不是得到羅獵和葉青虹的幫助，白雲飛很難順利離開津門。

白雲飛微笑道：「識時務者為俊傑，像我這樣的人能夠活到現在，肯定不是偶然。」

陸威霖冷冷道：「**可是運氣總有用完的時候，再聰明的人也有看走眼的時候。**」

第九章

收網時刻

蘭喜妹暗自冷笑，福山宇治這隻老狐狸又怎能知道，
他所得到的情報圖是自己故意提供給日方情報組織的，
多年的佈局已經完成，今晚就是收網時刻。

白雲飛仍然笑瞇瞇道：「今晚何時行動？」

羅獵抬頭看了看天色：「天黑之後。」

有了上次進入地宮的經歷，想要重新進入已經無需經過正覺寺的入口，羅獵標記了上次他們離開的地方，就在福海附近，蘭喜妹又特地給他提供了一張地宮詳圖，其實此前見到的所有地圖都是蘭喜妹故意發散出去的，那些地圖描繪不祥，真正的用意是在擾亂他人的注意力，激起一個個仇人的覬覦之心，然後將他們引到這裡，進而一網打盡。

這次提供給羅獵的地圖詳盡許多，在何處有危險，何處有機關都做出了特別標注，出入口更是標記得相當清楚。

夜色蒼茫，羅獵一行五人帶著配備齊整的工具來到入水處，羅獵率先脫去外衣，露出裡面黑色的水靠，其他人也都是一樣，灰熊人如其號，身軀高大魁梧，一身發達的腱子肉比起張長弓都不遑多讓。鑽地鼠瘦小乾枯，連緊身水靠穿在身上都頗顯寬鬆，看起來頗有些滑稽。

羅獵環視幾人道：「你們水性如何？」

白雲飛道：「各憑造化。」來此之前他也不知這究竟是怎樣一個任務，只知道自己負責盯緊羅獵和陸威霖，從穆三壽對待這件事的慎重來看，保險櫃中一定藏著極其重要的物事。

羅獵率先躍入水中，其他四人依次入水。

在福海東側的密林之中，有一群黑衣蒙面武士早已潛伏其中，為首一人正是蘭喜妹，她通過望遠鏡觀察著羅獵幾人的一舉一動，等到羅獵幾人入水之後，將手中的望遠鏡遞給了身邊人，那人一身忍者裝包裹得極其嚴實，只露出一雙深邃的眼睛，此人乃是福山宇治，化名福伯的福山宇治不但是盜門高手，而且是一位忍術大師。

蘭喜妹以搶奪冀州鼎的理由說服福山宇治親自出馬，拿定了主意要借此良機將之神不知鬼不覺地除去。蘭喜妹之所以恨極了福山宇治，因為他當年參與謀殺了她的父親。

穆三壽、劉德成、蕭天行那些人以瑞親王的巨額財富為誘餌，將她的父親弘親王載祥引入局中，當他們成功幹掉奕勳，奪得財富之後，又設計將弘親王除去，他們不敢直接下手，而是悄悄將弘親王奕勳的情報出賣給日本人，因為在對日關係上弘親王載祥一直提倡強硬，早已成為日本人的眼中釘肉中刺，他們早就恨不能除之而後快，幾人的借刀殺人之計順利達成。

蘭喜妹臥薪嚐膽隱忍多年，她查出穆三壽背著他人獨自吞沒了奕勳藏在歐洲的巨額財富，將消息透露給他人，從而引發穆三壽團夥內部的爭鬥，第一個死去的任忠昌前往黃浦明為利用穆三壽的關係尋找靠山，實際上是去找穆三壽討債，想要回當初屬於他的那部分。

穆三壽擔心事情敗露，一手導演了喋血藍磨坊那齣戲，蘭喜妹又故意透露給穆三壽風聲，讓他誤認為其他人都已經知道他獨吞財富之事，穆三壽決定先下手為強，哄騙葉青虹以報仇為名，逐一剷除對手，穆三壽最擔心的就是蕭天行，縱然是這隻老狐狸都沒有想到自己從一開始就被別人牽著鼻子走。

福山宇治低聲道：「水下果然有玄機。」

蘭喜妹小聲道：「你那寶貝徒弟沒有告訴你嗎？」

福山宇治皺了皺眉頭，他焉能聽不出蘭喜妹話中的嘲諷，麻雀應該已經上船了，她離開就好，這孩子單純的性情又怎會知道人心的險惡？人非草木孰能無情？福山宇治想起了自己對麻博軒做過的一切，他並無任何的內疚之情，因為他認為自己是在為天皇效力，如果說真正有些不安的，是對麻雀的利用，她將自己當成父親看待啊。

福山宇治的目光有些迷惘，蘭喜妹並沒有放過這個細節，故意道：「想您的寶貝徒弟了？」

兩次提起麻雀，讓福山宇治不由得警覺起來，這女人什麼意思？在他們的組織中紀律嚴明，彼此之間並無任何的感情可談，制約他們的不僅是紀律還有手段，這個年輕的女子居然能夠取代船越龍一登上高位還真是不簡單啊！

福山宇治想起她將自己重新拉入追風者項目的事情，她是想借用自己的實力，福山宇治已經很久沒有親自出面執行過任務，而這次是平岡社長親自密電，讓他務必要將地玄晶製作的冀州鼎爭奪到手，這次的行動由他統一指揮，蘭喜妹從旁輔佐。

在組織內部，輔佐通常還有另外的一層含義，那就是監視，證明社長對自己也不信任。

蘭喜妹問道：「現在是不是要行動了？」

福山宇治搖了搖頭，他決定再等等。

蘭喜妹故意道：「如果再不行動就可能會跟丟目標。」

福山宇治藏在黑色面巾後方的嘴唇露出一絲不屑的笑容，畢竟年輕，她又怎能知道在來此之前，上方已經給他秘密送來了一幅圓明園地宮的手繪圖，任何戰爭情報站都佔有最重要的地位，在對中華的情報搜集方面，日本若稱第二，無人敢稱第一。蘭喜妹顯然是不知道這個情報的，由此證明，自己更得組織的信任。

蘭喜妹暗自冷笑，福山宇治這隻老狐狸又怎能知道，他所得到的情報圖是自己故意提供給日方情報組織的，多年的佈局已經完成，今晚就是收網時刻。

福山宇治拿起望遠鏡觀察著福海的湖面，羅獵幾人剛才站立的地方已經空無一人，五人已經全部下水。月光如水，將整個圓明園遺址映照得亮如白晝，此時又看到一個人影走向羅獵幾人的入水處。

福山宇治的手不由得停頓了一下，螳螂捕蟬黃雀在後，他們幸虧按兵不動，不然他們就會成為螳螂，而那個黑影就會成為黃雀。

月下的黑影在岸邊觀察了一下，然後迅速脫去外衣，他也是黑衣蒙面，儘管做好了防護和掩飾，蘭喜妹仍然一眼就認出，此人就是穆三壽，穆三壽生性多疑，雖然委託了白雲飛和他的兩名手下監視羅獵和陸威霖的行動，但是他仍然心中不安，畢竟他清楚保險櫃中的東西何其重要。任何人只要知道保險櫃中的秘密和返老還童有關，必然會產生據為己有的念頭。至寶面前，任何人都不能相信，所以這次必須要自己出手。

穆三壽必須要保證此事萬無一失，他之所以能夠有今天的成就，不僅僅是因為他老謀深算，還因為他還擁有一身深不可測的武功。

福山宇治從黑衣人的動作中已經看出對方絕非庸手，沉聲道：「此人武功很強！他到底是誰？」其實他隱然已經猜到對方的身分，可仍然拋出了這個問題，借機試探蘭喜妹對局面的掌控究竟到了何種地步。

蘭喜妹心中暗忖，再強又能怎樣，今天必然要將你們兩個老賊一網打盡，她小聲請示道：「何時開始行動？」

福山宇治想了想方才道：「半個小時之後咱們即可動身。」他相信入水之人不可能那麼快就找到目標，即便是找到了目標，也會展開一場奪寶生死戰，最好他們拚個同歸於盡，到時候他們就可以坐收漁人之利。

蘭喜妹沒說話，轉身看了看身後，兩名忍者盤膝坐在那裡，左側一人正是代號孤狼的佐田右兵衛，想要殺掉福山宇治，首先就要除掉再生能力驚人的孤狼，這對蘭喜妹是個難題，她和羅獵在計畫這件事的時候專門提出過這個問題，而羅獵對此卻表現出超強的信心，莫非他已經有了克制孤狼的辦法？蘭喜妹認為羅獵對自己有所保留，其實她何嘗不是一樣。

讓孤狼參加這次行動是福山宇治的主意，他應該是這個世界上唯一可以控制住孤狼的人，十幾天前，孤狼追殺麻雀，生死懸於一線的時候，是福山宇治及時趕到，利用地玄晶製作的子彈射中了孤狼，讓孤狼知難而退。

想要牢牢地控制住一個人，就必須要讓他清楚，自己能夠掌握他的生死。如果不是對地宮內的狀況沒有把握，福山宇治是不會輕易出動孤狼這張王牌的，有孤狼在，任何的對手都可以應付。萬一事情中途發生了意想不到的變化，孤狼在身邊就多了一份保障。

蘭喜妹抬頭看了看空中的圓月，似乎感覺到有些無聊，輕聲歎了口氣道：「我聽說你們找到了方克文的老婆和女兒？」

福山宇治沒說話。

蘭喜妹道：「福山君總是不喜歡說話，有些情報難道不是應該分享的嗎？」

福山宇治警惕地望著她道：「你想問什麼？」

蘭喜妹向福山宇治飄過一個嫵媚動人的眼波，嬌滴滴道：「那隻怪物，是不是已經被你們找到了？」

福山宇治冷冰冰道：「該知道的時候，你自然會知道。」

蘭喜妹卻又鍥而不捨地問道：「那隻怪物到底是不是方克文？」

張長弓和阿諾兩人分頭混進了山田醫院，這種公開營運的醫院算不上戒備森嚴，晚上十點，張長弓切斷了醫院的電源，兩人來到約定地點會合。

蘭喜妹提供給羅獵的地圖非常詳細，日本的秘密實驗室就位於停屍房地下。

在停屍房外，並無警衛巡查，兩人對望了一眼，都看出對方眼中的喜色，看來今晚還算順利，停屍房大門緊閉，阿諾和瞎子在一起待久了，兩人平時相互交流不斷，阿諾別的沒學會，一手撬門別鎖的功夫已經練得純熟，他掏出瞎子送給自己的萬能鑰匙，不一會兒功夫就將門鎖打開。

兩人躡手躡腳走入停屍房內，又將大門重新合攏。

裡面黑漆漆一片，他們沒有瞎子夜晚視物的本領，阿諾打開手電筒，他和張長弓都是膽大之人，阿諾在酒後更是天不怕地不怕，來到下一個房門前，阿諾仍然故技重施將門鎖打開，推開這扇門，頓時感覺冷氣森森，這裡已經是停屍房，為了避免屍體腐爛，這裡常年保持低溫。

張長弓耳力敏銳，未進入之前已經將耳朵貼在房門上傾聽裡面的動靜，張長弓對自己的聽力還是頗為自信的，尤其是在這樣死寂的環境下，就算是一根針落地的聲音他都能夠聽得到，如果室內有呼吸心跳聲絕不會瞞過他的耳朵。

拉開房門，掀開裡面的兩扇棉簾，看到裡面放著十二張床，床多半都是空的，只有兩張床上暫時放著屍體。通常來說死人並沒有什麼危險，為了穩妥起見，張長弓還是過去掀開了蒙在死人身上的被單，確信他們已經死了。

兩人將其中的一張床向前推開，下方的地板隨之移動，在他們的面前出現了一個宛如電話撥號盤般的密碼，阿諾小心撥動密碼盤，密碼完全相符之後，暗門向兩旁移動，下方露出一道傾斜向下的階梯。

張長弓一手握著手電筒，一手舉槍瞄準下方，並未發現有人值守，他率先沿著樓梯走了下去。阿諾向身後看了看，在合適的位置佈置好了一顆炸彈，這才跟了進去。

樓梯經過三個轉折，前方有燈光透出。按照蘭喜妹提供的情報，只要暗門開啟，裡面的人就會第一時間收到情報，繼續前進就會遭遇一道鐵門，那裡通常會佈置兩名警衛，負責驗證進入者的身分。

張長弓將手槍收起，摘下背後弓箭，做了個讓阿諾掩護自己的手勢，然後貓著腰迅速衝向前方，他看到了那道鐵門，也看到鐵門前方兩名荷槍實彈的警衛。

對方的反應也非常迅速，可是和張長弓出箭的速度仍然無法相比，張長弓鬆開弓弦，早已搭在弓弦上的兩支羽箭流星逐月般射出，準確無誤地命中兩名守衛的咽喉。

兩名守衛直挺挺倒在地上，雖然發出了些許的聲響，可這聲響還不至於招來其他的敵人。

張長弓和阿諾兩人迅速衝了過去，從其中一名守衛的身上找到了打開鐵門的鑰匙，通過這道鐵門，就是更衣間，這間地下實驗室有著極其嚴格的消毒程序，避免外界的病毒進入其中。

張長弓和阿諾兩人換上了白大褂，戴上了口罩，阿諾的主要工作就是佈置炸藥，他們今天過來的主要目的就是要將這間地下實驗室炸個底兒朝天，當然在摧毀這間地下實驗室之前，他們必須首先要確認，那些樣本究竟在不在這個地方？

羅獵這次入水和過去有了很大的不同，這不同主要是他身體的感覺，過去進入水中他首先感覺到的是水溫是冷還是熱，這是最直觀的感覺，然後還能感覺到水流是急還是緩，雖然羅獵的感官比起多半人要敏銳，可是他的感知能力在水中也會比平時減弱不少。

而這次他入水之後，雖然目力有限，卻可以感知到周圍的一切，幾名同伴的方位，他們下水的姿勢，甚至連掠過身邊的遊魚，這一切的動靜在他的腦海中已經勾勒出一幅全景畫面。

這樣的季節，水溫還是偏冷的，即便是穿著水靠，羅獵腦海中剛剛生出這種念頭，從他的胸口就產生了一股暖流，這暖流沿著他的血脈迅速擴展到他的全身，羅獵曾經聽說過武功高手內力修煉到一定的境界，可以運功抵禦寒冷的事情，可是他卻從未親眼見過，認為有些事情是被誇大了，練家子的禦寒能力要比普通人強一些。

他的吐納方法得自於吳傑，雖然已經有了一定的成就，可是遠沒到可以運功禦寒的地步，羅獵清晰感覺到那股暖流來自於自己的心口，也就是父親當初為他種下智慧種子的地方，看來智慧種子的能量還要超出自己的想像。

羅獵潛游的動作標準而有效，他很快就找到了那個排洪口並游了進去，陸威霖、白雲飛幾人魚貫進入其中。

除了羅獵之外，其他人都是第一次深入圓明園下的這座地宮，內心中既感到新奇又感到不安，這不見天日的地下不知有什麼在等待著他們。陸威霖雖然未曾親歷，卻看到羅獵脫險後重傷的模樣，以羅獵的頭腦和身手都會落到那樣的下場，足見這地宮中充滿凶險。

沿著原路返回，這幾日的雨讓水漲了許多，內部水位也是一樣，這讓他們潛游的距離超過了上次，對羅獵而言這算不上什麼問題，可對其他人來說對體能上已經是一種考驗。

游在羅獵身後的灰熊和鑽地鼠甚至已經準備放棄，而就在他們剛剛產生這念頭的時候，羅獵開始向上浮。

五人的頭顱先後浮出了水面，灰熊抹去臉上的水漬，沉聲道：「什麼地方？」他的聲音在空曠的地下空間迴盪。

陸威霖不滿地瞪了他一眼道：「少說話會命長一些。」

灰熊咧了咧嘴露出被煙草熏黑歪扭七八的牙，雙目迸射出野獸般的凶光。

羅獵此時已經游到了岸邊，率先爬了上去。

白雲飛歎了口氣道：「大家到了這裡，最好懂得精誠合作，若是從一開始就內訌，還談什麼戰鬥力？」

打火的聲音響起，卻是已經上岸的羅獵找出他包裹嚴實的香煙和火機，抽出一支煙點燃，上次進來得實在是太匆忙，根本沒有來得及做足準備，這次要從容得多。

陸威霖收回自己的目光上岸，灰熊爬到岸上仍然不依不饒地瞪著他。看到羅獵抽煙，白雲飛走過去找他要了一支，羅獵幫他點上，風輕雲淡道：「想打想殺還是等咱們活著回去再說。」

灰熊粗聲粗氣道：「怕個球，難不成這裡還有鬼嗎？」

羅獵微笑望著灰熊道：「沒有鬼，但是比鬼可怕得多。」

灰熊切了一聲，可是卻遭遇到白雲飛陰冷的目光，內心中不寒而慄，他和鑽地鼠來此之前穆三壽特地交代過，讓他們務必要聽從白雲飛的指揮，而白雲飛的可怕他們不但聽說而且已經領教過。

白雲飛對羅獵卻非常客氣，輕聲道：「這裡就是圓明園的排洪系統？」

羅獵的那支煙已經就快抽完，他將煙蒂溺滅在水中，點了點頭道：「不是單純的排洪系統，應該說這套系統非常的複雜，裡面還有一套完整的循環系統，可以將搜集到的廢水和雨水經過過濾重新輸送到圓明園的各大水系之中，不過經過多次破壞，很多功能都已經喪失了。」

羅獵大步向前方走去，身後灰熊和鑽地鼠同時打開了手電筒。

陸威霖自然而然地選擇了斷後，他並不信任白雲飛三人中的任何一個，他不會輕易將自己的後背暴露在他們的攻擊範圍內。

羅獵卻絲毫沒有顧忌這一點，他和白雲飛並肩而行，甚至懶得開啟手電筒，其實身後兩道光柱已經足以照亮這黑暗的地下世界。

白雲飛道：「這下面有什麼可怕的東西？」

羅獵笑了笑道：「一些生物吧，比如說蛇蟲老鼠之類的東西。」說話的時候，前方一群毛茸茸的東西從他們的腳下逃過，卻是一群受驚的老鼠。白雲飛素來愛潔，看到老鼠有些厭惡地皺了皺眉頭。

灰熊卻突然抬起大腳踩住了一隻逃過的老鼠，那老鼠驚恐的吱吱狂叫，灰熊猛然用力，將那隻老鼠踩死在腳下。

陸威霖知道這廝是在向自己示威，不過他這次並沒有做出反應。

羅獵提醒眾人，從前方的排水口就該下行了，讓每個人注意安全，這條筆直向下的排洪道雖然有鐵梯可供攀爬，畢竟年月久遠，再加上地下潮濕，許多地方已經銹蝕不堪，存在不小的風險。

羅獵依然在最前方引路，爬出排水口，通過被鋸斷的鐵柵欄，來到曲曲折折的管道之中，如果沒有蘭喜妹給他的地下管網圖，就算羅獵來過一次，也無法保證能夠原路返回，畢竟下面管道錯綜複雜，稍有疏忽就有迷路的可能。

白雲飛跟在羅獵身後，還未走出這段管道，就聞到一股難以忍受的腥臭氣息，他忍不住問道：「什麼味道？」

羅獵沒有回答，很多事百聞不如一見，還是讓他們親眼見證的好。

出了管道，就看到水潭，水面之上漂浮著白花花一片全都是死魚，靠近岸邊的地方有一個磨盤大小的巨蛙屍體，肚皮朝上，因為被水浸泡多日，已經漲大了數倍，饒是如此，白雲飛幾人也都未見過如此大的一隻蛤蟆。

鑽地鼠充滿好奇道：「這蛤蟆怎地如此之大？我長這麼大都未見過呢。」

羅獵心中暗忖，你還沒看到那隻蟾蜍，想起自己上次在水中遇險，揮刀砍斷了蟾蜍的長舌，不知那蟾蜍死了沒有？另外兩隻綠色的蛤蟆倒是被麻雀和阿諾當場射殺。

「你們看！」鑽地鼠驚呼道。

幾人舉目望去，卻見水潭的中間漂浮著一個牛犢般大小的大球，羅獵看得真切，那大球就是被自己割斷舌頭的蟾蜍，心中不由得一驚，危險如此靠近怎麼自己居然毫無察覺？仔細一看那蟾蜍應當是死了，只是隨著水波上下起伏，難怪自己會沒有任何感覺。

灰熊冷哼了一聲道：「媽的，裝神弄鬼！」他舉起手槍瞄準水上的目標就是一槍，白雲飛阻止不及。這麼大的目標，只要不是瞎子就能擊中。

子彈射中那蟾蜍的屍體，蓬地一聲炸裂開來。

羅獵不由得皺了皺眉頭，此人行事有些魯莽。

陸威霖忍不住道：「拿一隻死蛤蟆耍什麼威風？」

白雲飛心思縝密，他首先留意到的就是水面上的死魚，這些魚應當不是正常死亡，接連看到這兩隻死蛤蟆，已經初步斷定，魚群的死亡和蛤蟆有關，應該是蛤蟆死後，體內的毒素污染了水源，所以才導致魚群大量死亡。灰熊的這一槍顯然加速了毒素在水中的蔓延，白雲飛心中已經暗罵此人乃豬一樣的隊友。

羅獵提醒眾人道：「蟾蜍的毒液對人的肌膚有很強的腐蝕性，雖然經過潭水稀釋，可我也不能保證。」此言一出，所有人都望向灰熊，灰熊知道自己做了錯事，仍然嘟囔著：「也不早說！」不過他也不是太蠢，忽然想起自己身後背著的裝備包：「我們帶了充氣船。」

這充氣船是羅獵早已準備好的，出發之前他就已經考慮到這裡的水質狀況。

白雲飛心中暗讚，羅獵考慮事情果然周到。

灰熊和鑽地鼠兩人聯手將船充氣完成，這艘充氣船在正常情況下可以承載三人的重量，所有人不可能一次全都渡過，必須要往返兩趟，鑽地鼠身材最小，體重最輕，由他操槳往返。

羅獵選擇從原路進入地宮的時候也曾經猶豫過，畢竟上方的岩洞在巨鱷捕食他們的時候已經坍塌，可是後來得知鑽地鼠加入，根據從陸威霖那裡得到的情報，此人身材矮小，擅長掘地打洞，乃是穆三壽手下的一位奇人，既然如此，剛好可以利用一下鑽地鼠的本領。

上次在地下遭遇最大危險莫過於屍蟲，羅獵本來擔心屍蟲仍然盤踞在洞口，在蘭喜妹給他的地宮資料中，就專門有屍蟲的介紹，這種蟲子喜歡成群結隊覓食，所到之處，屍骨無存，不過牠們極其戀家，一旦吃完了獵物就會返回巢穴。根據這種蟲子的習性判斷，牠們應當不會留在原地，地宮冰河附近屍體眾多，那裡才是牠們的巢穴所在。

羅獵慎重考慮之後，方才決定經由原路返回，膽大包天未必能夠活到最後，小心謹慎也無法保證你平平安安，想要活得長久，就必須膽大心細，要懂得審時度勢，要懂得隨機應變。

鑽地鼠將白雲飛和灰熊先行送到預定的地點，就在他們前方水面的中心，聳立著幾塊石頭，其中一塊足以站立五人。白雲飛抬頭望去，只見頭頂上方三米左右的地方有一個不規則的破裂洞口，聳立於水中的石頭看來就是從上方落下。

灰熊低聲道：「看來咱們要爬上去。」

白雲飛點了點頭，率先跳上石塊，觀察了一下周圍，確信沒有異常的狀況，才擺了擺手，灰熊和鑽地鼠對白雲飛俐落的身手都暗暗佩服，灰熊隨後跳上石塊。

鑽地鼠划著充氣船重新回到羅獵和陸威霖所在的地方，載了兩人重新向白雲飛他們的位置划去。

白雲飛和灰熊兩人也沒有原地等待，灰熊從隨身工具中取下飛抓，在手中風車般旋轉了幾圈然後擲了出去，飛抓向上飛出抓住了洞口的邊緣，灰熊用力向下扯了扯，確信岩洞的邊緣沒有鬆動，他向白雲飛道：「我先上去。」他是穆三壽手下第一猛將，凶悍過人，膽色出眾。

白雲飛道：「等他們過來再說。」

灰熊回身看了一眼，充氣船方才划到中心，他不屑地撇了撇嘴。

羅獵靜靜望著兩旁的水面，此刻他心靜如水，意識沿著水波的漣漪向周圍蔓延，他在悄然感知著周圍的生命，這看似平靜的水面，下方卻暗藏著不為人知的殺機，他曾經親身領教過這片水域的可怕，希望這裡的一切已經隨著那隻巨型蟾蜍的死亡全都過去。

陸威霖一旁輕輕碰了碰他的手臂道：「那蛤蟆是你殺死的？」

羅獵不置可否地笑了笑：「可能是被氣死了。」

鑽地鼠吞了口唾沫道：「我過去從未見過這麼大的蛤蟆。」他的腦筋要比灰熊靈活得多，雖然此次奉命而來，真正進入這地下世界之後，鑽地鼠很快就意識到這裡的詭秘和可怕，死去的大蛤蟆或許只是一個開始，裡面還不知道有怎樣可怕的生物在等著他們，在這樣的狀況下和唯一的知情者羅獵為敵顯然是不智的。

羅獵道：「回頭你會看到更多不可思議的生物。」他看了看鑽地鼠，意味深長道：「既然進來了，大家最好同心協力，不然，恐怕誰都別想活著逃出去。」

鑽地鼠知道羅獵絕非危言聳聽，他點了點頭道：「三爺說了，讓我盡可能配合兩位。」這番話完全可以理解為他在向羅獵示好。

羅獵心中暗忖，鑽地鼠顯然要比灰熊更加靈活，此人雖然受命於穆三壽，可是他並沒有帶有太多敵意，而且借著回頭接他們的機會主動示好，羅獵對此人雖然不甚瞭解，但是在眼前的環境下還是儘量團結一切可以團結之人。

尋寶只是一個誘餌，今天他的主要目的是配合蘭喜妹將她的仇人一網打盡。羅獵雖然沒有主動介入蘭喜妹家仇的意願，可是當蘭喜妹的家仇和國恨產生了交集，羅獵就不能視若無睹了，這也正是蘭喜妹能夠成功說服他的關鍵。

充氣船就快靠近水中的巨石，鑽地鼠將纜繩扔給了灰熊，灰熊接住纜繩，用力一拉，充氣船飛快地向巨石靠近。

白雲飛和灰熊的注意力都集中在充氣船上的時候，在他們的頭頂上方，一條手腕粗細的蜈蚣悄聲無息地遊移下來。羅獵提醒道：「小心身後！」說話的同時已經出手，一道寒光隨手飛出，他射出的飛刀準確無誤地從蜈蚣的中間劃過，將那條蜈蚣一分為二，蜈蚣身體的兩段向下掉落。陸威霖眼疾手快，不等那蜈蚣落到灰熊的身上，已經接連射出兩槍，將蜈蚣的殘段打得血肉橫飛。白雲飛反應奇快，從身後抽出一把雨傘，撐開遮住他和灰熊的身體，以免蜈蚣的毒液濺到他們的身上。

羅獵一個箭步跨上巨岩，手電筒的光柱射向落在岩石上的蜈蚣屍體，只見那條蜈蚣體色漆黑，碎裂的肉體中流出綠色的漿液，漿液落在岩石上竟然冒出青煙，顯然具有極強的腐蝕性。

白雲飛將雨傘收起冷冷望著陸威霖，顯然責怪他出槍魯莽，如果不是自己眼疾手快，利用雨傘擋住這些毒液，灰熊和自己已經難以倖免。其實陸威霖也是好意，百足之蟲死而不僵，如果蜈蚣的半截身體落在他們的身上後果一樣不堪設想。

羅獵的目光卻投向他們的右前方，只見一片紅彤彤的火焰正貼著上方岩石蔓延過來，他的瞳孔驟然收縮，那是一群蜈蚣，羅獵大聲道：「儘快離開這裡！」

灰熊已經率先做出了反應，他拉著繩索向上攀爬，羅獵示意其他人先行前往，自己負責斷後。

不過那群蜈蚣在距離他們立足處還有十米左右的地方停止向前遊走，而是一個個用身體盤旋纏繞聚攏成群，遠遠望去猶如一座塔尖朝下的火焰之塔，塔尖不斷向下延伸，那片水域之上還漂浮著死去巨型蟾蜍的屍體。灰熊剛才的一槍使得蟾蜍其大如鼓的腹部炸裂開來，也暴露了牠腹內孕育的成千上萬的卵，那群蜈蚣其實是被蛙卵吸引而來，牠們的目標並非是羅獵幾人。

蜈蚣瘋狂捕食著蛙卵，羅獵心中暗忖，牠們捕食蛙卵不僅僅是為了滿足食物的需要，也是為了保護自身，如果這些蛙卵全都孕育成熟，這片水域將完全被那些可怕的蟾蜍佔據，別說是誤入其中的人類，就連這些蜈蚣恐怕也沒有生存下去的可能，**自然的法則就是如此，優勝劣汰，適者生存**。

上方傳來陸威霖的呼喊聲：「你不打算上來了？」

羅獵看了看那條栓在岩石上的充氣船，時間還來得及，他將充氣船放氣之後，然後將纜繩栓在繩索的尾端，自己先拉著繩索爬了上去，然後又將充氣船拉了上去。

灰熊走過去將充氣船內殘存的氣體排空，重新捲成一團，看到充氣船的底部附著著一顆龍眼大小的圓球，伸手想去觸摸。陸威霖慌忙喝止：「別動！」

灰熊對陸威霖怒目而視。

白雲飛用雨傘小心將那顆圓球挑落，卻發現被圓球附著的地方已經裂開了一個圓洞，那圓球滾落在地面上，露出一條尾巴，幾人這才看出原來是一隻蝌蚪，只是這蝌蚪的體型也太大了一些。

灰熊哼了一聲道：「一隻蝌蚪而已，有什麼好怕？」他抬腳向那隻蝌蚪踏去，準備一腳將蝌蚪碾壓成泥。他的腳還沒有踏中那蝌蚪，蝌蚪卻陡然鼓漲起來，身體大了何止一倍。

羅獵幾人再想阻止已經來不及了，噗的一聲，蝌蚪的口中射出一道白亮的液體，這液體正中灰熊的面門，灰熊只覺得面部一熱，伸手去擦，手指觸及黏液頓時開始融化。

羅獵幾人從未見過如此可怖的情景，灰熊的面孔迅速開始融化，五官在短時間內已經血肉模糊，灰熊慘叫道：「我的臉……我的眼睛……」他雙手捂著面孔，血紅色的黏液不斷從臉上流下。

白雲飛見慣江湖風浪，卻從未見過如此淒慘的場景，他轉過身去。

陸威霖抿了抿嘴唇，舉起手槍，一槍正中灰熊血肉模糊的面孔，他可不是趁機除掉對手，而是不忍心看到灰熊臨死前遭受如此折磨。

灰熊魁梧的身體趴倒在了地面上，那隻被他踏癟的蝌蚪竟然緩緩回復成球狀。白雲飛小心用雨傘挑動那蝌蚪，將牠從洞口挑了下去。

羅獵也是心中黯然，如果不是自己將那條充氣船拽上來，灰熊也不會稀裡糊塗地送命，充氣船被蝌蚪腐蝕了一個破洞，顯然沒有了使用的價值，他們將充氣船扔在原地。

羅獵道：「從現在開始，沒有我的命令大家不要隨意觸碰任何東西。」他停頓了一下又道：「如果你們還想活著從這裡走出去的話。」

陸威霖默默來到灰熊的身邊，從他身上摘下隨身帶來的裝備，四人將裝備分開背在身上。

白雲飛抬頭望去，但見上方是一個高高的穹頂，明顯是人工雕琢而成，在穹頂的中心，一條斷裂的鐵鍊垂落，白雲飛皺了皺眉頭，忍不住問道：「這裡是什麼地方？」

羅獵朝上方看了一眼道：「過去這裡曾經有一口懸棺，鐵鍊斷裂之後，懸棺砸在下方的岩層之上，砸出了這個地洞。」

「水晶棺！」鑽地鼠已經發現了前方的水晶棺，水晶棺底兒朝上趴在那裡，有了剛才的遭遇，幾人再也不敢輕易靠近。

白雲飛禁不住心中的好奇，低聲道：「這水晶棺內是什麼人？」

羅獵道：「一具無頭的屍首。」

白雲飛心想，你說了跟沒說一樣。

鑽地鼠歎了口氣道：「羅先生，大家既然都到了這裡，就應當同舟共濟，您就別賣關子了。」

羅獵道：「也不是賣關子，我的確沒什麼證據，只是懷疑這水晶棺裡就是清朝的某位被人砍了腦袋的皇帝。」

白雲飛心中暗忖，清朝被砍了腦袋的皇帝，莫不是雍正？他雖然梨園出身，沒有正式上過學堂，可並非胸中無墨之人，他平日博覽群書，對滿清歷史也是頗為熟悉，以他的瞭解，雍正帝可不是葬在圓明園下。

雍正被呂四娘刺殺的事雖然正史未曾記載，可是在民間卻廣為傳播，幾乎老百姓都聽說過這件事，且不少人信以為真。鑽地鼠道：「雍正？如果這是皇陵，豈不是有許多寶貝？」一想起皇陵秘寶，心中對同伴的死頓時減少了幾分傷感，同時對這地宮的恐懼也減輕了不少，很多時候欲望能夠激發人心底的勇氣。

白雲飛始終沒有忘記自己的使命，穆三壽委託他此番前來，務必要奪得保險櫃，提防羅獵和陸威霖據為己有，還答應自己，此事完成之後，他會為自己解決津門的麻煩，幫他東山再起，甚至可以將位子交給自己，單從穆三壽的這個條件白雲飛也能猜到保險櫃內的東西極其重要。穆三壽知道他想要什麼？所以才會投其所好，可白雲飛並不知道穆三壽想要得到什麼。

羅獵顯然是知道答案的，來到這裡之前，白雲飛認為這地下大不了也就藏著當年八國聯軍沒有發現的皇家秘藏，可進入其中方才意識到，事情遠沒有這麼簡單，從目前所見，已經完全顛覆了他對世界的認知。

他們很快就已經來到坍塌的洞口前方，那片坍塌的廢墟中露出一塊白森森的巨大頭骨，羅獵遠遠看到就已分辨出是那頭被屍蟲啃噬一光的巨鱷。他提醒眾人停下腳步，自己率先走了過去，他對自己的感知能力越來越有信心，悄然感知著附近有無其他生命的存在。

直到看到羅獵揮手示意，其餘三人方才靠攏過去，雖然在進入地宮之前，沒有人確定羅獵的領導地位，可是現在就連白雲飛也不得不倚重羅獵，對他言聽計從，畢竟身處在一個完全未知的世界，沒有羅獵他們或許能夠進來，可是沒有羅獵他們很難從這裡平平安安地走出去。

陸威霖來到巨鱷的頭骨前停步，心中暗歎，這鱷魚活著的時候該如何巨大，如此兇悍的生物怎會死得如此淒慘？白雲飛道：「牠怎麼死的？」

羅獵簡單將巨鱷的死因說了，幾人聽完心情更是沉重，雖然他們未曾親眼目睹，可是單單聽到那潮水般密密麻麻的屍蟲就已毛骨悚然。

挖牆打洞乃是鑽地鼠的特長，他觀察了一下周圍的地形就開始工作。

羅獵三人剛好趁著這個時機休息調整一下。

白雲飛來到羅獵身邊坐下，將自己的水壺遞給他，羅獵也不客氣，仰首喝了幾口，卻見坍塌處塵土飛揚，已經看不到鑽地鼠的身影了。

白雲飛道：「咱們要找什麼東西？」

羅獵微笑望著白雲飛：「白先生連此行的目的都不知道就跟著一起過來，可不像您過去的做派。」

白雲飛也笑了起來，羅獵是明白人，自己前來的目的肯定瞞不過他，他歎了口氣道：「此一時彼一時。」

羅獵低聲道：「有些事還是搞明白再去做得好，誘惑越大，風險越大，你知不知道那保險櫃中藏著什麼？」

白雲飛搖了搖頭。

羅獵壓低聲音道：「聽說是長生不老的丹藥。」

白雲飛彷彿聽到天下間最荒誕的事情，忍不住哈哈大笑起來，可當他的目光落在羅獵的臉上，發現對方根本沒有一絲一毫的笑意，並沒有跟自己開玩笑的意思，他忽然想到這世上能讓一個人甘願放棄江湖地位和手中權力的東西並不多。

羅獵又道：「知不知道我和陸威霖為什麼要為穆三壽做事？」

白雲飛笑而不語，只是他的笑容明顯收斂了許多。

「葉青虹！」

羅獵只說出了這個名字，卻讓白雲飛的內心變得更加沉重起來，他當然知道葉青虹和穆三壽之間的關係，穆三壽不惜以乾女兒的性命作為要脅，迫使羅獵和陸威霖就範，一個人甘願用親情和權力去交換的東西，其珍貴程度可想而知。

白雲飛陷入了沉思，他知道羅獵之所以告訴自己這些是有原因的。

羅獵並不想與白雲飛為敵，至少目前他並沒有和白雲飛反目為仇的必要，每個人都有自己的算盤，正因為心中的貪欲才會讓他們走入別人精心設下的圈套。

陸威霖手電筒的光束照射著遠處塵土飛揚的地方，透過瀰漫的塵土，依稀能夠看到鑽地鼠的身影，不知鑽地鼠何時能夠將洞口打穿，就在他思量之時，鑽地鼠的聲音從遠處響起：「好了！」

三人同時站起身來，他們並沒有急著過去，等到塵土散去，看到巨鱷頭骨的右下角已經多出了一個洞口，那洞口堪堪容納一個人通過，鑽地鼠率先從洞中鑽了出去，白雲飛緊隨其後，這次是陸威霖斷後，羅獵和陸威霖兩人的身材相仿，都要比鑽地鼠魁梧得多，鑽出這洞口對他們來說是一種考驗。

白雲飛鑽出洞口，撣去身上的浮塵，只覺得一股冷森森的寒氣逼來，抬頭望去，他和前方的鑽地鼠一樣也為眼前所看到的一切所驚呆。

在他們前方橫亙著一條冰河，右前方的位置有一道長橋橫跨於冰河之上，不過長橋大部分已經被燒毀，中部坍塌，雖然如此仍然能夠看出昔日之規模，如果不是親眼所見，怎麼都不會相信圓明園下竟然藏著如此規模宏大的地下世界。

鑽地鼠喃喃道：「這是什麼地方？森羅殿嗎？奈何橋嗎？」他轉身看到洞外那條巨鱷剩下的白森森的骨骼，羅獵曾經說過這是頭鱷魚，可這麼大的鱷魚他從未見過，單從骨骼來看，說是一條龍他也會相信。

第十章

實驗室

張長弓吃驚地望著那病人，他周身佈滿鱗片，
面部的肌膚被鱗片遮蓋，
一雙金色的瞳孔在昏暗的光線下灼灼生輝。
張長弓此時才明白為何平度哲也會毫不害怕，
原來他心中有底。

羅獵和陸威霖費了一番功夫也鑽出了地洞，兩人全都是灰頭土臉。陸威霖早有準備，出來之後馬上拿出皮襖穿上，幸虧羅獵事先提醒，不然他可不會算到這地底世界如此之冷。

白雲飛和鑽地鼠兩人可沒那麼充足的準備，在最初的震駭之後，很快就感覺到寒氣逼人，鑽地鼠凍得牙關打顫，雙臂交叉抱住身體，忍不住打了兩個噴嚏道：「乖乖，好冷……」

羅獵也有準備，只不過他剛剛感覺到寒冷，從心口處就有一股暖流匯入全身，和他進入水中的狀況相同，頓時身體的寒意盡褪。他將自己隨身攜帶的棉坎肩遞給了白雲飛。

白雲飛看了看羅獵，見他神情自若的樣子，心中暗奇，難道羅獵的內力渾厚到足以抵禦寒冷的地步，他並沒有拒絕羅獵的好意，接過棉坎肩穿上。

鑽地鼠可沒他的運氣，不停跺腳道：「咱們儘快離開這裡，實在太冷了。」

羅獵點了點頭，目前他並沒有感覺到異常，他對這條冰河仍然心有餘悸，提醒同伴道：「咱們要以最快的速度通過冰河，決不可在冰面上停留。」

陸威霖道：「冰面下是不是有什麼古怪？」

羅獵道：「下面都是屍體。」

幾人來到河邊，現在的距離已能夠清晰看到冰面下的情景，冰面下一個個赤裸的少女或掙扎，或呼救，她們臨死前的驚恐被冰河完整地保留了下來，雖然羅獵先行提醒過他們，他們三人看到眼前情景依然感覺觸目驚心。

羅獵沉聲道：「你們留意河面上坑洞，一定要保持距離，坑洞下都是被屍蟲掏空了的屍首，很可能會有屍蟲寄居其中，一旦驚動屍蟲，後果不堪設想。」

鑽地鼠顫聲道：「那……那條鱷魚就是被屍蟲……」

羅獵點點頭，鑽地鼠心中已打起了退堂鼓，如果早知這地下世界如此恐怖，他說什麼也不會跟過來，他親眼見證灰熊的死亡，可不想走上灰熊的老路，鑽地鼠比灰熊要明白得多，想要活下去，最好的選擇就是跟隨羅獵，聽從他的指揮。

羅獵道：「河面不算寬，我先過去探路。」

白雲飛道：「一起過去。」雖然剛剛穿上羅獵友情贊助的棉坎肩，可他對羅獵仍然不敢抱太多的信任，萬一有圈套豈不是麻煩。

羅獵笑了起來，他在岸邊坐了下來，取出一對冰刀，將冰刀牢牢綁在鞋上。

其餘三人都望著他，羅獵是他們之中唯一來過這裡的人，他對這裡的情況極為熟悉，事先已做好充分準備。其實羅獵也提醒陸威霖帶上一副冰刀，可是陸威霖對滑冰並不在行，讓他滑冰還不如直接步行來得快，所以才謝絕了羅獵的好意，如今方才知道羅獵帶冰刀的作用。

白雲飛雖然會滑冰，可是並沒有得到羅獵事先提醒，在白雲飛看來羅獵的做法也實屬正常，畢竟大家立場不同，羅獵為什麼要提醒他們。

羅獵道：「冰河之上任何情況都可能發生，大家一定要記住，務必要在最短的時間內通過冰河，但是也要記住，你們的腳步要儘量放輕，或許輕微的震動就會將屍蟲驚動。」

羅獵並沒有登上冰面，而是示意他們三人先行。

又要腳步儘量放輕，又要儘快通過冰河，說起來容易，可做起來幾乎沒有任何的可能。三人躡手躡腳走上冰面，儘量不發出聲音，走了幾步，白雲飛轉身望去，卻見羅獵仍然坐在岸上，並沒有急於跟上，白雲飛心中越發感到奇怪，莫非這其中果然有圈套？難道羅獵想要趁著這個機會將他們全都除去。

此時羅獵站起身來，大吼道：「快跑！」

幾人舉目向右側望去，之間從那橋樑坍塌的地方，一大片黑壓壓的東西迅速向這邊蔓延而來，速度驚人。

鑽地鼠驚呼道：「屍蟲……屍蟲……」其實不用他說，其他人也已經看到了，既然已經驚動了屍蟲，三人也就不再有任何顧忌，大踏步向對岸跑去。

羅獵已經走上冰面，雙腿在冰面上來回滑動，速度在瞬間提升，讓所有人意外的是，他並非直奔對岸，而是影響那黑壓壓前來的大片屍蟲。

羅獵一揚手，一顆手雷向前方飛去，手雷炸裂部分冰面，暴露出冰面下方的女屍，屍蟲瞬間向冰面裂口處聚攏，大部分屍蟲仍然向羅獵奔來。

羅獵甩開雙腿憑藉著他高超的滑冰技術在冰面上來回繞行，成功吸引了屍蟲群的注意，那群屍蟲跟隨在他身後，隨著羅獵在冰上的滑動軌跡不斷變換隊形。

白雲飛三人這才知道羅獵並不是要搶先逃生，而是在給他們安全渡過冰河爭取時間，白雲飛心中暗自慚愧，羅獵的胸襟讓他自歎弗如。生死關頭他們顧不上多想，三人在冰面上沒命狂奔，終於成功抵達對岸。

幾人驚魂未定，卻見羅獵仍然在冰面上滑行，屍蟲在他的背後猶如一條奔騰的河流緊追不捨，不過屍蟲群移動的速度顯然無法和羅獵相提並論，羅獵在冰面上兜了個圈子，將屍蟲群重新引向長橋的方向，從側邊反向而行，成功擺脫了屍蟲群，迅速爬上河岸，他剛一上岸，就脫下冰刀。白雲飛幾人也沒了顧忌，將手雷投向屍蟲群，爆炸聲此起彼伏。

屍蟲被炸得血肉橫飛，仍然有不少屍蟲向上追蹤而來。

四人快步逃離河岸，離開冰河的範圍之後，溫度明顯升高，羅獵逃了幾步轉身望去，卻見那些屍蟲已經止步不前，蘭喜妹給他的相關資料標注，這些屍蟲喜好寒冷，一旦周圍環境升高，牠們就很難存活，所以都生活在冰河附近，一旦感覺到周圍溫度有明顯提升，牠們就會主動放棄攻擊。

陸威霖鬆了口氣道：「牠們好像不追了。」

羅獵點了點頭，蘭喜妹雖從未進入過這地底世界，可是她對其中許多狀況還是熟悉的，他不由得想到了穆三壽，蘭喜妹布下的這個局能否將穆三壽成功地吸引進來？

身邊響起鑽地鼠的聲音：「羅先生，咱們接下來往哪兒走？」不知不覺中，羅獵已經樹立起了他在眾人中的權威，想要活著從這裡走出去，他們就不得不倚重羅獵，而羅獵剛才在冰面之上勇於擔當的行為也讓幾人心生佩服。

羅獵指指那刻有五爪金龍的拱洞，走了進去，這段路程羅獵此前經過時正處於昏迷狀態，是瞎子和阿諾輪流背著他走過，所以羅獵對這段路程並無印象，不過後來聽他們說起過，出了宮門沿著這條道路一路走出去就到了他們炸毀的石門，石門位於雍正雕像的基座部分，走出這道石門，就看到外面有光亮透入。

羅獵回憶起自己從周邊的石窟中取得炸藥桶，一共用五個炸藥桶將石門炸開的情景，當時因爆炸的震動而導致上方長明燈斷裂，灼熱的燈油傾倒在了自己的背部，從而導致他發生了中毒的症狀。

耳邊似乎響起麻雀焦急的呼喚聲，羅獵的唇角不由得露出會心的笑意，麻雀對自己的真情他當然明白，若說沒有感動是不可能的，只是他更明白現實，對麻雀來說離開這個是非之地才是最好的選擇，尤其是在他得知福伯的真正身分之後，更想讓麻雀離開這裡，以免被有心人利用。

鑽地鼠從地上撿起了一根權杖，這根權杖正是羅獵當初遺落在這裡的，從鑽地鼠發亮的目光就已經知道他心中的欣喜和貪婪，羅獵並沒有向他索取，雖然明知道鑽地鼠不敢拒絕。羅獵的頭腦足夠冷靜，今晚最珍貴的東西還未出現。

張長弓和阿諾幾乎不能相信自己的眼睛，這太平間的地下竟擁有這麼大的空間，他們正站在一層的平台處，從他們的角度可看到下方來回忙碌的工作人員。手推車都用白布蒙住，雖然如此，仍可以從外表的輪廓分辨出下面應該躺著人，應當是屍體，如果是活人不會蒙住面孔，張長弓粗略查點了一下，至少有五具屍體，下方傳來陣陣哀嚎聲，有人推著一個穿著白色消毒衣，被捆紮在床上的女子正向手術室的方向走去。

張長弓咬牙切齒，低聲罵了句王八蛋。

他拍了拍阿諾的肩頭，向他低聲耳語，決定兩人暫時分開行動，他負責清除平台上的崗哨，阿諾則負責前往對側切斷電源。

不過想要順利進入手術室，就必須先除掉平台上的兩名警衛，張長弓躬身潛行，來到其中一名守衛的身後，猛然撲了過去，捂住對方的口鼻，乾脆俐落地將他的脖子扭斷，對側的平台上另外一名負責警戒的守衛發現了這邊的狀況，還沒等他來得及出聲，張長弓就拔出匕首扔了出去，匕首正中對方的額頭，那守衛直挺挺向後方倒去，還沒有倒在地上，已經繞行到他後方的阿諾伸手扶住了他的屍體，將屍體無聲無息地放倒，然後拖到角落之中。

阿諾向張長弓豎起了拇指，張長弓飛刀的技術看來不次於羅獵。

張長弓向他擠了擠眼睛。

阿諾順利來到電源控制處，拉下了總閘，頃刻之間，整個地下工事陷入一片漆黑之中。

張長弓長弓在手，當下方亮起燈光之後，他瞄準燈光施射，張長弓箭無虛發，連出三箭，已經有三人被射殺當場。下方頓時陷入一片混亂之中，有人用日語提醒不要開燈，可那人剛剛發聲，就被一箭穿喉。

張長弓每射殺一名目標就迅速轉移，斷電之後，眾人都處於黑暗之中，張長弓雖然沒有瞎子那樣的夜視能力，可是他的耳力敏銳，將這裡當成了獵場，地下實驗室內日方的工作人員被他當成了一個個的獵物。

張長弓接連射殺對方四人之後，對方顯然意識到了潛入者的可怕，沒有人再敢輕易亮起燈光，全都屏住呼吸生怕暴露行藏被對方射殺。

手術室內平度哲也因停電而終止了他即將開始的手術，室內燭光亮起，平度哲也臉上表情極其凝重，助手松本正雄小聲道：「教授，外面好像出事了。」

平度哲也點了點頭，從停電開始他就意識到不妙。

松本正雄道：「我出去看看……」話未說完，外面傳來一聲慘叫，潛入者已經進入手術室的範圍內，平度哲也放下手頭的工作，走向裡面的套間。

松本正雄轉身去開門，他還沒有來得及拉開房門，大門就被人從外面踹開。

松本正雄尚未看清闖入者是誰，一支羽箭帶著一聲尖嘯射入他的眉心，鏃尖將松本正雄的頭骨洞穿，松本正雄的身軀直挺挺摔倒在地上，腦後的鏃尖又釘入地板之上。

參與實驗的幾人看到眼前一幕全都嚇得魂飛魄散，目睹松本正雄慘死，誰還敢主動上前送命，嚇得慌忙四處逃竄。

身穿白大褂，面戴口罩的張長弓大踏步衝了過去，老鷹捉小雞一樣將一人抓起，大吼道：「平度哲也在什麼地方？」被他抓住的那名日本人嚇得瑟瑟發抖，伸手指了指右側的套間，張長弓隨手一丟，那日本人被他沙包一樣扔了出去，撞在牆上又反彈到地上，登時暈了過去。

張長弓來此之前就知道地下實驗室的關鍵人物就是平度哲也，就算找不到樣本，幹掉平度哲也也是一樣。他大步衝向前方的那道房門，一腳踹開房門，卻見燈光下平度哲也站在一張診療床旁，手中拿著一個空空的針管，顯然剛剛給床上的病人注射完畢。

張長弓彎弓搭箭，瞄準了平度哲也。

平度哲也望著寒光閃爍的鏃尖竟沒有流露出一絲一毫的恐慌，對方身穿醫院的服裝，口罩蒙面，但此人絕非是前來救死扶傷，而是前來奪命的閻羅。

張長弓出手毫不猶豫，鬆開弓弦，羽箭化成一道寒光疾電般射向平度哲也的胸膛。

面對即將到來的死亡，平度哲也仍然無動於衷，因為他明白自己根本無法躲過這一箭。

張長弓對自己的箭法向來充滿信心，尤其是在這樣接近的距離下，他相信自己不會失手，已經提前看到平度哲也被射殺當場的情景。

然而凡事皆有例外，一直躺在床上的那名病人卻突然伸出手去，一把將張長弓志在必得的那一箭抓在手中。

這是一隻佈滿青色鱗片的手，指甲烏黑尖利，這隻手做了一個攥起的動作，喀嚓一聲，堅韌的箭杆就已經被他從中折斷。

張長弓吃驚地望著那緩緩坐起的病人，他周身佈滿鱗片，面部的肌膚也被鱗片遮蓋，一雙金色的瞳孔在昏暗的光線下灼灼生輝。張長弓此時方才明白為何平度哲也會毫不害怕，原來他心中有底。

平度哲也不緊不慢道：「野獸，你去跟他打個招呼。」

被稱為野獸的怪人死死盯住了平度哲也，他翻身從床上跳了下去。

張長弓在第一時間反應了過來，不等怪人落地，手中羽箭連珠炮般向怪人射去，野獸擋在平度哲也的身前，任憑羽箭不斷射在他的身上，鋒利的鏃尖根本無法穿透他周身堅韌的鱗甲。

張長弓箭囊之中雖然有三支地玄晶製成的羽箭，可是他並不急於出箭，因為剛才野獸竟然空手抓住他近距離射出的羽箭，在沒有百分百把握之前張長弓不會祭出壓箱底的必殺技。

射出羽箭的目的意在麻痹對方，要讓野獸認為自己的攻擊對他不可能造成傷害，等對方放鬆警惕之後方可發動致命一擊。張長弓射箭的同時已經向後撤退。

野獸並未急於發動進攻，等到張長弓退出門外，他方才一步步向前方逼近。

張長弓此時已經拉開了和野獸之間的距離，機不可失失不再來，他迅速抽出一支地玄晶鍛造的羽箭，瞄準大步向自己走來的野獸。

此時傳來一聲爆炸，卻是阿諾將一顆手雷投向意圖恢復電力的日方人員。爆炸引起的震動並未影響到張長弓的射擊，以地玄晶製成的羽箭劃出一道深藍色的軌跡，直奔野獸的心口要害。羽箭離弦飛出的剎那，野獸一掌向鏃尖拍去，他本想將羽箭一掌拍飛，可是掌心接觸到鏃尖的剎那頓時感覺不妙，地玄晶製成的鏃尖輕易就突破了他的鱗甲，透過他的右掌。

張長弓暗叫可惜，手上的動作卻不敢怠慢，以最快的速度抽出第二支箭，瞄準野獸的咽喉射去。

野獸刀槍不入的鱗甲被張長弓的羽箭穿透，他再不敢托大放棄躲避，雙足一頓，身軀猶如一道青色閃電般向右側竄去，張長弓志在奪命的第二箭宣告落空。

張長弓打獵多年，卻從未遭遇過行動如此迅速的野獸。

野獸的雙腳在牆上一頓，身軀於空中轉向，凌空撲向張長弓。

張長弓手中能殺死對手的羽箭只剩下一支，在沒有確然把握之前，他不能輕易使用，更何況野獸的速度超乎想像，他縱然想彎弓射箭也沒有足夠時間。

轉瞬之間，野獸已經撲到面前，和金色的雙眸死死盯住張長弓，十指尖尖抓向張長弓的面門，張長弓情急之間只能用手中的長弓去格擋，野獸一把抓住長弓，雙臂一分，喀嚓一聲，堅韌的弓身竟然被他輕鬆扭斷，抬起右腳踢中張長弓的小腹，張長弓魁梧的身軀宛如秋風掃落葉一般飛起，將身後兩扇房門撞開，重重摔倒在了地上。

張長弓體格健壯，抗擊打能力在同伴中最為出眾，饒是如此也被野獸的這一腳踹得幾乎透不過氣來。

野獸將折斷的長弓隨手扔在了地上，然後大踏步向仍未來得及從地上爬起的張長弓奔去。

張長弓去掏腰間的手槍，可是他拔槍的速度顯然無法和野獸移動的速度相比，對方速度簡直可以用非人來形容，張長弓並非第一次和這怪人遭遇，只是感覺這次他似乎比此前更加強大。

關鍵時刻阿諾出現在張長弓的身後，手中溫徹斯特M1897霰彈槍對準了撲向張長弓的野獸，蓬的一槍正中野獸的前胸，野獸的鱗甲雖然可以保護他不會受到致命的傷害，可是霰彈槍強大的威力仍然將野獸打得倒飛出去。

阿諾深知這變種怪物的厲害，他不敢戀戰，從地上拉起了張長弓，大吼道：「撤！」

張長弓掙扎著站起身來，和阿諾一起向外逃去。

野獸從地上爬起來，中彈之後，他的身上並未有任何受傷的痕跡，身後傳來平度哲也的命令聲：「快去，幹掉他們，絕不可以讓他們活著離開。」

野獸大步追逐，他的速度越來越快，他的鼻孔不斷吸氣，從氣息中能夠辨別出潛入者身在何處。

張長弓和阿諾兩人已經爬上了鐵梯，阿諾回身望去，卻見野獸以驚人的速度來到了鐵梯的入口處，反手又是一槍，這一槍打得野獸一個踉蹌，不過他死死抓住了鐵梯的扶手，將身體固定在階梯之上。

張長弓掏出手槍和阿諾兩人同時射擊，張長弓瞄準了野獸的手臂，阿諾對準了野獸的胸口，連番密集的火力終於將野獸打得再度倒在了地上。

張長弓和阿諾登上二層平台，阿諾啟動預先佈置的炸藥，下方開始接連不斷地發生爆炸，整個地下實驗室地動山搖。兩人沿著戰慄的平台搖搖晃晃向來時的消毒間奔去。

一隻手突然突破了下方的平台，抓住阿諾的足踝，奔跑中的阿諾因為失去平衡重重撲倒在了地上，霰彈槍也脫手飛了出去。張長弓從身後抽出最後一支地玄晶鑄造的羽箭，握住箭杆狠狠刺入那拖住阿諾的大手之上。

鏃尖刺入滿是鱗甲的手掌，疼痛讓對方不得不放鬆阿諾的足踝，阿諾掙脫開來，他們亡命向消毒間衝去，一道身影從地上騰飛而起，以驚人的彈跳穩穩落在二層的平台之上，惡狠狠盯住兩人逃跑的方向，雙足一頓，原地騰躍而起，瞬間就已經將彼此之間的距離縮短。

然而此時阿諾也啟動了另一輪爆炸，爆炸在他們的身後開始，平台在爆炸中不斷坍塌，張長弓和阿諾在腳下平台坍塌之前，同時魚躍衝入了消毒間。

鑽地鼠欣喜地摸索著那根權杖，很快他就發現了權杖的缺憾，頂端明顯少了一顆寶石。他向羅獵求教道：「羅先生，這頂端是不是少了顆寶石？」

羅獵點了點頭，雕像周圍的溝渠內仍然是上次來的樣子，裡面有不少金銀財寶，可這些並非羅獵關注的重點。

白雲飛抬頭仰望這尊雕像，站在雕像的腳下更加感覺到它的宏大氣魄，在這樣的雕像面前，他們幾個無疑是渺小的。白雲飛不忘此行的任務，低聲道：「三爺要的東西在哪裡？」

羅獵指了指雕像周圍的那一個個洞窟，昔日為道士煉金的場所。白雲飛順著他所指的方向望去，那洞窟至少有幾百個，若是一個個的找起，就算是分頭尋找，沒有三五天的功夫也無法完成，他低聲道：「知不知道是哪一個？」

羅獵道：「我也不清楚，只能一個個找起了。」

鑽地鼠聽他這樣說，不由得頭皮發麻：「咱們帶的食物不多，恐怕支持不了那麼久的時間。」

白雲飛心中暗忖，羅獵做事向來縝密，他肯定有線索，應當是對自己並不信任，所以才會有所保留，他微笑道：「那就一個一個的找，我看咱們還是分成兩組，效率相對高一些。」

羅獵道：「四組豈不是更高？」

白雲飛道：「這地下危機四伏，兩人一組彼此也好有個照應。」

羅獵點了點頭同意了他的建議，白雲飛提議由他和羅獵一組，鑽地鼠和陸威霖兩人編成一組。

分組之後，他們利用飛抓爬到雕像的對側，羅獵和白雲飛逆時針搜索，另外一組則選擇順時針尋找。

這些雕琢於石壁之上的洞窟雖然外部入口幾乎相同，可是內部卻有大有小，有深有淺，羅獵上次曾經去過幾個洞窟，並在其中找到橡木桶封裝的黑火藥，不過上次他並無明確的目標，此番重來，已經從蘭喜妹那裡得到詳細的資料，在周圍大大小小的洞窟共有三百六十五個，其中有八十一個彼此相通。

來此之前羅獵已經將蘭喜妹給他的資料牢牢記在腦中，他素來記憶力不差，可是也難以做到在短時間內將所有的資料記得一字不差，而現在他的記憶力明顯有了飛躍，雖然只是看過一遍，卻將所有的資料記得字字不差，甚至連其中的地圖標記都牢牢記在腦中，一旦需要的時候，腦海中頓時清晰浮現出所用的資料。

羅獵認為這一切都是那顆智慧種子帶給自己的變化，心中有驚喜也有不安，按照父親的說法，那顆智慧種子在體內會慢慢發生作用，完全吸收可能需要十年的時間，也就是說自己目前只是吸收了其中的一小部分，如果十年之後自己將種子的能量完全吸收，那麼身體和腦力將會發生怎樣的變化？

白雲飛望著羅獵矯健的身姿心頭暗暗佩服，羅獵的身手比他預想中還要好，高手善於從人的細微動作中看出對方的深淺，羅獵攀爬的速度雖然比不上同時攀援的鑽地鼠，可是羅獵動作的節奏掌握絕佳，白雲飛暗忖，如果他們面臨的是萬丈高崖，那麼羅獵必將勝出。白雲飛特地側耳傾聽羅獵的呼吸，羅獵的氣息緩慢悠長，通常是內家高手才會有這樣的徵象。

羅獵已經進入上方的洞窟中，轉身回望，白雲飛就緊隨在自己的身後，面不改色，氣息不變，早在津門之時羅獵就曾經親眼目睹過白雲飛讓人驚豔的槍法，知道此人乃是一代高手，這也是穆三壽選擇他來監視己方的原因。

洞窟並不大，以羅獵的身高必須要低下頭去，通過手電筒的光束觀察洞窟中的情景，右側堆著十多個橡木桶，白雲飛也進入了洞窟，看到橡木桶上英文書寫的Whisky，好奇道：「這是酒窖？」

羅獵搖了搖頭道：「不是酒窖，裡面裝著黑火藥，千萬別玩火，不然咱們會被炸個粉身碎骨。」

白雲飛聽出羅獵分明是一語雙關，微笑道：「威脅我？」

羅獵並沒有回頭：「白先生不如理解為善意的提醒。」他向前走了幾步又道：「看來穆三爺給你開了一個無法拒絕的條件。」

白雲飛哈哈笑了起來，他的笑聲在洞窟中久久迴盪：「我欠他的人情。」

羅獵沒有說話，只是繼續向前走。

白雲飛不免有些好奇，他當然明白與其說欠穆三壽的人情不如說欠羅獵和葉青虹的，如果不是他們兩人出面安排，自己很難離開津門，從這一點上來說，自己接受穆三壽的委託來對付羅獵顯然是不厚道的。

白雲飛終忍不住道：「其實我也欠你的人情。」

羅獵搖了搖頭道：「兩不相欠。」他停頓了一下道：「總是記掛著人情二字，活得會很累。」

白雲飛點了點頭，忽然感覺到自己活得遠不如羅獵這般瀟脫，這些年來從未逃離過恩怨情仇的羈絆。

羅獵停下了腳步，在他的前方出現了一具屍體，屍體保存得很好，肌膚並未腐爛，臉色烏青發亮，雙目如同金魚一般鼓出，盯住來人的方向，形容駭人。白雲飛來到羅獵身邊，看到那具屍首穿戴都是清朝的服飾，不禁好奇道：「這人應當死了不少年，為何屍體至今不腐？」

羅獵沉聲道：「此人的體內應當被灌入了大量的水銀，所以才會保持肉身不腐。」許多墳墓之中常常會有水銀童子殉葬，乃是用水銀灌入小孩的身體，以這種方式來保證肉身千年不腐，像這種成年人卻極其少見。

白雲飛用傘的頂端挑落那屍首頭頂的官帽，卻見那人的頂蓋之上果然有一個大洋般的血洞，白雲飛厭惡地皺了皺眉頭，想不到景色秀麗的圓明園下竟然存在著如此陰森恐怖的場景，低聲催促羅獵繼續向前行走。

羅獵並未急於前行，戴上手套，掰開那屍體緊攥的雙手，稍一用力，卻聽到喀嚓聲響，屍體的手指應聲而斷，從他緊攥的左手中滾落出一柄小刀。羅獵撿起那柄小刀，小刀長約盈寸，刀身雪亮，歷久彌新，鋒芒尖利，角度稍一傾斜可以清晰看到其上魚鱗狀的紋理。羅獵本身就是使用飛刀的行家，一看就知道這柄刀就是用來投擲的飛刀，不過比起他通常使用的飛刀要小一些。

將飛刀在掌心中掂量了一下，飛刀尺寸雖小，可是份量十足，如果想要保證飛刀飛行的速度和殺傷力，刀身的重量是其中一個極其重要的因素。

白雲飛道：「掌心刀！」

羅獵將飛刀遞給了他，白雲飛用手帕捏起接過，他做事謹慎，這是為了防止飛刀上可能塗布了毒素，翻來覆去仔細看了看道：「沒錯，就是掌心刀，據我說知，雍正生前身邊有八大侍衛貼身防護，這八大侍衛全都是頂尖高手，而且各有所長。其中一人善使暗器，飛刀、袖箭無一不通，最為人稱道的就是掌心刀，飛刀藏於掌心，隱蔽性極強，對敵之時，靜候時機，一旦觸發，必然奪命。」

他將飛刀抵還給羅獵，羅獵收好了，心中暗忖自己若是射出這柄飛刀倒也不難，可真正的難題是如何將飛刀藏於掌心。

白雲飛用雨傘在屍體上戳了戳，在屍體腰間戳到一硬物，那屍體所穿的衣服因為經年日久已經腐朽，稍一用力就將屍體的腰帶挑斷，從屍體身上掉落下一個圓筒，那圓筒嘰哩咕嚕滾到羅獵的腳下。

白雲飛提醒羅獵道：「別碰！」他蹲下去用手電筒的光束照射那圓筒，觀察了好一會兒，方才將圓筒從地上撿了起來，目光在羅獵臉上掃視了一眼，唇角露出一絲笑意。

羅獵卻突然感到一絲不安，憑自覺判斷出暗器大師身上掉落下來的這個圓筒必然是他隨身攜帶威力驚人的殺器，難道白雲飛想要對自己不利？

白雲飛微笑道：「這圓筒有個雅致的名字叫蜂巢，只要觸動上方的機關，就會從頂端射出五百根鋼針，鋼針都是用宮廷秘製的毒藥淬煉過，見血封喉。」他將這名為蜂巢的針筒對準了羅獵。

羅獵處變不驚道：「白先生對著我幹什麼？」

白雲飛哈哈笑了起來：「只是想看你怕不怕。」

羅獵道：「這暗器雖然厲害，可是經過了這麼多年，估計裡面的機括十有八九都銹蝕損壞了，你就算按下去也未必飛得出一根針，而且這針盒一看就已經用過，一個空盒子能有什麼用處？」

白雲飛笑眯眯道：「要不要試一下？」

羅獵點了點頭，掌心中的飛刀蓄勢待發，不過他從白雲飛的身上並未感覺到強烈的殺氣，對外界的感覺變得越來越敏銳，這種超強的感知力甚至已經超出了羅獵內心認知，因此而讓他產生猶豫，懷疑自己的感覺會發生錯誤，這才是他不敢放鬆警惕的原因。

白雲飛說完那句話已經調轉了針筒，瞄準那具屍體摁下了機關，波的一聲，數百根鋼針同時射了出去，密密麻麻射入了屍體內。

羅獵暗自吸了一口冷氣，如果白雲飛當真有加害自己的心思，在這樣的距離下自己萬難倖免。

白雲飛將針筒扔在了地上，輕聲道：「有些器物拿在手裡就可以感覺到其中的奧妙，這針筒裡面有沒有鋼針其實掂量一下就知道了。」

羅獵點了點頭，此時那具屍體開始融化，白雲飛雖然也預料到鋼針有毒，卻沒有料到經歷了這麼多年，毒性仍然沒有減弱，而且如此劇烈，居然可以融化屍體的骨肉。

不一會兒功夫屍體已經變成了一灘黑色的液體，其中可見亮閃閃的水銀，還有一個黑色的圓筒暴露出來，白雲飛本以為又是一個針筒，可定睛一看和剛才的圓筒不同，明顯小了許多，他心中也是非常好奇，將圓筒挑了出來。戴上手套，先用布將表面的液體擦淨，然後撚起一看，只是一個普通的木筒罷了，擰開筒蓋，裡面封存著一卷薄如蟬翼的絲卷。

展開絲卷，但見上面用黑線繡著一行行小字，羅獵也按捺不住心中的好奇，來到白雲飛身邊，這絲卷上卻是繡著一篇修煉飛刀的秘笈。

羅獵本身就是使用飛刀暗器的行家，雖然只是粗略的流覽了一眼，就已經意識到這秘笈精深高妙。雖然有心參詳研究一番，可惜秘笈為白雲飛所得，畢竟不便開口。

白雲飛將那絲卷交給羅獵道：「你拿去吧，我留著也沒什麼用處。」他觀察入微，雖然羅獵掩飾得很好，剛才看到秘笈稍閃即逝的明亮目光仍被他捕捉到。

羅獵也沒跟他客氣，接過了絲卷，微笑道：「那我就不客氣了。」

白雲飛半開玩笑道：「這地宮之中寶貝眾多，等下次遇到我想要的東西，你別跟我搶就是。」

羅獵呵呵笑道：「君子愛財取之以道，白先生先得到的東西，我斷然是不會跟您搶的。」

白雲飛暗罵這小子滑頭，為何不說君子不奪人所愛？根本是在告訴自己先到者先得，看來自己送給他的這份人情是白費了，羅獵這廝並不領情。目光投向已經化為一灘液體的屍體，發現屍體中亮光閃閃的水銀聚攏在一起，然後向洞窟深處緩緩流動。

羅獵也留意到了這一狀況，最初認為是因為地勢的緣故，水銀從高到低流淌，可仔細一看，那水銀流淌到一個拇指寬度的溝槽之中，從溝槽迅速下行，在手電筒光束的照射下，形成了一條銀色的路標。

羅獵和白雲飛都知道水銀有毒，人若是中毒之後會產生種種幻覺，謹慎起見，兩人都蒙上口鼻，循著水銀流動的軌跡前行二三十步，眼前出現了一個巨大的石雕頭像，從外形看應當是猿人的頭像，怒目圓睜，嘴巴張到了極限，露出口中的獠牙，上下唇之間的高度約有三米，其中又是一個黑乎乎的洞口。

洞口並未封閉，水銀從細小的溝槽中徑直流入猿人的口中。

兩人湊近洞口，同時用手電筒照射下方，只見下方是一個垂直向下的洞窟，手電筒光束射到下方，被平整如鏡的液面反射出去，整個洞窟頓時明亮起來。

兩人不由自主地屏住了呼吸，下方的液面泛著銀光，竟然全都是水銀。

白雲飛向羅獵搖了搖頭，內心中已經開始打起了退堂鼓，他們兩人雖然武功不弱，可是這下面洞窟內充滿了濃郁的水銀蒸汽，如果吸入過量的水銀蒸汽必然會對他們的身體造成損害，白雲飛向來是個愛惜自身羽毛的人，他前來還穆三壽的人情可不是為了給穆三壽送命。

羅獵借著光束觀察了一會兒，指了指下方。

白雲飛循著他手指的方向望去，這才留意到在洞窟西側的牆壁上有一個船舵一樣的機關，不過位置已經接近水銀液面，距離液面不足兩米。

羅獵做了個手勢，示意自己要下去。

白雲飛心中暗忖，明知下方佈滿劇毒空氣，羅獵仍然堅持前往，看來秘密就在這水銀液面之下，他點了點頭，感覺已經有些缺氧，向後方退去。羅獵也向後方退了幾步，來到空氣相對清新的地方，白雲飛小心吸了口氣，卻見羅獵從隨身裝備中拿出一只防毒面具戴在了頭上。

白雲飛看到羅獵準備如此充分，更加確信他在來此之前對裡面的情況瞭若指掌，其實這也難怪，畢竟羅獵此前已經進入過這裡一趟，其實白雲飛並沒有料到，羅獵之所以熟悉地形全都是因為從蘭喜妹那裡得到了地宮的資料。

羅獵雖然可以長時間屏住呼吸，但是他也不敢輕易冒險，全副裝備停當之後，他方才將繩索固定，準備下行。

白雲飛對羅獵的膽量暗自佩服，須知道羅獵一旦下行，其命運就控制在自己的手中，只要自己對他有加害之心，羅獵就不可能有半點生機，他對自己難道就擁有這麼大的信心？確信自己不會加害於他？

羅獵向白雲飛做了個OK的手勢，白雲飛幫忙檢查了一下繩索的固定處，兩人之間只是用眼神交流了一下，羅獵就義無反顧地向下滑行。

羅獵現在固然無法斷定白雲飛是敵是友，可他能夠斷定在白雲飛想要奪取的東西出現之前還不敢輕舉妄動，且不說地下層出不窮的古怪生物，單單是那錯綜複雜的道路就會讓人迷失其中，他料定白雲飛不敢冒這麼大的險。

白雲飛看著羅獵向下慢慢攀爬，很快就判斷出羅獵是在故意消磨時間，白雲飛無法保證長時間屏住呼吸，在這到處瀰漫水銀蒸汽的地方，他不敢自如換氣，所以在感到缺氧之時不得不選擇返回外面的安全地帶呼吸，換氣之後方才敢重新回到這水銀洞窟前方觀看進展，就算他速度再快，一來一回也需耗去時間，而這段時間羅獵做什麼自然就脫離了他的監視。

阿諾被硝煙嗆得不停咳嗽，眼淚鼻涕全都流了出來，一時間看不到張長弓身在何處，不由得緊張起來，低聲道：「張大哥。」前方似乎朦朦朧朧有個身影，阿諾一邊擦著眼淚一邊努力望去，右手悄悄滑落到腰間去摸匕首，他的手剛剛觸及手柄，那身影破開煙霧倏然就來到了他的面前。

不等阿諾抽出匕首，一隻強有力的冰冷手掌就扼住了他的咽喉，正是遍身鱗甲的野獸，他單手將阿諾拎起，阿諾咽喉被扼住，顧不上拔出匕首，雙手死命抓住對方的手腕，雙足輪番亂踢，試圖從野獸的控制中掙扎出來。

阿諾身材魁梧，膂力不弱，可他用盡全身之力也無法和對方單手抗衡，隨著對方手掌越扼越緊，阿諾的氣力也迅速衰竭下去，掙扎的動作也變得越來越弱。

生死懸於一線之時，一個魁梧的身影從後方撲向野獸，揚起手中羽箭向野獸頸後狠狠扎去，關鍵時刻出現的正是張長弓，張長弓只剩下最後一支用地玄晶鍛造的羽箭，他不敢輕易使用，當然他的長弓也已被野獸硬生生拗斷，而今只能手握羽箭和野獸進行貼身肉搏。

不等張長弓靠近自己，野獸已經發覺，仿若腦後生有雙目一般，抓起阿諾向身後的襲擊者丟去。

張長弓投鼠忌器，不得不收回羽箭，想接住阿諾，卻無法緩衝阿諾急速飛出的力量，被阿諾的身軀撞中，兩人一起翻滾著倒在地上，彼此都撞得七葷八素。

阿諾低聲道：「快走……」一個人死總好過兩個人全都送命，在戰鬥力強悍的野獸面前，他們兩人加起來也不是對手。

張長弓雖然也明白這個道理，可是他絕不會捨棄同伴而去，男人大丈夫就算是死也要堂堂正正。

望著一步步逼近的野獸，阿諾慌忙去摸匕首，卻發現匕首在搏鬥中失落。

張長弓揚起手槍向野獸開了一槍，子彈正中野獸的胸膛，發出奪的一聲鳴響，野獸的身軀因數彈的衝擊力微微踉蹌了一下，不過這顆子彈顯然無法將他成功擊退。

張長弓又開了第二槍，這一槍卻是將箭矢折斷，將用地玄晶鍛造的鏃尖插入槍口，利用子彈的推力將鏃尖推射出去。

野獸對地玄晶有著超級敏銳的警覺，面對子彈都不閃避的他此刻猛然向右後側仰身，泛著藍色寒芒的鏃尖貼著他的胸膛劃過，張長弓精心策劃的必殺一招又告落空。

阿諾掙扎著站起身來，他拉開衣襟，露出身上綁著的炸藥，大吼道：「娘的！大不了同歸於盡，老子身上，還有這裡到處都佈置了炸藥，要死一起死！」

野獸竟然被他的氣勢嚇住，站在那裡猶豫不敢向前。

阿諾義無反顧地點燃了胸前的引線。

野獸並非無所畏懼，他怔怔望著阿諾胸前迅速燃燒的引線，迅速下定了決心，轉身就向後方逃去。

張長弓也是熱血上湧，死有輕如鴻毛，有重如泰山，和摯友死在一起也不為憾，阿諾都不怕死，他自然也不怕死，十八年後又是一條好漢。張長弓本以為會被炸得血肉橫飛，灰飛湮滅，卻想不到阿諾點燃的導火線並未引爆炸藥。這貨將一根點燃的導火線扔在了地上，點燃的僅僅是導火線而已。

阿諾看到野獸逃走，也是驚出了一身的冷汗，他和張長弓抓緊時機轉身就逃，野獸雖然被嚇走，可很快就會明白爆炸並未發生，必然會再次追蹤而至，對他們兩人來說贏得時間就是贏得生命，只要爭取這些許的時間，他們就能夠逃到安全的範圍，然後阿諾就能夠啟動事先埋伏的炸藥，毀掉野獸追蹤的來路。

果不其然，野獸很快就發現自己被阿諾矇騙，憤怒讓野獸瞬間發狂，頸部的鱗甲也因為憤怒一根根豎立起來，爆發出一聲聲狂吼，以驚人的速度向消毒室內再度衝去。

阿諾和張長弓相互扶持著逃出消毒室，他們剛剛逃出消毒室，阿諾就引發了消毒室內的爆炸，其實他們尚未逃到安全範圍。可是形勢如此緊迫，唯有提前引發爆炸，阻斷後方的道路方才有可能阻止野獸的追殺。

驚天動地的爆炸在身後發生，爆炸掀起的氣浪將兩人挾裹在煙塵之中用力向前方拋去，兩人猶如秋風中的兩片葉子翻滾著飄向前方，又如同被一隻無形的大手抓起拋在空中，隨後又狠狠摔落在地上，摔得他們周身麻痹，短時間內甚至失

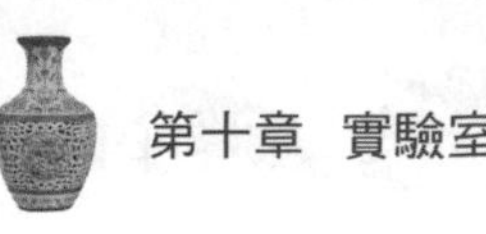

去了感覺，躺在地上一動不動，過了好一會兒痛覺方才慢慢回歸到他們的身上。

張長弓慢慢爬了起來，抖落了一身的灰塵，他從身邊的一片瓦礫中找到了阿諾，阿諾雖然也僥倖活命，卻在這次的爆炸中摔斷了右腿，張長弓將這位倒楣的同伴背起，憑著強大的意志力帶著阿諾繼續向外逃去。

羅獵雖然認定白雲飛目前不敢加害自己，可是他對水銀洞內究竟藏著什麼也並不清楚，蘭喜妹給他的資料非常豐富，其中標記了幾個最可能藏匿保險櫃的地點，水銀洞就是其中之一，但是其中關於水銀洞的具體地點並未詳細標注，只是標明在雍正神像周圍這數百個洞窟之中，他和白雲飛應該算得上順利，誤打誤撞就找到了水銀洞。

白雲飛也沒有猜錯，羅獵的確是在故意消磨時間，他不想自己的每一步都在白雲飛的監視之中。

防毒面具只是為了以防萬一，在服下智慧種子之後，羅獵身體的方方面面已經有了很大的提升，吳傑教給他的呼吸吐納方法也因此而進入一個全新的境界，他可以保持長時間屏住氣息，這樣就能夠避免吸入外界有毒的氣體。

羅獵在白雲飛離開去換氣的這段時間已經迅速下滑到機關前方，逆時針轉動船舵模樣的絞盤，絞盤雖然在地下擱置了長久的歲月，可是運轉依然良好，羅獵並沒有花費太大的功夫就已將絞盤轉動，絞盤方才轉動半圈，白雲飛去而復返。

羅獵則選擇在此時休息，等白雲飛再度離開換氣時，方才迅速將絞盤轉動。

白雲飛奔到外面用力吸了幾口氣，心中又是好氣又是好笑，這羅獵果真將自己當賊一樣的防備，他正準備悄聲無息地溜進去打羅獵一個猝不及防，突然外面卻傳來了一聲槍響。

白雲飛內心中不由得一驚，今天進入地宮的只有他們四個，他們分成兩組，他和羅獵自然不可能開槍，也就是說開槍的人只能是陸威霖和鑽地鼠，白雲飛最初以為可能是他們其中的一人走了火，可沒過多久，槍聲又響了起來，這次卻是接二連三響個不停。

白雲飛猶豫了一下，最終還是決定向外面走去，比起羅獵在幹什麼？外面的未知危機更加牽動他的內心。

羅獵自然也聽到了外面傳來的槍聲，此時他已經將絞盤擰到了盡頭，因為身體緊貼在岩壁之上，所以他能夠清楚感覺到身下的岩壁正發出低沉的震動，在一陣陣有節奏的震動中，下方直徑大約十米的水銀液面迅速開始下降，沒多久就顯露出十二尊黑色的頭像，羅獵看得真切，這十二尊頭像對應的正是十二生肖，和圓明園觀水法的十二生肖幾乎一模一樣。

圓明園觀水法的獸首大都在一八六〇年英法聯軍入侵之時流失，這深藏於圓明園地下的建築內竟然還藏有十二生肖，怎能不讓人歎為觀止。

羅獵很快就發現了這些獸首的不同，因為這十二生肖全都為站像，隨著水銀面的下降，十二生肖的身軀顯露出來，它們全都是獸首人身，赤裸著上身，身軀健壯肌肉發達。

隨著水銀面的下降，在十二生肖圍攏的中心部分，一具豎立的石棺冉冉升起，石棺乃是西方常見的外形，石棺的位置並非正南正北，而是東西放置，棺蓋之上有一具石雕，石雕所刻的是一個平躺的西方武士，身穿甲冑，雙手放置於胸口，緊握著一柄長劍，劍身寬大，劍柄細窄，末端刻有十字。

此前在地下已經見到太多奇怪的景象，所以這次有一具西式石棺出現在皇家園林的地下也沒有讓羅獵感到太多驚奇，隨著石棺升起，水銀液面下降的速度也在不斷加快，很快就已經流失得乾乾淨淨，底部完全暴露出來，底部是一個個三角形的黃色大板拼接而成，整體形成了一個外高內低的漏斗，羅獵距離底部已經不遠，向下滑落，小心落在底部的金屬板上，離近一看那金屬板竟是純金打造。

羅獵暗歎皇家奢侈，可很快又想通了其中道理，黃金和水銀是不會發生化學反應的，興許採用黃金的真正原因又在於此，黃金板共有十二塊，每一塊上都刻有文字，羅獵粗略看了一下，上面記載著這圓明園地下煉丹之地的一些資料，這環繞雍正神像的一個個洞窟名為百煉窟。

上方石棺內躺著的乃是西方一位有名的煉金師梅洛，當初此人也曾經參與煉製丹藥，並和張太虛一起工作過，不過這位煉金師顯然沒有張太虛那樣長命，雍正皇帝在世的時候就死於一場丹爐爆炸事故，張太虛因和此人相交莫逆，所以將他偷偷葬在了這裡。

羅獵借著手電筒的光芒耐心看完上面的銘文，心中也是暗自驚歎，想不到當年在這座皇家園林的地下竟然發生了那麼多的曲折故事。

白雲飛已經重新回到了洞窟邊緣，從洞口向外望去，卻見陸威霖和鑽地鼠兩人已經退回到了地面，在他們身後數十隻兔子般大小的生物正在窮追不捨，仔細一看卻是幾十隻碩鼠。

陸威霖和鑽地鼠從另外一側進行搜索，可他們的搜索並未開始太久就遭遇到了碩鼠群，兩人不得不從洞窟中退了出來，一邊逃一邊射擊。

陸威霖槍法雖然很準，無奈碩鼠眾多，鑽地鼠的外號也沒有讓這些老鼠把他當成同類，他身材矮小，奔跑的速度落後，已經被碩鼠接連咬了幾口，還好陸威霖及時為他解圍，不然他早已被那些瘋狂的碩鼠團團圍住。饒是如此，碩鼠群距離他們也是越來越近。

白雲飛看到眼前狀況自然不能袖手旁觀，他掏出一顆手雷向碩鼠群中扔去，居高臨下自然全域在握，手雷落入碩鼠群的正中，伴隨著蓬的一聲炸響，爆炸範圍內的十多隻碩鼠被炸得血肉橫飛。

白雲飛接著舉起衝鋒槍，瞄準下方倖存的碩鼠開始掃射。

陸威霖和鑽地鼠此時方才緩過氣來，他們得到強援，停下逃跑，站穩腳跟，抄起槍械瞄準後方碩鼠開始射擊，有了白雲飛的空中支援，他們很快就掌控了戰局，碩鼠死傷慘重，倖存的那些碩鼠意識到大勢已去，紛紛掉頭逃竄。

戰局已定，現場只剩下一片血肉模糊的碩鼠屍體。

鑽地鼠吐了口唾沫，有生以來他還是頭一次對老鼠這個字眼如此反感。

陸威霖向白雲飛豎起拇指，以此來表示對他的感謝。

白雲飛道：「進展如何？」其實他不用問就已經知道兩人並未搜查到任何有價值的東西，他們四人之中只有羅獵掌握了這裡的資料，這種分頭行動並沒有任何的實際意義，白雲飛相信自己出來幫忙的這段時間，羅獵應當已經有所發現。

鑽地鼠搖了搖頭，歎了口氣道：「沒什麼發現，我看咱們還是不要分開，彼此間也好有個照應。」剛才的事情仍然讓他心有餘悸，如果不是他們及時退出，又或是白雲飛沒有及時出現，後果不堪設想。

鑽地鼠的提議正合白雲飛的意思，三人重新聚到一處，陸威霖好奇道：「羅獵呢？」

白雲飛指了指裡面，又提醒他們兩人進入水銀洞之前要屏住呼吸，陸威霖聽說裡面有毒氣，也從背囊中取出一個防毒面具。白雲飛看在眼裡，心中暗歎，羅獵和陸威霖果然是一夥的，他們兩人對此早有準備。

重新回到水銀洞旁，三人用手電筒照亮下方，陸威霖和鑽地鼠雖然被水銀洞底部黃燦燦的金子晃花了雙眼，可是內心中的震撼仍然比不上白雲飛。白雲飛只是出去這麼一會兒的功夫，水銀洞已經發生了天翻地覆的變化，水銀洞內再也看不到丁點兒的水銀。

羅獵就站在十二塊黃金雕版的中心，在他的周圍有獸首人身的十二生肖雕像圍護，水銀洞的正中一具西式的石棺極其突兀地橫在那裡。

鑽地鼠的雙目中流露出貪婪的目光，他的注意力始終集中在那十二塊黃金雕板之上，這些雕版如果全都是純金打造，那麼只要取下其中的一塊就能讓自己終生榮華富貴受用不盡，因為激動他的心跳開始加速，可惜在屏氣的狀態下這讓他的耗氧量迅速增加，鑽地鼠是第一個轉身離去換氣的人。

白雲飛靜靜望著眼前的一切，他不敢說話，只是用手指了指正中的石棺。

羅獵望著白雲飛點了點頭，他懂得白雲飛的意思，秘密或許就在石棺之中。

羅獵向陸威霖招了招手，陸威霖選擇好固定點之後，也沿著繩索滑到了洞內。只有靠近這座石棺方才能夠感覺到它的詭異，來到羅獵的身邊，石棺頂蓋現在的位置已經和他們的頭頂平齊，躬下身去從下方向上望去，可以看到石棺的首位處各有一根羅馬柱承托，石棺和羅馬柱之間並非一體，在石棺的底部還有一面浮雕，雕刻的卻是一個赤裸半身的女子，上半身為人形，下半身卻是蛇尾，也就是傳說中常見的美女蛇。

羅獵卻早已分辨出石棺底部的浮雕是美杜莎，這女子非但是蛇身，而且她的髮辮全都是一條條的小蛇。羅獵想不透這其中的原因，張太虛因何要將梅洛的棺槨藏在這裡，從剛才的機關來看，張太虛當年還是花費了一番心思的。

陸威霖道：「打開嗎？」

羅獵道：「你有沒有發現，這棺槨要比尋常的更大一些？」

陸威霖經他提醒方才意識到了這一點，石棺沉重，畢竟和中式常見的棺槨不同。儘管如此，他相信如果與羅獵合力還是應當可以將石棺開啟。

羅獵道：「你將面具讓給白雲飛，他應當有辦法。」

陸威霖內心一怔，旋即就明白了他的意思，羅獵對白雲飛並不信任，和他們同來的三人之中白雲飛顯然是最厲害的一個，將這樣的一個人留在外面是非常不安全的，這才是羅獵並不急於開啟石棺的原因。

白雲飛聽陸威霖轉述之後立時就明白羅獵的用意，他點了點頭，從陸威霖手上接過防毒面具，沿著繩索下行來到羅獵的身邊。因為帶著防毒面具，說話自然吃力，白雲飛大聲道：「你打算怎麼做？」

羅獵道：「打開這石棺。」

白雲飛點了點頭，而後又道：「看不出你的疑心病還真是很重。」

羅獵道：「若是疑心，白先生根本走不到這裡。」

白雲飛內心一沉，卻無法否認羅獵說的很有道理，其實這一路走來，羅獵擺脫他們的機會很多，尤其是在遭遇那潮水般的屍蟲時，羅獵完全可以設下圈套，讓他們陷入屍蟲的包圍中，羅獵並沒有那樣做，而是選擇捨身涉險為他們解圍。

羅獵拍了拍石棺的底部道：「這石棺在東方很少見，反倒是歐洲很多。」

白雲飛道：「清朝皇帝為何花費那麼大的功夫從歐洲運來一具棺材？」

羅獵搖了搖頭道：「應當是就地取材，圓明園建設時曾聘用不少歐洲工匠，這些工匠能夠設計大水法遠瀛觀那樣的建築，區區一具棺材自然難不倒他們。」

白雲飛道：「裡面躺著的該不是什麼怪物吧？」

羅獵沒說話，腦海中卻不由得浮現出在九幽秘境冰棺內的那個紅衣少女，西夏國的公主，歷經八百餘年仍然栩栩如生，那具女屍已經被顏天心帶往甘邊寧夏，用意是讓她魂歸故土，了卻孤魂數百年的幽怨。

白雲飛又道：「只怕是白骨一堆了。」

羅獵攀上石棺，右掌落在正面的武士浮雕之上，卻突然感覺到一陣心悸，他慌忙將手掌從冰冷的石棺上移開，平復了一下情緒，然後再次將手掌貼了上去。

白雲飛來到了石棺的另外一端，他同樣通過觸摸的方式來感受石棺內的動靜，雖然白雲飛從不信邪，可今天自從進入地宮之後，所經歷的一切已經顛覆了他過去的認知。

羅獵掌心傳來冰冷堅硬的感覺，隱藏於水銀池內的石棺因為隔絕空氣，所以並沒有留下太多歲月的痕跡，從外表上看石棺很新，仍然保持著最初完工時候的模樣，羅獵閉上雙目，屏除心中雜念，他並沒有從石棺內察覺到任何的生命力，甚至在他們的周邊，在水銀洞內，除了他和白雲飛再沒有其他生命體的存在。

羅獵睜開雙目仔細觀察了一下棺蓋的縫隙部分，棺蓋和棺體之間用一種類似於臘的物質封閉，抽出飛刀想要插入縫隙，輕薄的鋒刃都無法自如插入其中，可見做工之精密。

兩人圍繞石棺周邊仔細查找，在石棺近頂部的邊緣發現了一個豁口，這豁口足以插入一根撬棍，羅獵從外觀判斷這具石棺當初應當被人打開過，這豁口應當是人為破壞的痕跡，羅獵取出隨身攜帶的撬棍，尖端從豁口插入，雙膀用力將棺蓋翹起，白雲飛抓住棺蓋邊緣幫忙向一旁推開。因為石棺的位置較高，兩人不好發力，費了好大一番功夫方才將棺蓋推開，他們生怕棺蓋直接砸到地面觸動機關，兩人合力抬起棺蓋，將棺蓋槼到一旁。

石棺裡面並沒有任何的機關暗器，躺著一具白森森的骷髏，骷髏身穿黃金鎧甲，頭戴金盔，雙手合攏在胸前，和棺蓋上浮雕武士保持著幾乎相同的姿勢，只不過他的手中並沒有握持任何的兵器。死者的身軀大半淹沒在金幣之中，陪葬的金幣幾乎佔據了石棺的一半。

白雲飛也留意到了這一點，心中猜測很可能是有人將死者手中的寶劍盜走。雖然棺槨中寶物不少，可是並沒有白雲飛想要尋找的保險櫃，他心中難免有些失望，平心而論，他不想繼續在這個詭異的地下世界待下去，潛在的意願很想儘快離開這裡。

羅獵的一隻腳已經踏入了石棺，他的內心中似乎聽到了某種聲音的呼喚，他要一探究竟。

陸威霖換氣之後再次來到水銀洞前，居高臨下觀察下方的情況，因為隔著一段距離，他並不能看清石棺內的細節。就在他努力觀察的時候，忽然感覺身後有異，轉身望去，卻見鑽地鼠歪著頭站在自己的身後，一雙佈滿血絲的眼睛怪異地望著自己。

陸威霖因為擔心吸入水銀蒸汽所以並未開口發問，可一種不祥的感覺卻湧現心頭。鑽地鼠腳步踉蹌地向他走了過來，陸威霖向後退去，他對危險有著極其敏銳的感覺。

鑽地鼠突然爆發出一聲淒厲的怪叫，然後張開雙臂向陸威霖撲了上來，陸威霖一把抓住他的雙臂試圖將他從身邊推開，鑽地鼠狀如瘋魔，張開嘴巴，牙縫中鮮血淋漓，白森森的牙齒試圖撕咬陸威霖的咽喉。

陸威霖抬腳抵住鑽地鼠的小腹，讓他無法得逞，然後用盡全力將鑽地鼠從身邊蹬了出去，鑽地鼠摔倒在了地上，很快又以一種極其詭異的姿勢從地上爬了起來，先是屁股撅起，下頜貼地，抬起頭仰視陸威霖，喉頭發出古怪至極的笑聲。

陸威霖此時已經感到窒息，他想要出去換氣卻被鑽地鼠擋住去路。鑽地鼠搖搖晃晃站起身來，再度向陸威霖發動攻擊。

陸威霖不知他到底發生了什麼狀況？危急之中揚起槍托狠狠砸在鑽地鼠的面門上，鑽地鼠的腦袋因陸威霖的這次重擊而轉向一邊，不過他似乎喪失了痛感，仍然不惜代價地向陸威霖逼近。

陸威霖在擊中鑽地鼠之後試圖從他身邊的縫隙逃離，先到外面換氣再考慮如何應付眼前的局面。不曾想鑽地鼠飛撲過來，一把抓住他的左腿，然後張開嘴巴試圖在他的小腿上狠狠咬上一口。

陸威霖不清楚這廝到底是不是因為被碩鼠咬中方才發生這樣的變化，看到鑽地鼠又要咬自己，情急之中抬起右腳狠狠踹在鑽地鼠的面門上，鑽地鼠被他踹得頭顱向後仰起，卻仍然不肯放鬆陸威霖。

陸威霖已經無法強撐下去，舉起手槍瞄準了鑽地鼠的右肩射擊。

鑽地鼠中槍之後，手臂稍稍放鬆，陸威霖掙脫之後，迅速向洞口逃去。來到空氣清新之處，用力呼吸了幾口空氣，窒息的感覺方才消失。而此時鑽地鼠又追蹤而至，受傷的肩頭流出的全都是黑色的血液，臉上帶著詭異的笑容，嘴巴一張一合，看來已經神志不清。

陸威霖怒吼道：「給我站住，否則我就對你不客氣了。」

他的威脅對鑽地鼠沒有起到任何作用，鑽地鼠仍然一步步向他走了過來，陸威霖沒奈何舉起手槍射中鑽地鼠的右腿，鑽地鼠右腿一屈，然後拖著受傷的右腿一瘸一拐向陸威霖靠近。

陸威霖還從未見過如此詭異之場景，他再次射中鑽地鼠的左腿，鑽地鼠雙腿受傷卻仍然沒有倒地，拖著兩條受傷的腿仍然繼續向前。

陸威霖抽出背後的兵工鏟，瞄準了鑽地鼠的腦袋猛地拍了過去，將鑽地鼠打得四仰八叉摔倒在了地上，他本以為這次的重擊可以讓鑽地鼠徹底喪失戰鬥力，沒想到鑽地鼠這次依然強悍地爬了起來。

陸威霖已經不再猶豫，他瞄準鑽地鼠的胸口連續射擊，三顆子彈陸續擊中了鑽地鼠的胸膛，鑽地鼠仍然沒被擊倒，他似乎已經完全喪失了痛覺。陸威霖望著宛如喪屍般向自己靠近的鑽地鼠，槍口向上微微揚起，呯！子彈射出了槍膛，這一槍瞄準了鑽地鼠的腦袋，一槍爆頭。

鑽地鼠撲倒在了地上，腦漿和黑色的血液崩了一地。

陸威霖皺了皺眉頭，他擔心鑽地鼠仍未死絕，照著死屍的頭上又是一槍，這倒不是因為他手段殘忍，而是鑽地鼠剛才的瘋狂表現讓他大驚失色，他有七成的把握，鑽地鼠是因為被那群碩鼠咬中之後發生的變異，如果被鑽地鼠咬中，恐怕自己也會變成這幅模樣。

羅獵和白雲飛自然聽得到上方傳來的槍聲，兩人停下手上的動作，抬頭向上望去，沒過多久，就看到陸威霖的頭彈了出來，他向下面的兩人做了個手勢，表示上面一切如常。

白雲飛的內心開始變得不安起來，他並不知上方的狀況，猜測應當是陸威霖利用機會幹掉了鑽地鼠，現在局勢明顯對自己不利了，羅獵和陸威霖顯然是一夥的，灰熊死了，鑽地鼠如果也被他們除掉，那麼他們的下一個目標是不是自己？

羅獵並沒有停頓太久，他搜索著石棺內部，從堆積的金幣中摸到了一個硬物，羅獵小心將那硬物取了出來，借著燈光望去，掌心中的那顆東西卻是一顆碩大的紅寶石。

白雲飛也見慣了珍寶，可是像羅獵手中這麼大的紅寶石還從未見過，一看就知道這顆寶石價值連城。其實何止這顆寶石，這石棺中的金幣乃至死者身上的鎧甲全都是價值不菲的寶物，不知這死者到底是什麼人物能夠得到如此厚葬？他提醒羅獵道：「不如先將金幣清理乾淨。」

白雲飛和羅獵都不是貪財之人，他們今日前來的目的也不是為了尋找財寶，想要將石棺內仔仔細細搜查一遍最好將金幣先清理出去。

羅獵點了點頭，兩人直接將金幣向外面扔了出去，扔出去的金幣沿著漏斗形的黃金雕版滾落下去，進入最底部的孔洞。

不一會兒功夫，石棺內的骸骨已完全暴露出來，可以清晰看到骸骨的雙手呈握持狀，白雲飛道：「奇怪，為何只是盜走了寶劍？」產生這樣的疑問其實再正常不過，畢竟石棺內寶物眾多，別的不說單單是羅獵找到的這顆紅寶石其價值也應當遠超寶劍，為何盜賊單單盜走了那柄寶劍？明顯是丟了西瓜揀芝麻的行徑。

隨著金幣的清空，石棺底部漸漸暴露出來，上面刻著一行行的英文字，兩人合力將骸骨側起，羅獵方才得以看到這行文字的全貌，這銘刻在石棺內的文字應當是墓誌銘，上面書寫了死者的生平，通常這樣的文字大都格式相同，無非是介紹死者的生辰忌日，又或是死者的生平事蹟云云，當然許多墓誌銘中還會介紹死者的家族。

這在西方極為常見，他們還會將死者的家族榮譽銘刻其上，這名死者也不例外。從有限的資訊中羅獵卻有了一個極其重要的發現，這位早已死去多年的煉金師竟然是西方中世紀最偉大的魔法師梅林家族的後人，梅林是英格蘭傳說中亞瑟王的導師和摯友，是精靈和人類的混血，後來因為單戀女獵人薇薇安，而被薇薇安利用他所傳授的魔法所害。

羅獵一直認為梅林和亞瑟王如同中華傳說中的人物一樣，史料並不可考，其真實性有待商榷，沒想到在圓明園下的地宮之中竟然躺著一具大魔法師梅林後代子孫的骸骨。

墓誌銘的記錄中還提到了陪葬在梅洛身邊的一柄亞瑟王權杖，羅獵此時方才想起他們在雍正神像旁邊撿到的那根權杖，再看了看手中的紅寶石，應當正是權杖頂部失落的那顆。

至於權杖的真正作用裡面並未提及，根據羅獵所掌握到的知識來推測，如果這柄權杖當真來自於亞瑟王，應當是王權和威嚴的一種象徵，並無其他實用意義，可亞瑟王生命中最能代表他權力的應當是那柄石中劍，也就是常說的王者之劍，至於權杖卻並未流傳於世，很少有人知道亞瑟王還有一根權杖。

羅獵將石棺仔仔細細搜索了一遍，並沒有找到他們想要的保險櫃。

白雲飛那邊也是毫無收穫，手中撚起一枚金幣，翻來覆去看了看金幣上方的頭像，他對列國錢幣並無研究，最多也就是欣賞一下上方的圖案，從中讀取不到太多的資訊。

羅獵指了指上方，表示要離開這裡，白雲飛點了點頭，自從進入地洞之後他就變得了無頭緒，對羅獵的意見只能選擇遵從。

兩人回到上面，看到鑽地鼠已經慘死當場，而且身中數槍，雖然都明白是陸威霖下手，可彼此的想法卻全然不同。白雲飛認為陸威霖是趁機剷除鑽地鼠，從而獲得人數上的優勢。羅獵卻不這麼看，從剛才聽到的數次槍聲就能夠猜到陸威霖應該是先行警告，最後應當在無可選擇的情況下才選擇將鑽地鼠爆頭。以陸威霖冷酷的性格，他若是想殺人，絕不會浪費那麼多顆子彈。

白雲飛來到鑽地鼠的屍體前，唇角露出一絲冷笑道：「好槍法！好手段！」

陸威霖也懶得解釋。

羅獵留意到鑽地鼠流出的血液全都變成了黑色，這明顯有違常理，他正準備提醒白雲飛這一點的時候，已經被認為死亡的鑽地鼠卻突然動了起來，伸出雙手一把將距離他最近的白雲飛雙腿抱住。

白雲飛吃驚不小，要知道鑽地鼠已經被爆頭，心口也中槍，這樣的人根本不可能還活著。然而事實擺在眼前，鑽地鼠竟然從地上坐起，血淋淋的頭顱撲向白雲飛，白森森的牙齒意圖撕咬白雲飛的大腿，白雲飛武功雖高，可是這種變化卻壓根不在他的預料之內，這麼近的距離他想要躲避也已經來不及了。

羅獵也沒有料到，唯有陸威霖始終沒有放鬆對鑽地鼠的警惕，畢竟三人之中只有他目睹了鑽地鼠發瘋的全過程。陸威霖揚起手中的兵工鏟伸了出去，正擋在鑽地鼠的面門前，鑽地鼠這一口沒有咬在白雲飛的身上，門牙碰在兵工鏟上發出駭人的聲響。

白雲飛躲過一劫，迅速反應了過來，從腰間抽出一柄彎刀，手起刀落將鑽地鼠的右臂齊根斬斷，這才得以擺脫鑽地鼠的糾纏，鑽地鼠右臂雖斷了，卻仍黏在白雲飛的身上，白雲飛用彎刀將斷臂撥開，只見自己的身上也沾滿了黑色汙血。

鑽地鼠僅剩的左臂仍然向周圍亂抓，陸威霖揚起兵工鏟照著他的頸部狠狠橫削過去，兵工鏟邊緣銳利如刀，這一擊將鑽地鼠的頸部切斷，僅剩一點點皮肉連接他的頭顱和身體，斷裂處不停冒著汙血，鑽地鼠的腦袋猶自倒掛在脖子上，他的身體仍然未倒，左手向四周胡亂抓撓著。

目睹眼前場景，三人全都感到噁心之極。羅獵揮手示意他們退離這裡，白雲飛走到洞口仍然忍不住向身後望去，只見鑽地鼠的屍體仍然在哪裡掙扎蠕動。

三人回到平地之上，望著周圍一個個黑黝黝的洞窟，心中已經沒有了逐一探察的打算。陸威霖此時方才將剛才遭遇的狀況向兩人簡單說了一遍，白雲飛也明白自己誤會了他。

羅獵望著不遠處四處橫飛的碩鼠屍體，低聲道：「這些大老鼠的身上應該攜帶某種病菌，鑽地鼠被咬後才變成了這副模樣。」

白雲飛點了點頭道：「只是他因何身中數槍不死？」

羅獵道：「或許已經死了。」

陸威霖道：「你是說他變成了殭屍？」

羅獵瞇起雙目，在過去他是不相信殭屍的說法的，然而事實勝於雄辯，親眼見證鑽地鼠的變化之後，讓他也相信了這種可能，鑽地鼠的異變更像是西方傳說中的喪屍，與許鑽地鼠真的沒有死去，因為被碩鼠撕咬而感染了病毒，這種病毒讓他的生命力變得極其頑強。

雍正皇帝當年為了尋求長生不老，秘密在圓明園的地下設立了這座百煉窟，與許當年張太虛那幫道人已經煉成了一些丹藥，而這些丹藥被地下的生物誤服，從而讓牠們的身體出現變異，獲得了驚人的生命力。

陸威霖和白雲飛都望著羅獵，無論他們承認與否，在這未知的地下世界只能聽從羅獵指引。白雲飛從羅獵迷惘的目光中看出，羅獵此時也似乎迷失了方向。

請續看《替天行盜》卷八　神幻百變

替天行盜 卷7 心機深沉

作者：石章魚
發行人：陳曉林
出版所：風雲時代出版股份有限公司
地址：10576台北市民生東路五段178號7樓之3
電話：(02) 2756-0949
傳真：(02) 2765-3799
執行主編：劉宇青
美術設計：許惠芳
行銷企劃：林安莉
業務總監：張瑋鳳

初版日期：2021年10月
版權授權：閱文集團
ISBN ：978-986-5589-46-2
風雲書網：http://www.eastbooks.com.tw
官方部落格：http://eastbooks.pixnet.net/blog
Facebook：http://www.facebook.com/h7560949
E-mail：h7560949@ms15.hinet.net
劃撥帳號：12043291
戶名：風雲時代出版股份有限公司

風雲發行所：33373桃園市龜山區公西村2鄰復興街304巷96號
電話：(03) 318-1378
傳真：(03) 318-1378
法律顧問：永然法律事務所 李永然律師
北辰著作權事務所 蕭雄淋律師

行政院新聞局局版台業字第3595號 營利事業統一編號22759935

國家圖書館出版品預行編目資料

替天行盜 ／ 石章魚 著. -- 臺北市：風雲時代出版股份有限公司，2021.05- 冊；公分

ISBN 978-986-5589-46-2（第7冊；平裝）

857.7 110003703